古典文獻研究輯刊

七 編

潘美月・杜潔祥 主編

第 6 冊

高亨《詩經今注》研究

蔡 敏 琳 著

國家圖書館出版品預行編目資料

高亨《詩經今注》研究／蔡敏琳 著 ── 初版 ── 台北縣永和市：
花木蘭文化出版社，2008〔民97〕

目 2+178 面：19×26 公分
（古典文獻研究輯刊 七編；第 6 冊）

ISBN：978-986-6657-56-6（精裝）
1. 詩經　2. 注釋　3. 研究考訂
831.12　　　　　　　　　　　　　　　　　　97012643

ISBN - 978-986-6657-56-6

9 789866 657566

古典文獻研究輯刊
七 編 第六 冊　　　　　　　　ISBN：978-986-6657-56-6

高亨《詩經今注》研究

作　　者　蔡敏琳
主　　編　潘美月　杜潔祥
總 編 輯　杜潔祥
企劃出版　北京大學文化資源研究中心
出　　版　花木蘭文化出版社
發 行 所　花木蘭文化出版社
發 行 人　高小娟
聯絡地址　台北縣永和市中正路五九五號七樓之三
　　　　　電話：02-2923-1455／傳眞：02-2923-1452
電子信箱　sut81518@ms59.hinet.net
初　　版　2008 年 9 月
定　　價　七編 20 冊（精裝）新台幣 31,000 元

高亨《詩經今注》研究

蔡敏琳　著

作者簡介

蔡敏琳
國立彰化師範大學國文研究所碩士
現職為高中教師

提　　要

　　本論文共分為七章，旨在研究高亨《詩經今注》的內容，及其詮釋觀點、方法、價值等。茲依其章節次序分述如下：

　　第一章是緒論。其內容主要說明筆者的研究動機，研究方法，研究範圍以及近人研究成果的評述。

　　第二章是高亨的生平傳略與《詩經今注》的成書與體例。所謂「知人論世」，故研究高亨的書，必先了解他的生平事蹟。其次敘述高亨撰著動機、成書時間，說明其成書的經過；最後則分析全書體例，彰明其撰述的方式。

　　第三章是論述高亨論《詩》的觀點。此章先探討高亨對《詩經》的採集與刪定所抱持的態度；再者考察高亨對於風、雅、頌的解釋；末述高亨對《詩經》的產生地域與寫作時代的看法。

　　第四章是《詩經今注》的訓釋方法。本章全面論述高亨詮釋《詩經》的方法，共分為三節。首節考察《詩經今注》對於詩旨的探討；次節探究《詩經今注》對《詩經》字詞的訓釋；三節則是針對詩句的部分加以歸納說明。

　　第五章《詩經今注》對《詩序》、《朱傳》的態度。高亨並非一味駁斥舊說，此章將分別統計比較《詩經今注》與《詩序》、《朱傳》的異同，並舉出實例加以分析，以便進一步了解《詩序》、《朱傳》在其詮釋系統中的地位

　　第六章《詩經今注》的得失探討。本章全面檢視高亨對《詩經》所作的分析，歸納說明當中的精采與不足處，並論述高亨《詩經》學術研究方向與態度具有何種發展與前瞻的成就。

　　第七章結論。本章總結全文，並評騭高亨《詩經今注》一書的成就與貢獻。

目次

第一章 緒 論

第一節 研究動機與研究方法

　　高亨先生（1900～1986）治學遍及經、史、子、集，著有《老子正詁》、《周易古經通說》、《周易古經今注》、《諸子新箋》、《文字形義學概論》、《周易雜論》、《詩經今注》、《文史述林》等多種學術著作。〔註 1〕這些著作，就學術史的角度作客觀的考察，應該說都具有學術里程碑的意義〔註 2〕，高亨可說是二十世紀中國學術研究史上的一位大家。

　　然而，後世學者們在以主觀意識研究高亨的子學、文字學，以及《易經》的著述時，因其著眼點的不同，每每產生仁智互見的評論，但是都沒有像對《詩經》的研究一般，有的研究者將之捧上了天，有的研究者卻將之踐踏在地，甚至涉及到對高亨治學品格的懷疑。由於高亨在《詩經》研究上的成就，主要集中表現於他所撰著的《詩經今注》一書，因此評論者多半是針對《詩經今注》而發，例如李泉在〈力創新義求眞諦──評高亨的《詩經今注》〉一文中指出：

> 高亨先生的《詩經今注》，以其全而勝於以往的各種注本，以其對三百篇
> 中很大一部份詩旨的獨特評價，開啓解詩新路，引發學術爭鳴，而具有不
> 可忽視的意義和作用。〔註3〕

〔註 1〕 關於高亨的著作，可參考本論文末附錄一。

〔註 2〕 王洲明：〈從學術史角度評論高亨的《詩經》研究〉，《山東大學學報》2002 年第 1
　　　　 期（2002 年 1 月），頁 51。

〔註 3〕 李泉：〈力創新義求眞諦──評高亨的《詩經今注》〉，《蘇州大學學報》哲學社會科
　　　　 學版 1982 年第 2 期（1982 年 2 月），頁 45。

趙沛霖《詩經研究反思》對於此書尤爲推崇：

> 五四以後，出現過幾個《詩經》全本注釋，但多舊說翻版，冬烘氣重；建
> 國後雖有精心之作，但多選本、譯本，對《詩經》全本以一家之言進行全
> 面系統注釋的則寥寥無幾，而高氏此書則是其中最爲突出的一個。〔註4〕

不過，劉精盛卻對於學者們的讚譽不以爲然，他說：

> 《詩經今注》在指導思想上，濫用階級分析的分法；在治學態度上，則是
> 不重證據，主觀臆斷。對於《詩經》的研究，如果我們缺乏「知人論世」
> 的觀念，不是把《詩經》放到《詩經》時代去考察，而是強古人以就我，
> 置語言的社會性、詞義的系統性於不顧，置古人的思想觀念風俗習慣於不
> 顧，勢必解得似是而非，甚至荒謬已極。〔註5〕

王長華在〈論余冠英的《詩經》研究〉一文中，雖然沒有點名所批評的對象，但是
根據上下文的推斷，所指的應該是高亨的《詩經今注》，他提到：

> 時間已經過去四十年，我們很難忘記某位原本與政治十分疏遠的著名學人
> 在《詩經》研究上爲配合政治需要而出現極爲幼稚的失誤。〔註6〕

高亨《詩經今注》所獲致正反兩極的評價令筆者頗爲存疑，究竟《詩經今注》是大
陸近幾十年研究《詩經》最爲突出的注本？或者只是爲了配合政治需要而出現的幼
稚失誤？這些疑問引發筆者對《詩經今注》產生了極爲濃厚的興趣。

不過，筆者在細究相關的研究論文後發現，前輩學者在《詩經今注》的研究方
面做了披荊斬棘的工作，功不可沒，但是或限於主題，或囿於篇幅，大抵只是浮光
掠影式的掃描，所討論的範疇與深度相當有限，所舉的例子更是大同小異，僅憑藉
寥寥可數的數例，就對高亨《詩經今注》的治學成績作肯定或否定的評價，對高亨
而言，這是相當不公平的。

除此之外，大陸學者對《詩經今注》的研究已經略嫌不足，臺灣學者也許是因
爲政治氛圍的影響，學術界對《詩經今注》一直是乏人問津的，因此筆者不揣淺陋，
選擇以「高亨《詩經今注》研究」作爲的主題，務求以較爲客觀的立場分析《詩經
今注》的成就和特點，評價《詩經今注》在方法和結論上的某些偏頗，希望對《詩
經今注》研究不足的情況，略有些微的補足作用，並冀望藉此論文爲根基，爲日

〔註4〕趙沛霖：《詩經研究反思》（天津：天津教育出版社，1989年），頁396。

〔註5〕劉精盛：〈評高亨先生《詩經今注》解題之誤〉，《長沙電力學院學報》2001年第5
期，頁5。

〔註6〕王長華：〈論余冠英的《詩經》研究〉，《第三屆詩經國際學術研討會論文集》（香港：
天馬圖書有限公司，1998年），頁346。

後進一步研究的起點。

　　本論文著重高亨《詩經》學著述——《詩經今注》的研究，在研究範圍方面，筆者是以《詩經今注》爲主要依據，並以高亨的其他相關著作、書信爲輔，適時予以補充。《詩經今注》一書的版本共有三種：最早是 1980 年由上海古籍出版社所出版的；其後臺灣的里仁書局看中它的學術價值，於 1981 年重印《詩經今注》；1984年又有臺北漢京文化事業有限公司出版的版本。本文所使用的是 1980 年由上海古籍出版社所出版的版本，因爲在編排上，上海古籍出版社與臺灣里仁書局兩種版本的編校較爲嚴謹〔註7〕；而在內容上，兩者除了在〈前言〉的部分有所不同〔註8〕，在解題方面，里仁書局的版本會略微修改一些涉及階級意識的詞彙，爲求能正確解讀作者的原意，筆者選用上海古籍出版社的版本作爲引用的依據。

　　至於本論文的研究方法，筆者原則上先通讀原典，客觀理解原典，再針對原典內容的重點作歸納分析，使整篇論文有一完整的體系，而不至於駁雜零亂，毫無頭緒可言。此外，筆者以爲，無論是研究任何一家的《詩經》著述，都必須瞭解漢代以來，也就是這兩、三千年來學者們的見解，如此才能知其承先啓後的關係，而不只是「前不見古人，後不見來者」的孤立式研究，因此在撰文之時，筆者會參酌歷代《詩經》學重要著述。

第二節　前人研究成果介紹

　　就目前所掌握的資料而言，專以《詩經今注》爲研究對象，對他作深入而全面討論的文章，數量極爲有限。在這些爲數不多的前人文獻中，最早針對此書作探討的是李泉〈力創新義求眞諦——評高亨的《詩經今注》〉〔註9〕，文章就《詩經今注》的成書經過、特點作了一番說明，並對《詩經今注》的優劣得失加以評價，這篇文章極具參考價值，但是礙於篇幅，在舉證方面往往不夠充分，這是此文的缺憾。

〔註 7〕漢京文化事業有限公司的版本，目錄上列有〈前言〉，實則卻沒有，因此筆者以爲上海古籍出版社和臺灣里仁書局的版本較爲嚴謹。

〔註 8〕相較於臺灣里仁書局的版本，上海古籍出版社的《詩經今注》在〈前言〉的部分，多出了「我們社會主義的新中國，勤勞勇敢的人民，在黨的英明領導下，正在進行新的長征。際此人人揚鞭躍馬，爭攀高峰，向四個現代化進軍的時刻，我們怎能不加倍努力呢？！我是一個書生，幾十年來，尤其解放以後，總是爭取多作一些研究工作，多貢獻一點極爲微小的力量，已經著有專書十幾種刊行問世，最近所作《詩經今注》由上海古籍出版社出版，這又使我得到鼓勵，爲之欣舞」這樣的一段話。見《詩經今注》（上海：古籍出版社，1980 年），頁 1。

〔註 9〕李泉：〈力創新義求眞諦——評高亨的《詩經今注》〉，頁 44～47，下轉頁 60。

　　趙沛霖在《詩經研究反思》一書中也注意到高亨的《詩經今注》〔註10〕，他承繼著李泉文章的觀點，在他的基礎上加以擴充，有系統地論述《詩經今注》的成就、特色與疏失，其內容較前文充實，架構嚴謹，引證精確，可說是《詩經今注》研究中的一篇佳作。

　　比較後期的作品如盧甲文先後於《湖北大學學報》及《中州學刊》發表的兩篇文章——〈高亨《詩經今注》訂誤〉、〈高亨詩經詞語新探〉〔註11〕，兩篇文章的寫作方式大致雷同，大抵都是針對《詩經今注》中的幾個詞語注釋提出異議，予以訂誤，並對高注某些不當的原因作了分析，它歸納《詩經今注》釋義不當的原因有五：（一）釋義太抽象，用大類名代替具體的說明；（二）釋義錯了，把甲誤解為乙誤；（三）把專有名詞誤釋為一般詞組；（四）把今名搞錯了；（五）濫用假借。從以上五點可以約略知道高亨訓釋字詞的缺失，不過，盧氏的這兩篇文章所取樣的詞語，不是專有名詞，就是一些冷僻的字彙；另外，他在說解時所引用的資料，都是《國語辭典》、《辭海》、《國音字典》等一般的工具書，因此就專門的經學研究而言，這兩篇文章的參考價值並不是很高。

　　其後左洪濤陸續發表四篇與《詩經今注》相關的論文，分別是於《孔孟月刊》發表的〈淺論《詩經今注》的幾點不足〉〔註12〕；於《中國文化月刊》發表的〈論《詩經今注》的幾點不足〉〔註13〕；於《上海交通大學學報》發表的〈《詩經今注》商兌〉〔註14〕；以及於《電子科技大學學報》發表的〈《詩經今注》異議〉。〔註15〕這四篇文章在內容上有許多相似之處，它們顧名思義係著重於探討《詩經今注》整體的不足，左氏在充分肯定該書成就的前提下，歸納出《詩經今注》的不足之處有四點，一是「解說詩歌時脫離詩歌形象，刻意求新」；二是「藝術手法上，改舊說中的『比』、『興』為『賦』」；三是「訓詁上，使用通假主觀隨意性強」；四是「方法上，沒有與民俗學研究相結合」。左氏所論的四大不足，頗有見地，其中有幾項觀點與筆者研究的心得相近，但是仍有些微的差異；此外，又因為篇幅的限制，左氏在說明

〔註10〕　趙沛霖：《詩經研究反思》，頁395～401。

〔註11〕　盧甲文：〈高亨《詩經今注》訂誤〉，《湖北大學學報》1995年第1期（1995年1月），頁101～106；〈高注詩經詞語新探〉，《中州學刊》1995年第3期（1995年5月），頁95～97。

〔註12〕　左洪濤：〈淺論《詩經今注》的幾點不足〉，《孔孟月刊》第38卷第6期（2000年2月），頁1～5。

〔註13〕　左洪濤：〈論高亨《詩經今注》的幾點不足〉，《中國文化月刊》第245期（2000年8月），頁74～82。

〔註14〕　左洪濤：〈《詩經今注》商兌〉，《上海交通大學學報》2002年第1期，頁95～99。

〔註15〕　左洪濤：〈《詩經今注》異議〉，《電子科技大學學報》2002年第1期，頁20～22。

時，未能有詳盡的闡述，故筆者將在下文對此一論點作較爲完整的闡述。

劉精盛也先後發表了〈《詩經今注》濫言通假評議〉與〈評高亨先生《詩經今注》解題之誤〉〔註16〕兩篇文章，前篇是針對高亨的《詩經今注》中濫言通假的現象進行比較全面的評議，作者先舉出《詩經今注》裡濫言通假的例證，接著說明濫言通假的原因及其引發的弊端。後一篇則是探討《詩經今注》在解題方面的缺失，這兩篇文章也是具有一定的參考價值的。

此外，由北京中華書局出版的《詩經學史》〔註17〕，其中也對《詩經今注》提出了討論，然而整篇文章僅對《詩經今注》作簡短的解說而已，並未能有深刻的批評，而且大體上只是承襲前人的見解，鮮少自己的意見。

透過以上簡要的敘述，可以得知筆者所能參閱的前人文獻，相當有限。因而產生一些撰寫上的困難。筆者僅能就現有的文本解讀，而後整理出一些概念與重點，故許多觀點，都是筆者的創發，或有不成熟之處，尚祈博雅賢達不吝教導指正。

〔註16〕劉精盛：〈《詩經今注》濫言通假評議〉，《古漢語研究》2001 年第 1 期，頁 83～86；〈評高亨先生《詩經今注》解題之誤〉，《長沙電力學院學報》2001 年第 5 期，頁 2 ～5。

〔註17〕洪湛侯：《詩經學史》（北京：中華書局，2002 年），下冊，頁 796～798。

第二章 高亨的生平傳略及《詩經今注》之成書與體例

第一節 高亨的生平傳略 [註1]

　　高亨，又名晉生，吉林省雙陽縣山嘴子村人，生於清光緒二十六年七月初四（西元 1900 年 7 月 29 日）。父親高學福，原是名打零工的雇農，母親譚氏，終日紡紗、織布、養豬，藉以維持生計，後來因爲開墾荒田，兼營小本買賣，家境才逐漸趨於小康。

　　由於年幼家境清寒，高亨十歲才得以進入鄰村私塾就讀，學名高仙翹。雖然求學的起步較晚，但他卻頗知自勵，八年間熟讀各種經典，爲日後研究奠定了深厚的基礎。

　　1918 年春，高亨考上了公費的吉林省省立第一師範學校，除正課外，還在地方名士張文澍的指導下，學習了中國第一部文字學專著《說文解字》，研讀了先秦諸子的主要著作及前四史。1923 年起，高亨離鄉背井赴北京深造，先進入宏達學院補習

〔註1〕 關於高亨的生平事蹟，可參見高亨：〈高亨自傳〉，《中國現代社會科學家傳略‧第一輯》（太原：山西人民出版社，1982 年），頁 290～293。華鍾彥：〈高亨先生傳略〉，《中國當代社會科學家第六輯》（北京：書目文獻出版社，1984 年），頁 268～272。黃沛榮：〈大陸儒林傳（四）——高亨〉，《國文天地》第 3 卷第 11 期（1988 年 4 月），頁 75～77。董治安：〈高亨先生評傳〉，《山東現代著名社會科學家傳》（山東：山東教育出版社，1991 年），頁 290。董治安：〈高亨先生及其學術成就〉，《古籍整理研究學刊》1993 年第 3 期（1993 年 5 月），頁 37～40。鄭仁佳：〈高亨〉，《傳記文學》第 62 卷第 6 期（1993 年 6 月），頁 146～148。董治安：〈現代國學研究的辛勤開拓者——高亨先生〉，《文史哲》1994 年第 5 期（1994 年 5 月），頁 71～75。

英語，秋季，考入北京師範大學，隔年秋，改入北京大學，1925 年，正式更名爲高亨，考入清華大學新成立之研究院國學門（通稱國學研究院）爲研究生。

大學生活，特別是清華研究院的生活，給予高亨很大的影響。〔註 2〕當時有傑出的學者梁啓超、王國維、趙元任、陳寅恪擔任研究院的導師，高氏的畢業論文《韓非子集解補正》，運用《說文解字》變化會通、匡謬補闕，深得梁啓超的嘉許，他曾對高亨說：「陳蘭甫開始把《說文》帶到廣東，希望你開始把《說文》帶到東北。」〔註 3〕並在畢業時贈高氏一副對聯：「讀書最要識家法，行事不須同俗人。」〔註 4〕予以鼓勵。

高亨自青年時期，便立志遵循清代乾嘉高郵王念孫、王引之父子家法，「以文字音韻訓詁爲工具，來研讀先秦諸子的遺著，從而抒錄個人的心得。」〔註 5〕並永遠以讀書、教書、寫書等三書爲職志，他曾說：「想要教好書，就必須認眞備課，認眞讀書；能認眞讀書，就必有心得體會；心得體會多了，自然要求撰寫成書，再以所寫之書的精華、參以新讀之書的眞理，進行教書，就會使質量逐步提高，見識逐年增加。」〔註6〕高亨於 1926 年自研究所畢業後，開始教書，起初擔任吉林省立法政專門學校教授兼第一師範學校教席，自 1929 年起，改任瀋陽東北大學教育學院國文科教授，在這短短幾年間，他也陸續寫出了《韓非子新箋》、《呂氏春秋新箋》、《荀子新箋》、《莊子新箋》，完成了《金石甲骨文字通箋》的初稿，此書稿本裝訂爲十四冊，不幸於抗戰時丟失，至今未能尋回，成爲高亨直到老年還難以忘懷的一件憾事。

九一八事變後，高亨隨東北大學內遷北京，1933 年 8 月，前往開封，任河南大學教授；1938 年初，隨著河南大學文學院遷往豫、鄂交界之雞公山；秋，由豫入川，任武漢大學教授；1940 年任遷川北三台之東北大學教授兼中文系主任，並於此時與羅璘結婚；1943 年 8 月，轉任成都齊魯大學教授兼中文系主任；1944 年 8 月，挈眷前往陝西西安，任職於西北大學；1945 年 8 月，抗戰勝利，同月重返三台東北大學任教；1946 年 9 月，隨東北大學復員瀋陽，又兼東北中正大學、女子師範大學中文系主任，1947 年多，任東北大學文學院院長；1948 年秋，再度入川，任三台川北農工學院教授，後改任相輝學院教授；1949 年 11 月，重慶淪共後，改任重慶西南師範學院教授、研究室研究員。1952 年 4 月，與夫人羅璘偕子女高嵐、高彥、高雲等

〔註 2〕高亨：〈高亨自傳〉，頁 290。
〔註 3〕鄭仁佳：〈高亨〉，頁 146。
〔註 4〕高亨：〈高亨自傳〉，頁 290。
〔註 5〕高亨：《諸子新箋·序》（山東：齊魯書社，1980 年），頁 1。
〔註 6〕華鍾彥：〈高亨先生傳略〉，頁 268。

返回東北，任吉林師範專科學校教授。高亨在戎馬倥傯物資艱困之際，在堅持執教的同時，仍然持續著學術研究，他在《重訂老子正詁・自序》中提到：

> 國丁艱難之運，人存憂患之心，唯有沉浸陳篇，以遣鬱懷，而銷暇日。

〔註7〕

他幾部膾炙人口的作品，如《周易古經通說》、《周易古經今注》、《老子正詁》等，皆大抵完成於此時。

　　1953 年起，在陸侃如、馮沅君教授的引薦下，高亨受聘於青島山東大學擔任教授，歷任中文系主任、古典文學研究室副主任；1957 年兼任「中國科學院哲學研究所」前身「中國科學院哲學社會科學部之中國社會科學院」研究員，這段時期，他陸續發表了《文字形義學概論》、《諸子新箋》、《周易雜論》等專著，以及十多篇論文。

　　1963 年 10 月，高亨至北京出席由郭沫若主持的中國科學院哲學社會科學委員會第四次擴大會議，討論目前國內外形勢下哲學社會科學戰線之任務，會議期間獲中共主席毛澤東接見，毛澤東不但對於高亨的成績給予極高的評價，還說了些鼓勵的話，爲此高亨激動不已，返回濟南後，遂將自己的著作《諸子新箋》、《周易古經今注》等六書，連同一信，寄請當時中宣部副部長周揚轉呈毛澤東，其後不久，即獲毛澤東親筆覆予一函，全文如下〔註8〕：

> 高亨先生：
> 　寄書寄詞〔註9〕，還有兩信，均已收到，極爲感謝。高文典冊，我很愛讀。
> 　肅此。敬頌安吉！
>
> 　　　　　　　　　　　　　　　　　毛澤東 1964 年 3 月 18 日

由此可見毛澤東對高亨的重視。1965 年 5 月，「文化大革命」開始後，高亨旋即受到衝擊，被迫停止工作，不再教書（計任教大專院校凡四十年，開有「國學概論」、「金石甲骨文字」、「文字義形學」、「詩經研究」、「周易研究」、「老莊哲學」、「先秦散文」、「中國文學史」等課程），朝夕接受批判與參加體力勞動，有人批評他「言必稱『任公先生』、『靜安先生』」是「爲資產階級政客和亡清遺老張目」，高亨聞之，總是沉默以對，不加申辯。1967 年 8 月，在毛澤東直接干預下，借調至北京，先住

〔註7〕 高亨：《重訂老子正詁》（北京：中華書局，1959 年），頁3。

〔註8〕 中共中央文獻研究室編：《毛澤東書信選集》（北京：人民出版社，1983 年），頁 596。

〔註9〕 這裡所指的詞，指的是高亨讀毛詩詞後有感而填寫的「水調歌頭」，詞云：「掌上千秋史，胸中百萬兵。眼底六洲風雨，筆下有雷聲。喚起巨龍飛舞，掃滅魔焰魅火，揮劍斬長鯨。春滿人間世，日照大旗紅。抒慷慨，寫鏖戰，記長征。天章雲錦，織出革命之豪情，細檢詩壇李杜，詞苑蘇辛佳什，未有此奇雄。攜春登山唱，流韻壯東風。」引自鄭仁佳：〈高亨〉，頁 147。

在中華書局，後由國務院文化部部長蕭望東安排住所，加以保護，使其得以專心從事古典學術研究工作。

1976 年 10 月，「四人幫」被捕，十年文革浩劫結束，高亨先生受到鼓舞，精神為之振奮，僅花了一年多的時間便完成了《詩經今注》，又在助手的協助下完成《周易大傳今注》的校定，並出版了《老子注譯》一書。但此時的高亨畢竟已是耄耋之年，早期罹患青光眼，使得晚年的他視力幾近於零，又由於長期伏案工作，雙腿肌肉萎縮，幾乎不能下床行走，他的最後一部專著《古字通假會典》，在學生們的協助之下才完成收尾工程，而全書出版，則已是他去世三年之後的事了。他原先計畫編寫的一部專著《詩經新解》，僅完成少量的初稿；另外，他還想撰寫一部《太玄經新注》，也只有作了些許的準備工作，留下十餘條的札記。

1986 年 2 月 2 日清晨，高亨因病在北京逝世，享年八十七歲。

高亨是一位嚴謹而勤奮的學者，他的治學範圍，從歷史縱向看，似乎主要用力於先秦兩漢一段，魏晉以下較少涉及；但就其橫向考察，則幾乎遍及先秦重要典籍以及金甲文字，兼治文、史、哲。〔註10〕由於涉獵甚廣，使得他能夠從各類古籍和不同學科的彼此聯繫中，有所融會貫通，正因為如此，他對於問題的鑽研，就常比一般人擁有更多的資料，進而觸類旁通、左右逢源，發前人之所未發。

高亨終其一生在國學領域辛勤開拓，時間長達六十年以上，寫下了十多部的學術專著，發表了若干篇的學術論文，總字數約六百萬字，儘管年事已高，體弱多病，仍然要求自己振作精神，丹鉛不輟。有時一稿初成，令其子女幫忙謄寫，則要求字跡工整，不得有一字之誤，抄完之後，還要逐字逐句親自校閱，務使精確而後已，這般的精神是值得後學感佩的。

第二節　《詩經今注》之成書與體例

一、成書時間與寫作宗旨

《詩經今注》寫 1980 年代晚期，為高亨晚年的作品。高氏一生潛心於先秦文史、哲學、思想研究，兼通文字訓詁、金文鼎銘，《詩經今注》是傾其畢生積累的一部力作，也是他一生研究《詩經》的總結。〔註11〕

高亨在六十七歲時經歷了文化上的浩劫——文化大革命，自從 1966 年文化大革

〔註10〕見董治安：〈現代國學研究的辛勤開拓者——高亨先生〉，頁 73。
〔註11〕趙沛霖：《詩經研究反思》，頁 396。

命開始後，高氏和當時許多教授一樣，被迫停止工作，終日接受批判和參加體力勞動，雖然不久之後，高亨就在毛澤東的干預下，被借調到北京，接受政府的保護，但十年文革期間，他僅僅出版了一部《商君書注譯》，而且此書是在 1970 年代初期所成舊稿的基礎上稍加潤飾隨即付梓的。

　　文化大革命結束，特別是 1978 年中國共產黨的第十一屆三中全會召開以後，撥亂反正的大好情勢，學術文化領域正處於亟待開拓的局面，這種種的因素使得高亨受到了鼓勵，他渴望能多做些工作，因此他從 1978 年開始動筆，僅用了一年多的時間，在 1980 年便完成了《詩經今注》。

　　至於高亨成書之旨趣，可從《詩經今注・前言》見其一斑，他在前言中寫到：

　　《詩經》是我國最早的一部詩歌總集，前人的注釋很多，其中有些是正確的，有些是錯誤的。我讀古書，從不迷信古人，盲從舊說，而敢于追求真諦，創立新義，力求出言有據，避免遊談無根。這本《詩經今注》就是抱著這種態度而寫成的。〔註12〕

五四運動以後，大陸方面出現過幾本《詩經》的全本注釋，但多為舊說翻版，之後雖偶有精心之作，但多半是選注、選譯本，對《詩經》全本以一家之學進行全面而系統注釋的則是屈指可數，再加上說《詩》之家意見紛然，學者莫衷一是，於是高亨自注《詩經》，秉持著「依循它的本文，探求他的原意」〔註13〕的態度，希冀還原《詩經》本來的面目。

　　在《詩經今注・前言》裡，高氏以〈周南・麟之趾〉為例，表現出他勇於創新的態度，他提到：

　　舊注說，這首詩是讚美魯國的公族，把公族比做麒麟。請看，詩人描寫麒麟的足、頂和角，又描寫成群的公族，最後則為麒麟而悲嘆（于嗟）。這是讚美公族嗎？當然不是。據《左傳》記載：「（魯）哀公十四年春，西狩於大野，叔孫氏之車子鉏商獲麟，以為不祥，……。仲尼觀之曰：『麟也。』」又據《孔叢子》記載，孔子當時曾作了一首《獲麟歌》：「唐虞之世麟鳳游，今非其時來何由？麟兮麟兮我心憂。」（《公羊傳・哀公十四年》楊士勛疏引）我認為這首七言三句詩是後人偽作，《麟之趾》一詩才是孔子所作的《獲麟歌》，被後代儒者編入〈詩經・周南〉之中。〔註14〕

《詩序》：「〈麟之趾〉，〈關雎〉之應也。〈關雎〉之化行，則天下無犯非禮，雖衰

〔註12〕高亨：《詩經今注・前言》（上海：上海古籍出版社，1980 年），頁 1。
〔註13〕高亨：《詩經今注・前言》，頁 2。
〔註14〕高亨：《詩經今注・前言》，頁 2。

世之公子，皆信厚如麟趾之時也。」〔註15〕《詩序》以此篇爲〈關雎〉之應，認爲這是歌詠衰世公子仍然信厚誠實的詩篇。後世學者雖與《詩序》之說不盡相同，但由於麒麟在古代是難得一見的仁獸、瑞獸，用在篇中就有恭維、讚美的象徵意味，因此多從稱讚頌美的觀點來詮釋詩旨，歷來也少有異議，不過高亨對於這篇作品卻有著截然不同的看法，他認爲〈麟之趾〉首句描寫麒麟，次句描寫公族，末句慨嘆不幸的麒麟，這當然不會是一首讚美詩；除此之外，高亨又提出〈麟之趾〉一詩才是孔子所作的〈獲麟歌〉，《孔叢子》所載孔子的〈獲麟歌〉，應當是後人所僞造的。這個觀點對於傳統的《詩經》學研究者來說，可謂是石破天驚之論。高亨先生所云，雖不必遽爲定論，但是這種不盲從舊說和力求創新的精神是相當值得吾人肯定的，《孟子・盡心》曰：「盡信書，不如無書。」〔註16〕敢於懷疑舊說是正確的，沒有懷疑也就沒有創新，正因爲高亨對《詩經》舊注充滿懷疑的精神，才會有這部「新見迭出」的《詩經今注》，它不僅是大陸近五十年來研究《詩經》最早的全注本〔註17〕，也是學習和研究《詩經》相當重要的參考書。

二、體 例

欲研究高亨的《詩經今注》的內容，應先對《詩經今注》的體例有所了解。本書首置〈前言〉，說明著作旨趣。書前另有一篇〈詩經簡述〉，介紹了三百篇的採集編選、流傳分類以及產生的地域和時代等基本情況。對《詩經》研究中某些有爭議的問題，如孔子是否有刪詩？二〈南〉是否應從「風」中劃分出另歸一類？「風」、「雅」、「頌」的概念含義等等，高亨均透過縝密的考證，在篇中提出了自己的看法。又其內文撰著方式如下：

（一）每一篇基本上由題旨、經文、注文三部分組成

《詩經今注》按照傳統的編排次序，對三○五篇作了簡明扼要的題旨說明和字、詞的訓釋。本書爲每一首詩所作的今注，基本上由題旨、經文以及注文三部分組成。就題旨的部分而言，高亨於每詩題下利用簡要的文字，闡明每篇的題旨或詩義；就經文的部分而言：每篇經文均分章排列，並將經文頂格，除經文外，題旨及注文皆作小字；就注文的部分而言：注文是排列於經文之後，主要爲文字訓釋，偶爾亦顧

〔註15〕鄭玄：《毛詩鄭箋》（台北：學海出版社，1999年），卷1，頁18。
〔註16〕這裡所指的「書」，趙歧以爲單指《尚書》，蔣伯潛則認爲此應泛指古書而言，後者觀點爲許多現代學者所接受，即此處的「書」是指廣義的書籍。見宋朱熹集註、蔣伯潛廣解：《孟子》（台北：啓明書局，出版社未標明出版時間），頁346。
〔註17〕左洪濤：〈論高亨《詩經今注》的幾點不足〉，頁1。

及串解並說明相關背景等等，其中或引前人之說，或自下斷語，皆言簡意賅、深入淺出，易於閱讀。倘若字訓句義有所發明，高亨便作按語，如同條有幾個人或書的觀點，高亨的按語列在最後，原則上如果前面的引文是《毛傳》的說法，高亨會特別標示「亨按」字樣，以示區別。

　　除了釋義之外，關於讀音的部分，高亨為便於初學，注音不厭其詳，他對於《詩經》裡的一些生僻之字，其下會標示出同音的其他國字。如〈周南・葛覃〉「絺（音痴），綌（音隙）」，〔註18〕又如〈邶風・燕燕〉「頡（音協），頏（音杭）」，〔註19〕〈小雅・四牡〉「騅（音追）」〔註20〕，這樣的標示方式，對於初學者了解字的讀音有相當程度的助益。

（二）運用「附錄」加以補充說明

　　在《詩經今注》裡，高亨的注文通常能把握重點，只作必要的疏解，便於一般學者閱讀，不過如有需要再進一步詳細說明的問題，諸如引證史實、前人之說、器物制度說明、文字辨析考釋以及列舉例證、標名異文等等，高氏則在每篇注文後另列附錄詳加說明。如〈鄘風・桑中〉：「爰采唐矣」，注文中已提到：「唐，梨的一種，味甜。采唐就是摘取棠樹的果。」又在附錄中作一番補充：

> 唐，借為棠。《爾雅・釋木》：「杜，赤棠，白者棠。」樊注：「赤者為杜，白者為棠。」（赤白指果實顏色）《山海經・西山經》：「崑崙之邱有木焉，其狀如棠，名曰沙棠。」郭注：「棠，梨也。」據此，棠即白梨的古名。采棠就是摘取白梨的果實。唐與棠古通用。《召南・何彼襛矣》：「唐棣之華。」《御覽》一五二引唐作棠。《論語・子罕》：「唐棣之華，偏其反而。」《春秋繁露・竹林》引唐作棠。《爾雅・釋木》：「唐棣，栘。」《文選・甘泉賦》李注引唐作棠。都是例證。〔註21〕

高亨引用了《爾雅》、《山海經》、《論語》、《太平御覽》、《春秋繁露》以及《昭明文選》等古籍的記載或前人的注解作為例證，對「唐」字作進一步的詳細說明，提供讀者更詳盡的資料。

　　又如《齊風・東方未明》：「不能辰夜。」注文曰：「辰，看伺。辰夜，看伺夜裡的時間。」高亨又再附錄裡說到：

> 辰，與晨古通用，《左傳・僖公五年》：「丙之辰。」《漢書・律曆志》引辰

〔註18〕高亨：《詩經今注》，頁3。
〔註19〕高亨：《詩經今注》，頁39。
〔註20〕高亨：《詩經今注》，頁219。
〔註21〕高亨：《詩經今注》，頁69。

作晨，就是明證。《論語・憲問》：「子路宿於石門。晨門曰……。」《集解》：
「晨門者閽人也。」晨門是說看伺門戶的人。《淮南子・說山》：「見卵而
求晨夜。」晨夜指伺夜的雞。以上采自馬瑞辰《毛詩傳箋通釋》。〔註22〕
這裡則是引用前人馬瑞辰之說，藉以補充注文的不足。

　　由上述觀之，此書的體例詳細而且完整，能使欣賞者和研究者各得所需。趙沛
霖在《詩經研究反思》一書中提到：「從這樣的體例安排可以看出，本書雅俗共賞，
既可滿足一般閱讀需要，又可供進一步研究參考。」〔註23〕並稱許其為五四以後的
《詩經》注本中成績最為突出的一個；李泉亦在專文中表示：「《今注》的編著體例
具有顯著的優點與特色：使今天的廣大讀者能夠了解詩三○五篇的全貌；雅俗共賞，
既適用於一般普及的需要，也可供專門研究者參考。」〔註24〕各家之評，絕非溢美
之詞。

〔註22〕高亨：《詩經今注》，頁133。
〔註23〕趙沛霖：《詩經研究反思》，頁396。
〔註24〕李泉：〈力創新義求真諦──評高亨的《詩經今注》〉，頁44。

第三章 《詩經今注》論《詩》之觀點

第一節 論《詩經》的採集與刪定

一、論《詩經》的採集

（一）論《詩經》的最初編輯者

　　《詩經》爲中國最早之詩歌總集，其範圍涉及今黃河中下游各省及江漢流域等廣大地區，在當時交通不便、語言互異、傳播困難的情況下，這些詩篇究竟是如何蒐集起來的？許多學者認爲詩篇的彙集，一由於獻詩，二由於采詩〔註1〕。獻詩之說，見於《國語》的〈周語〉和〈晉語〉〔註2〕；至於采詩之說，先秦諸書沒有明確的記載〔註3〕，首見於《禮記·王制》：

〔註1〕詳見黃振民：《詩經研究》（台北：正中書局，1982年），頁3～7。胡鈍俞：《詩經繹評》（台灣：中華書局，1985年），頁21～22。葉慶炳：《中國文學史》（台灣：學生書局，1987年），上冊，頁7～8。

〔註2〕《國語·周語》載邵公的話說：「故天子聽政，使公卿至於列士獻詩，瞽獻曲，……而後王斟酌焉，是以事行而不悖。」詳見《國語》（台北：藝文印書館，1974年），卷1，頁13。《國語·晉語》載范文子的話說：「古之言王者，德政既成，又聽於民。於是乎使工誦諫於朝，在列者獻詩使勿兜，……有邪而正之，盡戒之術也。」見《國語》，卷12，頁297～298。

〔註3〕繆鉞曾言：「先秦諸書，未有明言采詩者。左傳襄十四年，師曠引《夏書》曰：『遒人以木鐸徇于路。』杜注：『遒人，行人之官也。徇于路，求歌謠之言。』據此，則遒人或行人即古代采詩之官。惟細繹之，師曠引夏書，只言『遒人以木鐸徇于路。』，未言采詩。而『求歌謠之言』一語，乃杜注所增。《周禮》雖六國時書，然亦多據成制，非盡虛構，其中無遒人之官，而記大小行人之職，亦無采詩一事。《周禮》作者，熟於掌故，雜采以前官制而彌縫之，不厭詳密，以寄其理想。苟王朝有采詩之官，

天子五年一巡守，歲二月，東巡守，……命大師陳詩，以觀民風。……五月，南巡守，至于南嶽，如東巡守之禮。八月，西巡守，至于西嶽，如南巡守之禮。十有一月，北巡守，至於北嶽，如西巡守之禮。〔註4〕

又見於《漢書‧藝文志》：

故古有采詩之官，王者所以觀風俗，知得失，自考正也。〔註5〕

《漢書‧食貨志》：

孟春之月，群居者將散，行人振木鐸，徇於路以采詩，獻之太師，比其音律，以聞於天子。故曰王者不出牖戶而知天下。〔註6〕

〈劉歆與揚雄書〉：

詔問三代周秦軒車使者、逌人使者，以歲八月巡路，逌代語、僮謠、歌戲，欲得其最目。〔註7〕

綜合上列記載，主張采詩，是各家共同之點，但是所描述的具體情形卻又頗爲歧異〔註8〕。就采詩的人而言，有軒車使者、逌人使者和行人等不同；就采詩的時間而言，《禮記‧王制》則說：「天子每五年巡守采詩，二月東巡守，五月南巡守，八月西巡守，十一月北巡守」，劉歆說是「歲八月」，班固說是「孟春之月」。由於漢人對采詩之制有著種種不同的說法，因此後世學者對於古代是否眞有這一套完整的制度產生了懷疑、甚至抱持著否定的態度。

清人崔述在〈通論十三國風〉中率先對采詩說持否定的意見，他說：

舊說，周太史掌采列國之風，今自邶、鄘以下十二國風，皆周太史巡行之所采也。余按克商以後，下逮陳靈，近五百年，何以前三百年所采殊少，後兩百年所采甚多？周之諸侯國千八百國，獨此九國有風可采，而其餘皆無之，曰孔子所刪也。成康之世教化大行，刑措不用。諸侯賢者必多，其民豈無稱功頌德之詞，何爲盡刪其盛，而獨存其衰？伯禽之治、郇伯之功，

作《周禮》者必不致刪棄。至於『以木鐸徇于路』之制，《周禮》中有之，如鄉師『以木鐸徇于市朝』，乃所以警戒人民、發布政令。木鐸警眾蓋爲古制。然則師曠引《夏書》所謂『道人以木鐸徇于路』，殆亦警戒人民宣布政令與采詩無涉。」說詳繆鉞：〈詩三百篇纂輯考〉，《詩經學論叢》（台北：崧高書社，1985年），頁49。
〔註4〕 孫希旦：《禮記集解》（台北：文史哲出版社，1990年），卷12，頁326～329。至於采詩之說首見於《禮記‧王制》的說法，可參閱葉國良等編著：《經學通論》（台北：國立空中大學，1996年），頁137。
〔註5〕 班固：《漢書》（台北：鼎文書局，1997年），卷30，頁1708。
〔註6〕 班固：《漢書》，卷24，頁1123。
〔註7〕 揚雄撰，周祖謨校箋，楊家駱主編：《方言校箋》（台北：鼎文書局，1972年），頁91。
〔註8〕 陳耀東：〈詩經的搜集和編訂〉，《浙江師院學報》1981年1期（1981年11月），頁64。

亦卓卓者，豈尚不如衛鄭，而反刪此存彼，意何居乎？且十二國風中，東遷之詩居其大半，而春秋之策，王人至魯，雖微賤無不書，何不見有采風之使？乃至《左傳》之廣搜博采，而亦無之，則此言出於後人臆度無疑也。……〔註9〕

崔氏否定采詩之說，有三個理由：其一、《詩經》裡的詩采自近五百年的詩歌創作，爲何前三百年所采的詩很少，而後二百年所采的詩卻很多？其二、邶、鄘諸國風既是周太史巡行所采，那麼爲何只此九國有風可采，而其餘千八百諸侯國卻無風可采？其三、春秋二百四十二年之中，凡王官至魯，皆明書於《春秋》，爲什麼沒有王官至魯采詩的記載？再者，《左傳》廣搜博采，材料非常豐富，也不見其記錄王官采詩之事，由此可見古代並無王官采詩的制度。這種看法也受到不少學者的擁護，高亨就是其中的一個例子〔註10〕。

　　高亨對於詩篇如何蒐集？由誰蒐集等觀點，可見於《詩經今注》書前的〈詩經簡述〉。他說：

> 《詩經》共三百零五篇，簡稱「三百篇」，……。它的來歷據西漢人說，是古代帝王爲了考察風俗的好壞，政治的得失，設有采詩的官，把采來的詩篇獻給樂官大師，大師再獻給天子。這種說法顯然是有意的言過其實，因爲先秦古書並沒有記載過采詩的官和采詩的事，所以周代是否有這種制度，還不能論定。〔註11〕

高氏認爲漢人所提出的王官采詩說，顯然是「有意」的言過其實，因爲王朝采詩之官和采詩之事，不僅《春秋》、《左傳》沒有記載，任何一部先秦古書都沒有記錄過類似的事情，因此王官采詩說，恐怕是不能相信的。

　　在否定了王官采詩說之後，高亨又說：

> 周代是否有這種制度，還不能論定。但漢人所說那時的詩篇最初都集中在樂官手裡，卻是事實。有兩個證據可以說明這一點：第一，詩三百篇都是樂歌，所以《墨子》說「誦詩三百，絃詩三百，歌詩三百，舞詩三百」（《公孟篇》）。樂歌原是供娛樂的東西，樂官正是掌管樂歌、音樂、舞蹈的人，那麼樂歌和樂官在當時是分不開的，編輯樂歌的人應該就是樂官了。第

〔註9〕 崔述：《讀風偶識》（台北：學海出版社，1979年），卷2，頁17～18。

〔註10〕 高亨在早期的作品〈詩經引論〉中，曾經提到：「崔氏否定王官采詩說，有三個理由，……由此可見，王官采詩說，恐不可信。」不過，嚴格說來，高亨只是對崔述否定王官採詩的觀點表示認同，對於崔述將詩的結集問題斷爲人們傳誦的看法，則是不表肯定。詳見高亨：〈詩經引論〉，《詩經學論叢》，頁3～4。

〔註11〕 高亨：《詩經今注·詩經簡述》，頁1。

二、據《左傳・襄公二十一年》記載:「吳公子札來聘,請觀於周樂,使工爲之歌〈周南〉、〈召南〉、〈邶〉、〈鄘〉、〈衛〉、〈王〉、〈鄭〉、〈齊〉、〈豳〉、〈秦〉、〈魏〉、〈唐〉、〈陳〉、〈鄶〉、〈小雅〉、〈大雅〉、〈頌〉。」所謂周樂,差不多包括了今本《詩經》全部,這些詩是魯國樂工所歌,而稱做「周樂」,那末最初編輯者應該是周王朝的樂官了。〔註12〕

高亨舉出了《墨子・公孟》歌詩三百的記載,說明古詩無不可歌,既然詩三百篇篇都是樂歌,而樂官是掌握詩歌、音樂、舞蹈替朝廷服務的人,樂歌和樂官是分不開的,因此這些詩歌最初應該是集中在樂官的手中。接著他又利用《左傳》中吳公子札在魯國觀樂,魯國樂工歌了〈國風〉、二〈雅〉和〈周頌〉之事,說明這本是掌握在魯國樂官和樂工的樂歌,然而傳文卻指出請觀於「周樂」,而並非請觀於「魯樂」,可見這些原來都是周王朝的樂歌,既然都是周王朝的樂歌,那麼最初編輯者應該就是周王朝的樂官了。

按郭沫若在《奴隸制時代》中有這樣的一段話:

《詩經》雖是搜集既成的作品而成的集子,但它卻不是把既成的作品原樣地保存下來。它無疑是經過搜集者們整理潤色的。〈風〉、〈雅〉、〈頌〉的年代綿延了五六百年,〈國風〉所采的國家有十五國,雖然主要在黃河流域,但也遠及於長江流域。在這樣長的年代裡面,在這樣寬的區域裡面,而表現在詩裡的變異性卻很少。形式主要是四言,而尤其值得注意的,是音韻差不多一律。音韻的一律就在今天都很難辦到,南北東西有各地的方言,音韻有時相差甚遠。但在《詩經》裡面卻呈現著一個統一性。這正說明《詩經》是經過一道加工的。〔註13〕

郭沫若的說法,代表了現代多數人的觀點,翻開《詩經》,我們也會覺得郭氏的話是十分正確的,古詩在當時被集中整編過,是不容質疑的。〔註14〕不過對《詩經》進行整理、編輯的人是誰?誠如高亨所言,《詩經》研究者們大多也是從詩與音樂歌舞的關係,從詩的保管者的角度去推測,認爲整理、編輯《詩經》的人是樂官(太師)〔註15〕,這樣的見解,基本上可以讓人接受〔註16〕,因爲《禮記・王制》:

〔註12〕高亨:《詩經今注・詩經簡述》,頁1。

〔註13〕郭沫若:《奴隸制時代》(北京:北京人民出版社,1973年),頁104。

〔註14〕李家樹:「翻開今本《詩經》,詩是集中編整過的,不然不會那麼整齊劃一。二〈雅〉及〈周頌〉固然都是十篇一組,十五國風也以十篇及十篇上下者爲多。」可參閱李家樹:《詩經的歷史公案》(台北:台灣學生書局,1990年),頁214〜215。

〔註15〕關於這個部分,可參閱徐中舒:〈豳風說——兼論《詩經》爲魯國師工歌詩之底本〉,《詩經學論叢》(台北:崧高書社,1985年),頁257〜262。周滿江:《詩經》(台北:

「命太師陳詩以觀民風。」〔註17〕《國語‧魯語》:「正考父校商之名頌十二篇於太師。」〔註18〕這都表明了太師是詩歌的保管者,他們當然有條件編選;同時,樂官(太師)又是詩歌的配樂者,從各地搜集或呈獻的詩歌往往形式、聲韻不一樣,這也需要樂官(太師)加工整理一番,不懂樂律的人是無法勝任的;再加上《周禮‧春官》:「太師教六詩,曰風、曰賦、曰比、曰興、曰雅、曰頌。」〔註19〕太師們為了教學的需要編定選本也是理所當然的,基於上述種種原因,都顯示了樂官(太師)應該承擔了搜集與編輯詩歌的工作。但是高亨與眾不同的是,他認定《詩經》的最初編輯者只有周王朝的樂官,由於史無明據,誰也無法做出確定的答案,不過既然各國都有樂官(太師),各國樂官(太師)在收集本地詩歌送交周王朝的樂官之前,難道不會增增減減地稍做潤色、編輯嗎?〔註20〕若要強調《詩經》的最初編輯者只有周王朝的樂官,得提出相當確鑿的證據,絕非如高亨般使用三言兩語就能交代過去的。

(二)論詩篇的來源

　　高亨在確定《詩經》的編輯者是周王朝的樂官之後,對於樂官是如何取得這些詩歌的?他也有個人的意見:

> 周王朝的樂官所以能夠得到這些詩歌,大約有三個來源:第一,王朝的貴族為了充實音樂,為了祭祀鬼神,為了誇耀功業或別種目的,作成詩歌,交給樂官。〈周頌〉裡應該有些詩篇是出於這個來源。第二,王朝樂官為了他的工作,盡到他的責任,留心搜集流傳在民間的或是出於士大夫之手的詩歌(並不是專職的采訪)。〈小雅〉、〈大雅〉及〈王風〉裡應該有些詩篇是出於這個來源。第三,諸侯各有樂官,掌管本國的樂歌,諸侯為了尊

萬卷樓圖書有限公司,1990年),頁35~40。陳節:《詩經漫談》(台北:頂淵文化事業有限公司,1997年),頁28~31。袁長江:《先秦兩漢詩經研究論稿》(北京:學苑出版社,1999年),頁1~19。

〔註16〕亦有持反對意見者,如近人許廷桂就以為:「太師不夠格承擔編纂《詩經》的重任。……」詳見《《詩經》編者新說》,《重慶師院學報哲社版》,1997年第4期(1997年12月),頁23~31,下轉54。

〔註17〕孫希旦:《禮記集解》,頁328。

〔註18〕韋昭註:《國語韋昭註》,卷5,頁153。

〔註19〕鄭玄注,賈公彥疏:《周禮注疏及補正》(台北:世界書局,1963年),卷17,頁4。

〔註20〕大陸學者袁長江:「各國的太師對收集整理〈風〉詩起了主要作用。」(《先秦兩漢詩經研究論稿》,頁8~11。)陳節:「各國太師和樂工是整理、加工、潤色《詩經》的主要人物,在這個工作中,周王朝樂官所起的作用無疑是最大的。」(《詩經漫談》,頁31。)筆者以為,《詩經》中的〈風〉詩,若如同高亨所言是各國自行獻給周王朝樂官的話,那麼各國的樂官應該比周王朝樂官更早一步編輯、潤色《詩經》。

重王朝，交換音樂，派人把樂歌獻給王朝。〈王風〉外的十四國風及〈魯頌〉、〈商頌〉裡應該有些詩篇出於這個來源。……通過上述三個來源，周王朝的樂官掌握了不少詩歌，並隨時增加，隨時編選，經過五百多年，樂官們才完成這部書的編輯工作。所以我們說《詩經》是周王朝各個時期的樂官所編輯。〔註21〕

依照高亨的說法，《詩經》諸篇是各個時期周王朝的樂官透過貴族作詩、樂官採詩以及各國獻詩三條途徑收集起來的。就「貴族作詩」而言，高亨以為〈周頌〉有些篇章是出自於王朝貴族為了種種用途，作成詩歌，交給樂官。按朱熹《詩集傳》：「〈周頌〉三十一篇，多周公所定，而亦或有康王以後之詩。」〔註22〕程俊英、蔣見元《詩經注析》：「〈周頌〉樂章大多用於宗廟祭祀，多數是貴族創作」〔註23〕，〈周頌〉多是貴族所作的說法前有所承後有所繼，再加上周王朝的詩歌理應交由樂官保管、編輯、譜成樂曲，由此觀之，高亨所言應該是可以相信的。

其次，對於「樂官採詩」的部分而言，在高亨的觀念裡，他認為〈大雅〉、〈小雅〉、〈王風〉裡應該有些詩歌是出自王朝樂官的搜集，但此所謂搜集並不是設有採詩的專官，也不是特派專人到各國去探訪，它是周王朝的樂官為了盡到他們的職責，留心採集王畿一帶的詩歌。

筆者以為，關於《詩經》究竟是怎樣輯成的？這問題在現在還無法作確定的答案，〔註24〕高亨當然有權利另立新說，但必須有進一步的論述才行，什麼樣的論述可以引起多數學者的共鳴，吾人不敢置喙，但可以肯定的是像高亨這樣僅為臆測的說法，又沒有舉例詳加說明，想要後人認同，恐怕不是那麼樂觀。

至於「各國獻詩」的部分，高亨將〈王風〉以外的十四國風以及〈魯頌〉、〈商頌〉的來源，歸為是各國諸侯為了尊重王朝或交換音樂，派人把樂歌獻給周王朝，所以各國的樂歌便集中到周王朝樂官的手中了。

按《左傳‧襄公十一年》：「諸侯之師觀兵於鄭東門，鄭人使王子伯駢行成，……鄭人賂晉侯以師悝、師觸、師蠲，廣車軘車淳十五乘，甲兵備。凡兵車百乘，歌鍾二肆，及其鏄磬，女樂二八。晉侯以樂之半賜魏絳……。」〔註25〕這是鄭國把三位樂官以及一些樂器、十六位樂工送給晉國的一段記載，晉國既然可以得到其

〔註21〕高亨：《詩經今注‧詩經簡述》，頁2。
〔註22〕朱熹：《詩集傳》卷19，頁223。
〔註23〕程俊英、蔣見元：《詩經注析》（北京：中華書局，1991年），下冊，頁933。
〔註24〕夏承燾：〈采詩與賦詩〉，《詩經學論叢》（台北：崧高書社，1985年），頁60。
〔註25〕杜預註：《春秋經傳集解》（台北：七略出版社，1991年），卷15，頁222～223。

他諸侯進獻的樂官、樂歌,那麼以周天子之尊,列國不是更應該向他進獻詩樂嗎?
又《國語‧魯語》提到:「昔正考父校商之名頌之十二篇於周大師。」〔註26〕由宋
正考父獻其本國頌詩於周太師之事推之,則各國亦均可有獻詩之舉,〔註27〕朱子
《詩集傳》也說:「諸侯采之以貢於天子,天子受之而列於學官。」〔註28〕據此,
朱子也是贊同各國諸侯自采其本國之詩而獻給天子。不過,詩獻到朝廷當然不可
能直接交給天子,而是交給太師,所以周太師手裡擁有各國的樂歌,自然是一件
很正常的事。

筆者以為,對於《詩經》的採集問題,由於缺乏直接佐證的資料,以致留給後
人太多的想像空間,至今仍是眾說紛紜、莫衷一是,不過倘若細審諸說,其實有些
說法雖有不同,然而卻不相悖,〔註29〕今人夏傳才曾說:「因為史無明據,古無定
制,對《詩經》中民間詩歌採集的具體情況,誰也無法作出確定的答案,我們可以
不拘泥於一說。」〔註30〕筆者認為今人對此只要能言之成理、據理推論的就可備一
說,不必拘泥於一種說法,這才是面對此一問題時最好的態度。

二、論《詩經》的刪定

《詩經》的成書,是憑藉著政府的力量采集來的。〔註31〕歷經這樣長時間的搜集,
數量一定相當可觀,何以現在只有三百〇五篇呢?許多學者以為原有的詩很多,經過
孔子的刪削,所以只剩下目前的三百餘篇,最早提出此說的是司馬遷,他在《史記‧
孔子世家》中有一番具體的描述:「古者詩三千餘篇,及至孔子,去其重,取可施於
禮義,上採契、后稷,中述殷周之盛,至幽、厲之缺,始於衽席……三百五篇孔子皆
弦歌之,以求合韶武雅頌之音。」〔註32〕這個說法和當時提倡五經的理論相一致,《史
記》又是權威性史書,故漢人相傳不疑。〔註33〕及至唐代,孔穎達雖不否認「《詩三

〔註26〕關於「校」字的意義,魏源《詩古微》以為審校音節,王國維〈說商頌〉謂:「校者,
　　　　獻也。謂正考父獻此十二篇於周太師。」今人多贊同王氏之說。

〔註27〕繆鉞:〈詩三百篇纂輯考〉,頁52。

〔註28〕朱熹:《詩集傳》(台北:學海出版社,1992年),卷1,頁1。

〔註29〕關於這樣的看法,可以參閱陳槃:〈詩三百篇之采集與刪訂問題〉,《中國文學史論文
　　　　選集》(台灣:學生書局,1978年),頁33~41。余培林:《詩經正詁》(台北:三民
　　　　書局,1993年),上冊,頁7~8。

〔註30〕夏傳才:《詩經研究史概要》(台北:萬卷樓圖書有限公司,1993年),頁29。

〔註31〕金公亮:《詩經學導讀》(台北:河洛圖書出版社,1978年),頁21。

〔註32〕司馬遷撰,裴駰、司馬貞、張守節注:《史記三家注》(台北:七略出版社,1991年),
　　　　下冊,卷47,頁770~771。

〔註33〕夏傳才:《詩經研究史概要》,頁42。

百》者，孔子定之」，但卻對司馬遷「古詩三千餘篇」提出質疑〔註34〕，孔穎達對《史記》記述的懷疑，給後來否定刪詩說的學者起了帶頭的作用。宋代興起懷疑學風，對孔子刪詩之說，提出了大膽的懷疑。至此以後關於孔子刪詩說與非刪詩說的論戰，一直持續到今天，各個時代有影響力的《詩經》學者都不可避免地捲入這場爭論。

孔子是否刪詩的意見歸納起來，大致可分為肯定、否定、半肯定半否定三派。〔註35〕肯定論者如歐陽修、呂祖謙、王應麟、馬端臨等；否定論者如葉適、朱彝尊、崔述等；半肯定半否定者如朱熹、趙翼等〔註36〕，與孔穎達一脈相承。孔穎達以為，《詩經》經孔子編訂為三百一十一篇，司馬遷謂孔子將古詩三千餘篇刪去十分之九，言之誇張。高亨的看法與孔氏相似，他以為古詩三千餘篇孔子刪為三百餘篇〔註37〕，此說僅見於《史記》，不但先秦人未曾講過，就連齊、魯、韓、毛四家經師也從未提及。高亨利用了《左傳》、《春秋》中引詩的情形，說明倘若古本《詩經》真有三千餘篇，那麼前人引用《詩經》時必然會出現許多不見於今本《詩經》的逸詩，然而事實與此恰恰相反〔註38〕；再加上《左傳・襄公二十九年》季札在魯觀樂，魯國樂官所掌握的《詩經》，是未經過孔子刪訂的古本《詩經》，但卻和今本《詩經》相差不遠，由此證明《史記》的這段記載是有待質疑的。

接著高亨又補充了下列一段話：

> 我們只能說古本《詩經》沒有三千餘篇，卻不能說春秋及其以前的詩歌沒有三千餘篇。………周王朝樂官編訂《詩經》，並沒有透過全面的搜集，所搜集到的詩篇也沒有全部編入《詩經》，《詩經》不過是個選本而已。根據上面

〔註34〕黃師忠慎：「許多學者誤以為孔穎達主張孔子未刪詩，其實孔穎達只是認為孔子不可能刪掉十分之九的詩。」見黃忠慎：〈季本《詩說解頤・總論》析評〉，國立彰化師範大學《國文學誌》第5期，2001年12月，頁24。

〔註35〕劉生良：〈孔子與《詩經》的整編——孔子與《詩經》之關係分述之一〉，《第四屆詩經國際學術研討會論文集》（北京：學苑出版社，2000年），頁187。

〔註36〕《朱子語類》（黎靖德編，台北：正中書局，1962年，卷23，頁934）：「太史公說古詩三千篇，孔子刪定三百，怕不會刪得如此多。」趙翼《陔餘叢考》（台北：世界書局，1961年，卷2，頁3）：「按詩本有小序五百一十一篇，此或即古詩原本，孔子即於此五百一十一篇內刪之為三百五篇耳。」兩者雖主張刪詩，但卻反對古詩三千首之說，因此筆者將其歸為半否定半肯定一派。

〔註37〕高亨認為經過孔子編訂後的孔門《詩經》，應當有三百二十篇左右，不過後來因為遭到秦始皇的焚燒，到了西漢初年，才剩下今本《詩經》的三百○五篇。詳《詩經今注・詩經簡述》，頁2；〈詩經引論〉，頁13。

〔註38〕大陸不少學者認為以所輯逸詩少來判斷古詩無三千之數，是非常不科學的，逸詩的存在反倒證明古詩數量大。說詳翟相君：〈孔子刪詩說〉，《河北學刊》1985年第6期，頁89～90。王澤君：〈孔子刪詩說辨惑〉，《四川師範大學學報》1989年第4期（1989年8月），頁15～17。

兩個證據推測，古本《詩經》不過比今本《詩經》略多一些罷了。〔註39〕古今許多學者喜歡討論司馬遷所言古詩三千餘篇是否屬實，關於這一點，陳新雄先生曾經跳出來替司馬遷作辯駁，他聯繫《史記·孔子世家》的上下文後指出：司馬遷明言，「孔子之時，周室微，而禮樂廢，詩書缺」，古本《詩經》確實是有三千餘篇，只不過那是指孔子以前，到了孔子之時詩已有缺，詩篇的數量大概和今本《詩經》差不多。〔註40〕高亨的看法不太一樣，他以為春秋及其以前那麼長的一段時間，人們所創造的詩歌當然會有三千篇，不過因為周王朝樂官編訂《詩經》，並不是全面性的搜集；再加上搜集到的詩篇也不是全部編入《詩經》，因此古本《詩經》非但不是三千餘篇，而且篇數只比今本《詩經》略多一些而已。

依筆者之見，在收集詩歌時，因種種原因不可能收集到民間所有的詩歌；或者雖然收集到了，但卻被編選者刪掉，以至於古本《詩經》裡的詩歌，與實際上人們所創造的詩歌，數量上產生很大的差距。周王朝的樂官在當時書寫條件比較困難的情況下，選詩當然以精為主，所以在面對大量的詩歌作品中，最後只選出三百多首，這個數量的選本應該是比較科學的，高亨的說法是有其合理性的。

高亨最後要說的是：

孔子當時用《易》、《書》、《詩》、《禮》、《樂》、《春秋》教授弟子，確曾親手編訂過《詩經》，用做課本。《論語》記：「子曰：『吾自衛反魯，然後樂正，雅、頌各得其所。』」（《子罕篇》）古代詩和樂是結合一起的。魯國所傳的樂歌集──《詩經》，自孔子看來，雅和頌的篇次有的紊亂了，孔子加以編訂，所以才說這樣的話。我們根據這段記載，可以得出孔子曾經編訂《詩經》的結論，卻得不出孔子曾經刪詩的結論。然而孔子用古書教授弟子，有他的主觀選擇，……當時《詩經》的舊本，孔子認為其中某些詩篇不符合他的教育目的，因而不選入他的課本裡，這是可能的。所以我們根據《論語》這段記載，誠然得不出孔子曾經刪詩的結論，但也得不出孔子未曾刪詩的結論。……總之，孔子刪過詩是可能的，但所刪的篇數決不會多。儒生們相信《史記》的說法，認為孔子把古本《詩經》刪去十分之九，誠然不是事實；認為孔子保持古本《詩經》的原封，一篇未刪，恐怕也未必如此。〔註41〕

〔註39〕高亨：〈詩經引論〉，頁11。

〔註40〕陳新雄：〈刪詩問題之探討〉，《第二屆詩經國際學術研討會論文集》（北京：語文出版社，1996年），頁323～332。

〔註41〕高亨：〈詩經引論〉，頁12。

關於孔子如何整理《詩經》，孔子自己只有非常簡略的描述：「吾自衛反魯，然後樂正，雅、頌各得其所。」除此之外，先秦古籍中沒有關於這個問題的其他可靠資料。高亨面對孔子是否刪詩的問題，其所採取的態度是，先否定司馬遷所言「古者詩三千餘篇」，再肯定孔子應該有刪過詩，只是刪的篇數不會多，高氏認為《詩經》是孔子用來作為傳授弟子的教本，他按照自己的主觀標準，進行了一次重要的整理刪訂工作，只不過周王朝樂官編選出來的古本《詩經》，詩篇的總數就只有三百多首，因此孔子所刪的篇數不可能太多。筆者以為，由於史無明據，對於孔子是否刪詩的具體情況，誰也無法作出明確的答案，高亨對於孔子刪詩說有著系統而完整的看法，其中雖然因史料的缺失而有推論的成分，但這些推論仍以間接的文獻資料和《詩》的內容為依據，因而具有很大的合理性〔註42〕，這樣的看法大致上還是擁有一定的說服力的。

第二節　論《詩經》的分類

　　將《詩經》分為風、雅、頌三部分即分為風、雅、頌三體是古今最為普遍、最為流行的一種分類方法。〔註43〕在現存的古代典籍中，最早記載詩體的是《左傳》與《論語》，二書中各有數處提及詩體的名稱〔註44〕，但從書中仍看不出《詩經》的分類。

　　關於風、雅、頌三體的分別，最早見於《荀子》一書〔註45〕，《荀子·儒效》：

　　　天下之道管是矣，百王之道一是矣；故《詩》、《書》、《禮》、《樂》之歸是矣。《詩》言是其志也；……。故〈風〉之所以為不逐者，取是以節之也；〈小雅〉之所以為小雅者，取是而文之也；〈大雅〉之所以為大雅者，取是而光之也；〈頌〉之所以為至者，取是而通之也。天下之道必是矣。鄉是者臧，倍是者亡，鄉是如不臧，倍是如不亡者，自古及今，未嘗有也。

　　〔註46〕

由此觀之，在荀子之時，《詩經》不僅有了風、雅、頌的明確分類，而且排列順序也與今天完全相同。後來遵循荀子詩分三類的人很多，不過從宋代開始，卻有一些學

〔註42〕王洲明：〈從學術史角度評論高亨的《詩經》研究〉，頁52。

〔註43〕趙沛霖：《詩經研究反思》，頁209～210。

〔註44〕如《論語·子罕》：「子曰：『吾自衛反魯，然後樂正，雅、頌各得其所。』」《左傳·隱公三年》：「風有〈采蘩〉、〈采蘋〉。」

〔註45〕可參閱劉持生：〈風雅頌分類的時代意義〉，《詩經研究論集》（北京：人民出版社，1959年），頁248。

〔註46〕荀子：《荀子》（上海：上海古籍出版社，1989年），卷4，頁39。

者提出了異議，他們主張周南、召南和風、雅、頌一樣，是《詩經》的體制之一，〔註47〕應該要把二南獨立，簡稱為南，和風、雅、頌合起來是四詩。像宋代的王質、程大昌，清代的顧炎武，以至於近人梁啓超、陸侃如、馮沅君、張西堂等，雖然他們所持的理由不盡相同，但都有相近的看法，也就是把《詩經》分成南、風、雅、頌四部份。對於這種分類方法，高亨表達了他的反對之意見：

> 《詩經》原來分為三類，就是風、雅、頌。……宋代王質（《詩總聞》）、
> 程大昌（《詩議》）、清代顧炎武（《日知錄》）、近代梁啓超（《釋四詩名義》）
> 等人，認為南也是《詩》的一類，應該從風中劃出，就是把《詩經》分為
> 南、風、雅、頌四類。這種說法是不對的。第一，二〈南〉的主要部分也
> 是民間歌謠，和其餘十三國風性質相同。第二，《左傳‧隱公三年》：「風
> 有〈采蘩〉、〈采蘋〉。」〈采蘩〉、〈采蘋〉都是〈召南〉的一篇，可見《左
> 傳》作者認為〈周南〉、〈召南〉屬於風。《周禮‧大師》、《禮記‧樂記》、
> 《荀子‧儒效》論《詩》，都是風、雅、頌三類並舉，而不及南。可見《周
> 禮》作者、《樂記》作者和荀卿都認為《詩經》只有風、雅、頌三類，南
> 屬於風，不是自為一類。先秦人對於三百篇的類別，不致弄錯。因此，我
> 們說二〈南〉也是風詩。〔註48〕

高亨肯定《詩經》分為風、雅、頌三類，他認為二南主要部分屬於民間歌謠，與其餘的十三國風性質相同；再加上《周禮》、《樂記》作者和荀卿都認定二南屬於國風，不是獨立的一類，先秦距離《詩經》的創作時代相差不遠，不僅三百篇詩歌是多數學者所誦讀，而且三百篇樂調也是多數學者所熟悉〔註49〕，對於《詩經》的分類應該不至於弄錯，因此不贊成把二南從國風中抽出，使他自成一類。

其實關於程大昌等人的說法，雖有不少根據，但理由並不充分，後人多舉證歷歷證明其說不可信，〔註50〕由此觀之，風、雅、頌是《詩經》的分類，應該是沒有問題的〔註51〕。

〔註47〕陳紹棠：〈二南引論〉，《詩經學論叢》（台北：崧高書社股份有限公司，1985 年），
　　　頁 101。
〔註48〕高亨：《詩經今注‧詩經簡述》，頁 3。
〔註49〕高亨：〈詩經引論〉，頁 23。
〔註50〕可參閱屈萬里：《詩經釋義》（台北：中國文化大學出版部，1980 年），頁 14；金景
　　　芳：〈釋二南〉，《詩經學論叢》（台北：崧高書社股份有限公司，1985 年），頁 88～
　　　89；胡念貽：〈關於風、雅、頌的問題〉，《詩經學論叢》（台北：崧高書社股份有限
　　　公司，1985 年）頁 215～218。
〔註51〕溫洪隆、徐光雍：《先秦兩漢魏晉南北朝文學攬勝》（武漢：湖北教育出版社，1988
　　　年）頁 17。

至於風、雅、頌名稱的解釋及其詩篇的性質，只有當初收集編輯分類命名之人知之最詳，了解最眞。〔註52〕不過由於當時分類命名之人對其性質、含義，並未加以解說，使得後世學者各持己見、說法眾多，以下便根據風、雅、頌三類考察高亨的說法，扼要分析如下：

一、風

《詩序》說：

> 風，風也，教也。風以動之，教以化之。……上以風化下，下以風刺上，
>
> 主文而譎諫，言之者無罪，聞之者足以戒，故曰風。〔註53〕

《詩序》將風解釋成「諷」，作「諷刺」、「風化」、「教化」講，這是站在經學的立場，從詩教的意義上立說。宋人開始突破《詩序》的觀點，而提出新的見解，如鄭樵在《六經奧論》卷三說：

> 風者，出於風土，大概小夫賤隸、婦人女子之言。其意雖遠，其言則淺近
>
> 重複，故爲之風。〔註54〕

朱熹也有類似的說法：

> 國者，諸侯所封之域；而風者，民俗歌謠之詩也。〔註55〕
>
> 風則閭巷風土，男女情思之詞。〔註56〕

他們把國風的「風」當作「風土」解，因爲各地風俗民情的不同，詩篇的措辭內容、聲氣腔調自然也就不同，從這些歌謠裡，可以看到不同的風土人情，所以各國的民俗歌謠之詩便稱作「風」。

對於前人所下的定義，高亨頗有微詞，他曾說：

> 《毛詩序》說：「風，風也，教也。風以動之，教以化之。」鄭樵說：「風
>
> 土之音曰風。」朱熹說：「風者民俗歌謠之詩。」僅能指出風詩與教化、
>
> 風俗的關係，未能探得風名的原始含義。〔註57〕

高亨以爲《詩序》、鄭樵、朱子作的解釋，僅能指出風詩與教化或風詩與風俗之間的關係，所以這些定義並不全面，並不是「風」名的本義。至於高亨是如何解釋「風」

〔註52〕黃振民：《詩經研究》，頁130。

〔註53〕鄭玄：《毛詩鄭箋》卷1，頁1。

〔註54〕見清徐乾學等輯、納蘭成德校刊：《通志堂經解》（台北：漢京事業股份有限公司，
出版社未標明出版時間），第40冊，卷3，頁23166。

〔註55〕朱熹：《詩集傳》卷1，頁1。

〔註56〕朱熹：《楚辭集註》（北京：中華書局，1985年），第1冊，卷1，頁2。

〔註57〕高亨：〈詩經引論〉，頁26。

呢？首先他針對〈風〉詩的內容作一個界定：

> 風包括〈周南〉、〈召南〉、〈邶〉、〈鄘〉、〈衛〉、〈王〉、〈鄭〉、〈齊〉、〈魏〉、
> 〈唐〉、〈秦〉、〈陳〉、〈檜〉、〈曹〉、〈豳〉十五國，合稱十五國風，共一百
> 六十篇，多數是民間歌謠。〔註58〕

高亨在解釋〈風〉的性質時，很有技巧地在「是民間歌謠」之前加上「多數」二字，如此一來使得其說不易動搖，因爲現存的〈風〉詩中的確摻雜著上層人物的作品，如〈載馳〉即是許穆夫人所作，並非所有的〈風〉詩都是來自民間的〔註59〕。接著高亨又說：

> 風本是樂曲的通名。〈大雅・崧高篇〉：「吉甫作誦，其詩孔碩，其風肆好。」
> 其風是說〈崧高〉詩的曲調。《左傳・成公九年》：「樂操土風。」土風就是
> 本土的曲調。《左傳・襄公十八年》：「吾驟歌北風，又歌南風，南風不競，
> 多死聲。」北風就是北方的曲調，南風就是南方的曲調。《山海經・大荒西
> 經》：「太子長琴……始作樂風。」《海內經》：「鼓延是始爲鐘，爲樂風。」
> 樂風就是樂曲。由上述五個例證看來，風本是樂曲的通名了。〔註60〕

高亨根據《詩經》、《左傳》以及《山海經》的記載，將「風」解釋爲「樂曲的通名」，其實以「樂曲」釋「風」，高亨並不是第一人，近人顧頡剛對此曾作過一番詳細的考訂，贊同「風」的本義就是「音樂曲調」〔註61〕，高亨只是接受了顧氏的觀點，作了更完密的發揮而已。

至於音樂曲調爲什麼用「風」命名呢？高亨也提出了看法，他說：

> 樂曲爲什麼叫做風呢？主要原因是風的聲音有高低、大小、清濁、曲直的
> 不同，樂曲的音調也有高低、大小、清濁、曲直的不同，樂曲有似於風，
> 所以古人稱樂爲風。同時樂曲的內容和形式，一般是風俗的反映，所以樂
> 曲稱風與風俗的風也是有聯繫的。由此看來，所謂國風就是各國的樂曲，
> 〈衛風〉就是衛國的樂曲，〈曹風〉就是曹國的樂曲，餘可類推〔註62〕。

〔註58〕 高亨：《詩經今注・詩經簡述》，頁4。

〔註59〕 可參閱朱東潤：〈國風出於民間論質疑〉，《讀詩四論》（台北：東昇出版公司，1980年），頁1～63。屈萬里：〈論國風非民間歌謠的本來面目〉，《書傭論學集》（台北：台灣開明書店，1980年），頁194～215。翟相君：〈國風非民歌說〉，《鄭州大學學報》1988年第2期（1988年4月），頁82～90。楊仲義：《詩騷新識》（北京：學苑出版社，1999年），頁11～13。

〔註60〕 高亨：《詩經今注・詩經簡述》，頁4。

〔註61〕 參顧頡剛：〈論詩經所錄全爲樂歌〉，《古史辨》（台北：明倫書店，1970年），第3冊，頁608～657。

〔註62〕 高亨：《詩經今注・詩經簡述》，頁4。

高亨既以樂曲能發出大小高低、清濁長短各種聲響有似於風，又以風俗的反映言名風的由來，可說是兼顧了舊說與新義。不過，接下來他說：「所謂國風就是各國的樂曲，〈衛風〉就是衛國的樂曲，〈曹風〉就是曹國的樂曲，餘可類推」，這樣的論述就稍欠妥當了，因為〈國風〉的「國」字不等於現代所講的「國家」，而是方域、地區、邦的意思〔註63〕，如〈周南〉、〈召南〉、〈豳風〉都不是以「國家」意義命名的，而是說周南、召南之地的土樂、豳地的土樂，這裡應該將「各國的樂曲」改為「各地的樂曲」，如此一來問題就能迎刃而解了。

二、雅

關於雅的意思，學者的看法極不一致〔註64〕。《詩序》說：「雅者，正也。言王政之所由廢興也。」〔註65〕用「正」來解釋雅的字義本來沒有錯，但是把「正」字又轉訓為「政」，並得出「言王政之所由廢興」的結論，這種說法顯然不能令人心悅誠服。

朱熹《詩集傳》對「雅」提出的解釋是：

> 雅者，正也，正樂之歌也。〔註66〕

朱熹基本上繼承了《詩序》的觀點，把「雅」解釋為「正」，但他並不過度引申，而改由音樂的角度立論，將「雅」解為「正樂之歌」，不過他沒有講明為什麼「雅」是正樂，這是相當令人惋惜的一點。

近代研究《詩經》的學者，對「雅」也作出了種種解釋，如章太炎和張西堂的「樂器說」，他們認為「雅」本是一種樂器，用這種樂器伴奏的的樂歌，就稱作「雅」〔註67〕；還有一種說法也頗為流行，那就是「雅的本字即是夏字，雅就是夏的意思」〔註68〕，高亨原則上認同後者的看法，他在〈詩經簡述〉中先針對「雅」的作者作了下列的解說：

〔註63〕周滿江：《詩經》，頁14。
〔註64〕詳見蘇雪林：《詩經雜俎》（台北：台灣商務印書館，1995年），頁124〜128。
〔註65〕鄭玄：《毛詩鄭箋》，卷1，頁3。
〔註66〕朱熹：《詩集傳》，卷9，頁99。
〔註67〕可參閱張西堂：《詩經六論》（上海：商務印書館，1957年），頁109〜110。
〔註68〕梁啓超在〈釋四詩名義〉裡說：「依我看，『大小雅』所合的音樂，當時謂之正聲，故名曰雅。……然則正聲為什麼叫做『雅』呢？『雅』與『夏』古字相通，《荀子‧榮辱》篇『越人安越，楚人安楚，君子安雅』；《儒效》篇則云：『居楚而楚，居越而越，居夏而夏』，可見安雅之雅即是夏字。荀氏〈申鑑〉，左氏〈三都賦〉皆云『音有楚夏』說的是音有楚音夏音之別，然則風雅之『雅』其本字當作『夏』無疑，《說文》：『夏，中國之人也』雅音即是夏音，猶言中原之正聲云爾。」見梁啓超：《飲冰室專集》（台灣：中華書局，1972年），第16冊，頁95〜96。

雅有〈小雅〉、〈大雅〉，合稱二〈雅〉，……多數爲朝廷官吏（公卿大夫士）的作品。〔註69〕

按屈萬里嘗言：「大小〈雅〉裡，固然多半是士大夫的作品，但〈小雅〉中也有不少類似風謠的勞人思婦之辭——如〈黃鳥〉、〈我行其野〉、〈谷風〉、〈何草不黃〉等是。」〔註70〕高亨以爲〈雅〉詩「多數爲朝廷官吏（公卿大夫士）的作品」，就〈雅〉詩的內容來看，應無疑義。

至於「雅」名的本義爲何？高亨說：

雅是借爲夏字，〈小雅〉、〈大雅〉就是〈小夏〉、〈大夏〉。因爲西周王畿，周人也稱夏，所以《詩經》的編輯者用夏字來標西周王畿的詩。〔註71〕

高亨認爲「雅」是「夏」的同音假借字，「雅詩」即是「夏地之詩」〔註72〕，因爲西周王畿是夏人的故地，周人稱此地爲「夏」，因此《詩經》的編輯者就利用「夏」字標示西周王畿的詩。

另外，高亨並提出三項例證說明此一觀點，他說：

這個說法是有根據的：第一，雅夏二字古通用，《墨子·天志下》引《詩經》〈大雅〉作〈大夏〉，足證古本《詩經》，〈小雅〉、〈大雅〉也作〈小夏〉、〈大夏〉。第二，二〈雅〉都是西周王畿的詩，這從詩篇的整個內容來看，是可以肯定的。（只有〈小雅·大東〉等似是東周域內人所作。）……而西周王畿，周人也稱爲「夏」，（見《尚書》中《康誥》、《立政》）這個地域後歸秦國所有，從而這個地域的詩篇就是〈秦風〉了。春秋時人尚稱〈秦風〉爲「夏聲」（見《左傳·襄公二十九年》）由此可見，雅是借爲夏字，夏是西周王畿的舊稱，《詩經》的編輯者用夏字標明這部分詩篇產生的地域。第三，《詩經》三百篇都是以地域分編，用地域名稱加標題的。十五國風的十五國，〈周頌〉、〈魯頌〉、〈商頌〉的周、魯、商，都是代表地域，可見二雅的雅也是代表地域，即借爲夏字。如果不是這樣，二雅是哪個地域的詩歌就表示不出來了。〔註73〕

按高亨在論述時，運用了先秦古籍中不少資料，依照《墨子·天志》的記載：「於先王之書，大夏之道之然：『帝謂文王：予懷明德，毋大聲以色，毋長夏以革，不識不

〔註69〕高亨：《詩經今注·詩經簡述》，頁5。
〔註70〕屈萬里：《詩經釋義》，頁6。
〔註71〕高亨：《詩經今注·詩經簡述》，頁5。
〔註72〕孫作雲：〈說雅〉，《詩經學論叢》（台北：崧高書社股份有限公司，1985年），頁135。
〔註73〕高亨：《詩經今注·詩經簡述》，頁5。

知，順帝之則。』」〔註74〕（今本〈大雅・皇矣〉二「毋」字作「不」），《墨子》所引的詩，即〈大雅・皇矣〉篇，但是它不稱「大雅」而稱「大夏」，可見在春秋末年、戰國初年之時，古書中猶有稱「大雅」為「大夏」，「小雅」為「小夏」。這是證明《詩經》中的「雅」字原為「夏」字，其初義為夏地之詩最直接的證據。其次，就詩篇的整體內容而言，二〈雅〉幾乎都是西周王畿的詩，西周王畿是夏人的故地，基於這項原因，周人稱西周王畿為「夏」，稱自己為「夏人」，如《尚書・康誥》：「惟乃丕顯考文王，克明德慎罰，不敢侮鰥寡，……用肇造我區夏，越我一二邦，以修我西土。」〔註75〕《尚書・立政》：「嗚呼！其在受德暋，惟羞刑暴德之人，同于厥邦；乃惟庶習逸德之人，同于厥政。帝欽罰之，乃伻我有夏，式商受命，奄甸萬姓。」〔註76〕雖然平王東遷以後，這個地域歸秦國所有，不過《左傳・襄公二十九年》記錄季札至魯觀樂，聞歌〈秦風〉，仍然說：「此之謂夏聲」。〔註77〕可見舉凡西周王畿的詩，均可稱作「夏詩」。此外，《詩經》三百篇都是以地域分編，用地域名稱加標題的，所以二〈雅〉的「雅」應該借為「夏」，它是以地為名，猶如十五國風各以地域作區別的道理是一樣的。從上述這些論述看來，高亨說「雅借為夏」、「《詩經》編輯者用夏字標明二〈雅〉產生的地域」，可信度是相當高的；加上《文匯報》於2000 年 8 月 16 日報導，上博戰國竹簡孔子論《詩》就稱作「訟」、「大夏」、「小夏」、「邦風」，也就是今本《詩經》的「頌」、「大雅」、「小雅」、「國風」，〔註78〕考古發現也證明了高亨的論斷應該是正確的。

此外，關於〈大雅〉、〈小雅〉之分，《詩序》云：

> 雅者，正也。言王政之所由廢興也。政有大小，故有〈小雅〉焉，有〈大雅〉焉。〔註79〕

這是從政治內容來區分。朱熹《詩集傳》說：

> 正〈小雅〉，燕饗之樂也；正〈大雅〉，會朝之樂，受釐陳戒之辭也。……辭氣不同，音節亦異。〔註80〕

朱熹則是按照音樂的使用場合及辭氣表現的異同來分辨大、小〈雅〉。

嚴粲《詩緝》則說：

〔註74〕吳毓江：《墨子校注》（重慶：西南師範大學出版社，1992 年），卷 7，頁 282。
〔註75〕吳璵注譯：《新譯尚書讀本》（台北：三民書局，1977 年），頁 100。
〔註76〕吳璵注譯：《新譯尚書讀本》，頁 157。
〔註77〕杜預註：《春秋經傳集解》，卷 19，頁 272。
〔註78〕施宣圓：〈上海戰國竹簡解密〉，《文匯報》第 1 版（2000 年 8 月 16 日）。
〔註79〕鄭玄：《毛詩鄭箋》，卷 1，頁 3。
〔註80〕朱熹：《詩集傳》，卷 9，頁 99。

〈雅〉之小、大，特以其體之不同耳。蓋優柔委曲，意在言外者，風之體
也；明白正大，直言其事者，雅之體也。純乎雅之體者雅之大，雜乎風之
體者雅之小。〔註81〕

嚴粲認為大、小〈雅〉的區別在於詩體風格的不同〔註82〕，〈小雅〉兼有〈風〉之
體，至於〈大雅〉則是純然的雅體。〔註83〕

　　面對種種不同的說法，高亨有其個人的見解：

關於「小、大雅」的區分問題古有四說，即按照其政治內容而分；按照其
用途而分；按照其體裁而分；按照其樂音而分。前三者都不符合二「雅」
的實際，自不可信；最後一說，雖然圓通，然而詩的樂音既亡，先秦古書
又無佐證，此說是否，還難論定。這個問題，只好闕疑了。〔註84〕

高亨坦承關於〈小雅〉、〈大雅〉的區分問題，舊說不是不圓通，就是缺乏先秦古書
的佐證，因此這時他不強作解人，而以闕疑的態度來看待這個問題。這不禁使人想
起高亨曾說：「我讀古書，從不迷信古人，盲從舊說，……力求出言有據，避免遊談
無根」〔註85〕，這種讀書的態度是值得吾人肯定的。

三、頌

　　《詩序》說：

頌者，美盛德之形容，以其成功告於神明者也。〔註86〕

這就是說，在祭祀或重大典禮時，頌美神明或祖先，並將成功之事告訴神明，其所
成之詩篇就稱為「頌」。

　　朱熹在《詩集傳》則說：

頌者，宗廟之樂歌。《大序》所謂：「美盛德之形容，以其成功告於神明者
也。」蓋頌與容，古字通用，故《序》以此言之。〔註87〕

朱熹一則同意《詩序》之說，並提出「頌與容，古字通用，故《序》以此言之」，再

〔註81〕嚴粲：《詩緝》，卷1，頁10。
〔註82〕趙逵夫：〈論《詩經》的編輯與《雅》詩的分為大、小兩部分〉，《河北師院學報》1996
　　　　年第1期，頁75。
〔註83〕李莉褰：《嚴粲詩緝之研究》（台中：中興大學中文研究所碩士論文，1997年），頁
　　　　56。
〔註84〕高亨：〈詩經引論〉，頁29～30。
〔註85〕高亨：《詩經今注・前言》，頁1。
〔註86〕鄭玄：《毛詩鄭箋》，卷1，頁3。
〔註87〕朱熹：《詩集傳》，卷19，頁223。

則又用最簡潔的定義來說「頌」，那就是——宗廟的樂歌〔註88〕。

　　清朝的一些學者，從訓詁學的角度考察「頌」的本義，進而提出了新的說法，其中影響最大的當推阮元。他說：

　　　　「頌」字即「容」字也。……容、養、羕一聲之轉……今世俗傳之「樣」
　　　　字，始於《唐韻》，即「容」字轉聲所借之「羕」字。……所謂〈商頌〉、
　　　　〈周頌〉、〈魯頌〉者，若曰商之樣子，周之樣子，魯之樣子而已，無深義
　　　　也。何以三〈頌〉有樣而〈風〉、〈雅〉無樣也？〈風〉、〈雅〉但弦歌笙間，
　　　　賓主及歌者皆不必因此而爲舞容，惟三〈頌〉各章皆是舞容，故稱爲〈頌〉。
　　　　〔註89〕

阮元從聲音的關係上證明「頌」即「容」，「容」即「樣」，又從「樣」字推論出「頌」是舞曲的結論，這是頗受今人重視的說法，不過〈頌〉詩是否清一色都是舞詩，還有待於進一步的證實〔註90〕。

　　高亨對於「頌」的定義，提出了以下的說法：

　　　　頌有〈周頌〉、〈魯頌〉、〈商頌〉，合稱三頌，共四十篇。……這類詩爲什
　　　　麼叫做頌呢？頌就是歌頌之頌，贊美之意。三頌的詩，其中心內容是贊美
　　　　在位的周王、魯侯、宋公或其祖先的功德，其專用範圍限於周王、魯侯、
　　　　宋公舉行祭祀或其它重大典禮，所以叫做頌。這是頌詩兩個基本條件，至
　　　　於風詩、雅詩中也有贊美王與公侯或其祖先的詩篇，適合前一條件，但不
　　　　適合後一條件，所以不列入頌詩。〔註91〕

將高亨的這一段話與上述之言合併以觀，可以相信他應該是接受了《詩序》的觀點，而作了進一步的發揮。高氏認爲「頌」就是歌頌、贊美的意思，《詩經》中的〈頌〉詩，其組成必包含兩個基本條件：就內容而言，是用來贊美在位的周王、魯侯、宋公或其祖先的功德；就專用範圍而言，必須限於周王、魯侯、宋公舉行祭祀或是其它重大典禮之時，兩個要素缺一不可。

　　按〈頌〉包括了〈周頌〉、〈魯頌〉、〈商頌〉三部分，〈周頌〉爲祭祀時頌神、頌祖先之樂歌，而〈魯頌〉就其內容來看，並非眞正的祭祀之詩，〈商頌・殷武〉舊謂

〔註88〕黃師忠愼：《詩經簡釋》（板橋：駱駝出版社，1995年），頁629。

〔註89〕阮元著、鄧經元點校：《揅經室集》（北京：中華書局，1993年），卷1，頁18。

〔註90〕如近人王國維對於此論曾提出辯駁說：「〈周頌〉三十一篇，惟〈維清〉爲象舞之詩。
　　　　〈昊天有成命〉、〈武〉、〈酌〉、〈桓〉、〈賚〉、〈般〉爲武舞之詩，其餘二十四篇爲舞
　　　　詩與否，均無確證。」

〔註91〕高亨：《詩經今注・詩經簡述》，頁5。

祀高宗之作，今之學者主張讚美宋襄公者頗多，〔註92〕由此觀之，高亨對〈頌〉詩
所下的定義，與〈頌〉詩的實際情況，並不是完全相符。不過由於「《詩》無達詁」，
在《詩經》面前，每一個人都是讀者的身分，每一個人都可以有一套自己的詮釋理
論或模式，高亨當然也不例外，在詩旨的解說上，他與其他學者的看法常有出入，
爲了公平起見，吾人不妨拿高亨對〈頌〉所下的定義去檢視他所謂的詩旨，他強調
的是「三頌的詩，其中心內容是讚美在位的周王、魯侯、宋公或其祖先的功德，其
專用範圍限於周王、魯侯、宋公舉行祭祀或其它重大典禮，……這是頌詩兩個基本
條件」，可是他對〈魯頌‧駉〉的解說是這樣的：「這是魯僖公的大臣所作的養馬歌，
描寫公家馬的盛壯，並警告養馬的官吏和奴僕要好好地養馬」，〔註93〕再以〈魯頌‧
有駜〉爲例，對於此篇，他說：「這首詩描寫貴族官吏辦事與宴飲的生活，有頌德祝
福的意味。」〔註94〕，這兩首詩完全不合乎高亨所謂〈頌〉詩的必備條件，高氏把
這樣的作品冠上這樣的定義，實在是有些自相矛盾。

　　最後，高亨替《詩經》的分類下了個結論：

> 總之，風雅頌的區別：〈風〉是民間歌謠，但也有例外；〈雅〉是朝廷官吏
> 的作品，而〈小雅〉又有些民間歌謠；〈頌〉是王侯舉行祭祀或其他重大
> 典禮專用的樂歌。……。這是詩三百篇在歷史上的分類，我們現在研究《詩
> 經》，應該從它們的思想內容去分類，不必拘守風雅頌了。〔註95〕

由高亨對風雅頌三類的區別，不難看出他顯然是接受鄭樵的觀點，亦即《詩經》是依
照樂調來分類的〔註96〕。這種編排方法，在最初應該有它的實用性和科學性〔註97〕。
不過因爲時代久遠，社會變遷，古樂全部失傳，只保存下三百篇歌詞，人們對它的編
排體制便不容易明白了。因此高亨提出了風雅頌的區別「這是詩三百篇在歷史上的分
類，我們現在研究《詩經》，應該從它們的思想內容去分類，不必拘守風雅頌」這樣

〔註92〕黃師忠慎：〈季本《詩說解頤‧總論》析評〉，頁 31。
〔註93〕高亨：《詩經今注》，頁 509。
〔註94〕高亨：《詩經今注》，頁 512。
〔註95〕高亨：《詩經今注》，頁 6。
〔註96〕鄭樵《通志‧總序》：「風土之音曰風，朝廷之音曰雅，宗廟之音曰頌。」（台北：新
　　　　興書局影印本，1959 年，第 1 冊，頁 2），其實這個觀點不止高亨認同，後世許多學
　　　　者也都接受。如朱熹《詩集傳》所謂「所謂風者，多出於里巷歌謠之作」、「小雅，
　　　　燕饗之樂也；大雅，朝會之樂」、「頌者，宗廟之樂歌」，除了注重詩篇意涵與作者的
　　　　社會階級之外，也注意到音樂性質的不同。近人從音樂聲調立論的人更多，如王國
　　　　維云：「竊謂風、雅、頌之別，當於聲求之。頌之所以異於風、雅者，雖不得而之，
　　　　今就其著者言之，則頌之聲較風、雅爲緩也。」
〔註97〕夏傳才：《詩經研究史概要》，頁 27。

的結論，對於這樣的結論，相信應該可以引起不少學者的共鳴。

第三節　論《詩經》的產生地域與時代

有關《詩經》的產生地域及寫作時代，前人雖有頗多的考證，說法卻相當不一致。以下就〈風〉、〈雅〉、〈頌〉三類依序考察高亨的觀點：

一、十五國風

（一）〈周南〉、〈召南〉

關於〈周南〉、〈召南〉的解釋，《詩序》說：

> 南，言化自北而南也。〔註98〕

這一種說法流傳很久，不過是沒有道理的。崔述在《讀風偶識》中就曾駁斥說：「江、沱、汝、漢皆在歧周之東，當云自西而東，豈得自北而南乎？」〔註99〕這樣的說法可謂是給《序》說最有力的一擊，可見《詩序》對「二南」的解釋是不正確的。

南宋程大昌則說：

> 蓋南、雅、頌，樂名也。若今樂曲之在某宮者也。〈南〉有周、召，〈頌〉
> 有周、魯、商，本其所得而還以繫其國土也。〔註100〕

程氏的說法在學術界產生極大的影響，不過這樣的說法也有很大的缺失，因此不能將其視為定論。〔註101〕

高亨對〈周南〉、〈召南〉有著下列的解釋，他說：

> 〈周南〉詩十一篇，〈召南〉詩十四篇，都是南方的作品。西周初期，周
> 公姬旦長住東都洛邑，統治東方諸侯；召伯姬奭長住西都鎬京，統治西方
> 諸侯，由陝（今河南陝縣）分界。……周南當是在周公統治下的南方地域。
> 召南當是在召公統治下的南方地域。〔註102〕

高亨認為〈周南〉、〈召南〉二十五篇都是南方的作品，它們的取名，與西周初期的周公、召公，關係十分密切。西周初期，周公和召公分陝而治，陝，即今河南省陝縣，陝以東的地區，歸屬周公；陝以西的地區，則是歸屬召公。

〔註98〕鄭玄：《毛詩鄭箋》，卷1，頁3。
〔註99〕崔述：《讀風偶識》，卷1，頁5。
〔註100〕程大昌：《考古編》（北京：中華書局，1985年），卷1，頁2。
〔註101〕詳金景芳：〈釋二南〉，《詩經學論叢》（台北：崧高書社股份有限公司，1985年），頁87～99。
〔註102〕高亨：《詩經今注》，頁6～7。

高亨接著又說：

> 根據二〈南〉詩，〈周南·汝墳〉：「遵彼汝墳。」〈漢廣〉：「漢之廣矣，不
> 可泳思！江之永矣，不可方思！」可見〈周南〉疆域北到汝水，南到江漢
> 合流即武漢地帶。〈召南·江有汜〉：「江有汜。」「江有渚。」「江有沱。」
> 可見〈召南〉南到武漢以上長江流域的地帶。二〈南〉的地域應該包括當
> 時一些國家，如楚、申、呂，隨等都在內。二〈南〉詩中有東周作品，也
> 可能有西周作品。〔註103〕

高亨根據詩篇的內容去分析，例如〈汝墳〉篇的「遵彼汝墳」，汝是指汝水；〈漢廣〉
篇的「漢之廣矣」、「江之永矣」，漢是指漢水，江是指長江；〈江有汜〉篇的「江有
汜」，江也是指長江，因而推知「二南」產生的地區，是北到汝水，南到長江等一帶
的地方。高氏對〈周南〉、〈召南〉的解釋，既考慮到「南」的音樂性質，更講明了
何以稱作「周南」、「召南」的原因，以及二南的地域，其說應當較為周延。

　　至於二〈南〉的寫作時間，漢儒認為其所收者為殷末周初時詩，但拿二〈南〉
諸詩與〈周頌〉及〈大雅〉詩篇相互比較，二〈南〉文辭淺顯易懂，時代不太可能
早至周初，後世學者根據〈召南〉中〈甘棠〉和〈何彼襛矣〉二詩，斷定二〈南〉
的創作時間可大致考定為西周晚年和東周初年〔註104〕，這已經是定論，因此高亨說
「二〈南〉詩中有東周作品，也可能有西周作品」，這是毫無疑問的。

（二）〈邶〉、〈鄘〉、〈衛〉

高亨云：

> 〈邶〉、〈鄘〉、〈衛〉，共詩三十九篇，在春秋時代便已混在一起，今本《詩
> 經》，〈邶〉十九篇，〈鄘〉十篇，〈衛〉十篇，是漢人隨意分的。春秋時人
> 認為〈邶〉、〈鄘〉、〈衛〉都是衛國的詩，《左傳·襄公二十九年》：「吳公
> 子札來聘，請觀於周樂，……使工……為之歌〈邶〉、〈鄘〉、〈衛〉。曰：『是
> 其衛風乎。』」《左傳·襄公三十一年》衛北宮文子引〈邶風〉稱為「衛詩」，
> 就是明證。〔註105〕

高亨斷言春秋時人是把邶、鄘的詩，也說成是衛國的作品。他舉出兩個例證來說明
此一觀點，其一是《左傳·襄公二十九年》記載吳公子季札到魯國參觀周樂，聽完
魯國樂工演唱〈邶〉、〈鄘〉、〈衛〉的詩歌以後，在評論時，即將此三國風，合稱為
「衛風」；其二是《左傳·襄公三十一年》記載衛國的北宮文子在引〈邶風·柏舟〉

〔註103〕高亨：《詩經今注》，頁7。
〔註104〕說詳陳節：《詩經漫談》，頁11。屈萬里《詩經釋義》，頁24～25。
〔註105〕高亨：《詩經今注》，頁7。

時，也稱此爲「衛詩」，可見從春秋時代開始，就有人邶、鄘、衛的作品，看成是一組詩。

按三國之詩並爲衛詩早已是定論，而且在探討此一問題時，學者們大致都會引用《左傳》的這兩段話作爲佐證，高亨自然也不例外，其所論大抵只是依循前人的說法略作介紹，並沒有特殊的見解。

高亨接著又說：

> 衛國疆土在今河北南部及河南北部。西周初年，成王封他的叔父姬封於衛，都朝歌（即今河南淇縣東北的朝歌城）。……舊說邶在朝歌北（今河南湯陰縣東南的邶城鎮即古代邶城），鄘在朝歌南（今河南新鄉縣西南的鄘城即古代鄘城），都屬於衛。〈邶〉、〈鄘〉、〈衛〉多數是東周作品。〔註106〕

高亨上述的這一段話，論及〈邶〉、〈鄘〉、〈衛〉的地理形勢與寫作年代。就地理形勢而言，他承襲了鄭玄、朱熹等舊有的說法〔註107〕，認爲邶和鄘都是衛邑名，同屬一個地區，衛國的都城是朝歌，朝歌以北屬於邶，以南則是屬於鄘。就寫作時代而言，〈邶〉、〈鄘〉、〈衛〉多數是東周的作品。其實，〈邶〉、〈鄘〉、〈衛〉這三十九篇詩皆辭淺易解，不像是西周初年的作品，屈萬里《古籍導讀》認爲「三風中或有西周晚年時詩，然大都皆東遷以後至春秋前期之作」〔註108〕，這一點可謂是定論，因此高亨說此三〈風〉多數是東周的作品，這是無庸置疑的。由此觀之，高亨對於這些幾乎是已成定論的議題基本上是沒有異議的。

（三）〈王〉

〈王風〉十篇，高亨提出了下列的說明：

> 〈王風〉，東周王國境內的作品。東周疆土在今河南北部。

高亨認爲〈王風〉十篇是周平王東遷以後，在王城附近之地的詩歌。它們的產生的地點在今天河南省北部。

至於〈王風〉名稱的由來，鄭玄《詩譜》曰：

> 平王以亂故，徙居東都王城，於是王室之尊與諸侯無異，其詩不能復雅，故貶之，謂之王國之變風。〔註109〕

〔註106〕高亨：《詩經今注》，頁7。

〔註107〕鄭玄《詩譜》：「周武王伐紂，以其京師封紂子武庚爲殷後。庶殷頑民被紂化日久，未可以建諸侯，乃三分其地，……自紂城而北謂之邶，南謂之鄘，東謂之衛。」朱熹《詩集傳》：「邶、鄘、衛，三國名，……武王克商，分自紂城，朝歌而北謂之邶，南謂之鄘，東謂之衛，以封諸侯。」

〔註108〕屈萬里：《古籍導讀》（台北：台灣開明書店，1964年），頁154～155。

〔註109〕孔穎達：《毛詩正義》（北京：北京大學出版社，1999年），上冊，卷4，頁251。

鄭玄認為平王東遷後，周室衰微，無法駕馭諸侯，其地位與各諸侯無異，故王都之詩不為「雅」，而淪為「王風」。

朱熹《詩集傳》進一步指出：

> 晉文侯、鄭武公迎宜臼於申而立之，是為平王。徙居東都王城，於是王室遂卑，與諸侯無異，故其詩不為〈雅〉而為〈風〉。然其王號未替也，故不曰周而曰王。〔註110〕

根據朱熹的說法，雖然平王東遷之後王室衰微，但是周的王號依然存在，所以不叫「周風」，而稱「王風」。

高亨觀點則是：

> 周平王東遷洛邑（也稱王城，在今河南洛陽西五里），名義上還是中國的王，實際上也相當受到諸侯的尊敬，所以稱此地帶的詩為〈王風〉。〔註111〕

高亨的說法與前人大同小異，他認為周平王名義上仍是中國的王，實際上也相當受到諸侯的尊敬，因此洛邑一帶的詩歌便稱為〈王風〉。

（四）〈鄭〉

高亨云：

> 〈鄭風〉，詩二十一篇。鄭國疆土在今河南中部。西周宣王時封他的弟弟姬友於鄭（此鄭在今陝西華縣西北），姬友即鄭桓公。幽王末年，桓公做王朝司徒，從虢、鄶二國取得十個邑，把他的家屬和一部份人民遷到那裡去。犬戎侵略西周，殺死幽王和桓公，桓公的兒子武公建國於東方，仍稱鄭（都城即今河南新鄭縣）。〈鄭風〉是武公建國以後的詩，都是東周作品。〔註112〕

高亨認為鄭是西周宣王的弟弟姬友（桓公）所封之國，地點在陝西省境內，桓公後來擔任幽王的司徒，死於犬戎之禍。他的兒子武公建國於東方，定都在河南省的新鄭縣，〈鄭風〉二十一篇都是武公建國以後的詩，都是東遷以後的作品。這樣的說法顯然也是承繼著前人之說而來。〔註113〕

〔註110〕朱熹：《詩集傳》，卷4，頁42。

〔註111〕高亨：《詩經今注》，頁7～8。

〔註112〕高亨：《詩經今注》，頁8。

〔註113〕鄭玄《詩譜》：「初，宣王封母弟友於宗周畿內咸林之地，是為鄭桓公，今京兆鄭縣（今陝西華縣境）是其都也。為幽王大司徒……，幽王為犬戎所殺，桓公死之。其子武公，與晉文侯定平王於東都王城……。今河南新鄭（本鄶地。今仍名新鄭）是也。」

（五）〈齊〉

　　高亨云：

　　　　〈齊風〉，詩十一篇。齊國疆土在今山東省東北部和中部。周武王封他的大
　　　　臣呂望（姜太公）於齊，都營丘（即今山東省臨淄縣），胡公遷薄姑（即今
　　　　山東省博興縣東北薄姑城），獻公又遷回營丘，改稱臨淄。〔註114〕

高亨認為齊國是西周武王時姜太公呂望始封之國，其地理位置在今天的山東省東北
部和中部。

　　至於〈齊風〉的寫作年代，高亨則論曰：

　　　　〈齊風〉中〈南山〉、〈敝笱〉、〈載驅〉、〈猗嗟〉四篇都是東周作品，其餘
　　　　不詳。〔註115〕

〈齊風〉中的〈南山〉、〈敝笱〉、〈載驅〉三篇，據說是諷刺齊襄公與其同父異母
妹文姜私通的事，此事《左傳・桓公十八年》記載頗詳，因此高亨認定它們是東
周時期的作品；而〈猗嗟〉篇，高亨繼承方玉潤的說法〔註116〕，以為這是「贊揚
魯莊公體壯貌美，能舞善射」〔註117〕的詩，魯莊公即位是西元前六百九十三年左
右的事，因此高亨將它的年代定為東周時期，這也是毫無疑問的。其餘的七篇，
由於從詩文內容中無法辨識出它們的年代，是故高亨便以闕疑的態度來面對這個
問題。

（六）〈魏〉

　　關於〈魏風〉的地理位置，高亨云：

　　　　〈魏風〉，詩七篇。魏國疆土在今山西西南部。國君姓姬，始受封者不知
　　　　為誰（都城在今山西芮城縣東北）。〔註118〕

高亨認為魏為姬姓之國，始受封者今已不可考。它的領域約當現今山西省的西南
部。

　　至於〈魏風〉的寫作時間，高亨說：

　　　　東周惠王十六年（西元前 661 年）魏被晉國所滅，〈魏風〉都是此年以前
　　　　的作品。〔註119〕

〔註114〕高亨：《詩經今注》，頁8。
〔註115〕高亨：《詩經今注》，頁8。
〔註116〕方玉潤《詩經原始》：「齊人初見莊公而嘆其威儀技藝之美。」見《詩經原始》（台
　　　　北：台灣藝文印書館，1959年），第2冊，卷6，頁13。
〔註117〕高亨：《詩經今注》，頁139。
〔註118〕高亨：《詩經今注》，頁8。
〔註119〕高亨：《詩經今注》，頁8。

在探討〈魏風〉的寫作年代這個問題時，學者們多數認為，〈魏〉詩多怨怒之音，一片政亂國危氣象，畢萬所封及其後之魏，似不應有此現象，因此仍然同意鄭玄《詩譜》所說，〈魏風〉作於東周平王、桓王之世，亦即以為姬魏之詩。〔註120〕高亨基本上也認同這樣的觀點，他點明魏國在東周惠王十六年左右，為晉國所滅，〈魏風〉七篇都是魏亡之前的作品。

（七）〈唐〉

高亨云：

〈唐風〉，詩十二篇。唐國即晉國，疆土在今山西中部。〔註121〕

高亨認為〈唐風〉的地理位置在今天的山西省中部，所收的十二篇詩，其實就是晉國的詩篇。

高亨接著又說：

周成王封他的弟弟姬叔虞於唐（都城在今山西翼城縣南）。境內有晉水，

所以後來改稱晉。……〈唐風〉可能都是東周作品。〔註122〕

按《左傳》、《史記》以及鄭玄，皆謂周成王封其弟叔虞於唐，是為唐侯，近人則依據晉公盦考定叔虞實應封於武王之世，舊說不可信。〔註123〕高亨在面對兩方不同的說法時，當然必須有所抉擇，在這個議題上，他選擇接受舊有的說法，也就是認為是周成王把弟叔虞封為唐的諸侯。另外，他又承襲鄭玄《詩譜》及《漢書·地理志》等漢儒的說法〔註124〕，認為唐改名為晉是因為唐地有晉水，所以後來才將國號改為晉。

至於詩篇的產生時代，有人認為作於西周後期，有人認為作於春秋時期，雖然不能斷定，但約作於西周後期到春秋之際，因此高亨說「〈唐風〉可能都是東周作品」，應當無誤。

（八）〈秦〉

高亨云：

〈秦風〉，詩十篇。東周前期（戰國以前），秦國疆土在今陝西中部。國君姓嬴，西周孝王封他的臣非子於秦（即今甘肅省天水縣的故秦城），疆

〔註120〕說詳黃師忠慎：《詩經簡釋》，頁216。
〔註121〕高亨：《詩經今注》，頁8。
〔註122〕高亨：《詩經今注》，頁8。
〔註123〕屈萬里：《詩經釋義》，頁146。
〔註124〕鄭玄《詩譜》說：「成王封母弟叔虞於堯之故居，曰唐侯。南有晉水，至子燮改為晉侯。」《漢書·地理志》則說：「唐有晉水，叔虞子燮為晉侯。」由此觀之，漢儒以為唐改名是緣自晉水的。

> 土逐漸擴展，……周幽王時犬戎侵略西周，平王東遷，秦人趕走犬戎，
> 西周王畿及豳地等逐漸歸秦所有。……〈秦風〉多數甚至全部是東周作
> 品。〔註125〕

高亨以為秦國本來只是西周的附庸，國君姓嬴，疆域極小，只佔有今甘肅省天水一
帶的地方。平王東遷時，秦人趕走犬戎，並將領土擴大到西周王畿和豳地，即今天
的陝西省及甘肅東部。

　　至於〈秦風〉的寫作年代，論者認為可能是東周以來至春秋中葉的詩〔註126〕，
高亨則是把涵蓋的年代拉長，認為〈秦風〉多數甚至全部都是東周的作品。不過他
並未舉例詳細說明，茲保留其說，不作評論。

（九）〈陳〉

　　高亨云：

> 〈陳風〉，詩十篇。陳國疆土在今河南省東南部及安徽北部。周武王封舜
> 的後人嬀滿於陳，都宛丘（即今河南淮陽縣）。東周敬王四十一年即春秋
> 最後一年（西元前481年），被楚國所滅。〔註127〕

高亨認為陳國的地理位置在今天河南省東南部及安徽省北部一帶。舜有一位後代子
孫名叫嬀滿，被周武王封於陳，這便是陳國建國的開始，不過由於國力不強，到了
東周敬王四十一年（西元前481年），被楚國所滅。

　　按高亨論述陳國的地理位置、始受封者大致上是沒有疑問的，但是關於陳國的
滅亡時間，仍然有待斟酌。首先，春秋的年代上起魯隱公元年，即周平王四十九年
（西元前722年），下止於魯哀公十四年，即周敬王三十九年（西元前481年），這
是眾所公認的春秋年代〔註128〕，因此高氏將春秋的最後一年定為周敬王四十一年，
這可能是他的筆誤；再者，陳國的滅亡時間也不是在春秋的最後一年，依照《左傳》
的記載，陳國應當是在魯哀公十七年（西元前478年），被楚惠王所滅〔註129〕，高
亨的說法恐怕與歷史不太相合。

　　至於〈陳風〉的寫作年代，高亨提到：

〔註125〕高亨：《詩經今注》，頁8～9。
〔註126〕黃師忠慎：《詩經簡釋》，頁252。
〔註127〕高亨：《詩經今注》，頁9。
〔註128〕王靜芝：《經學通論》（台北：國立編譯館，1972年），下冊，頁88～89。
〔註129〕《左傳・哀公十七年》：「楚白公之亂，陳人恃其聚而侵楚，楚既寧，將取陳麥。……
　　　　王卜之，武城尹吉，使帥師取陳麥，陳人御之敗，遂圍陳。秋，七月，己卯，楚公
　　　　孫朝帥師滅陳。」見《春秋經傳集解》，卷30，頁418～419。

〈陳風〉中有東周作品，也可能有西周作品。〔註130〕

〈陳風〉之中年代可考的僅有〈株林〉一篇，〈株林〉是一首諷刺陳國國君陳靈公的詩，關於陳靈公淫於夏姬而爲夏姬之子徵舒所弒之事，《左傳》有清楚的記載〔註131〕，〈株林〉當在陳靈公死前就已經問世，因此應該作於魯宣公十年（西元前599年）以前，這時正值春秋中葉。其餘作品的年代則難以考定，是故高亨認爲〈陳風〉中有東周作品，也可能有西周作品，這樣的看法也是可以說得通的。

（十）〈檜〉

高亨論及〈檜風〉的地域和時代時，他的看法如下：

> 〈檜風〉，詩四篇。檜國疆土在今河南中部（都城在今河南密縣東北五十公里）。國君姓妘，相傳是帝顓頊的後代。始受西周王朝的封爵者不知是誰。東周初年被鄭武公所滅，〈檜風〉都是西周作品。〔註132〕

上述高亨的這一段話，並無特殊之見，他認爲檜地在今河南省中部，相傳國君是顓頊的後人，始受西周王朝的封爵者已不可考，東周初年，檜爲鄭武公所滅，可見〈檜風〉四篇都是西周的作品。

（十一）〈曹〉

高亨云：

> 〈曹風〉，詩四篇。曹國疆土在今山東西南部。周武王封他的弟弟姬振鐸於曹，都定陶（再山東省定陶縣西北四里）。〔註133〕

依照高亨的說法，曹是周武王的弟弟叔振鐸始封之國，其領域約當今天山東省西南部一帶。

關於〈曹風〉的寫作年代，高亨的看法是這樣的：

> 〈曹風〉中的〈蜉蝣〉、〈候人〉兩篇都是東周作品，餘兩篇不詳。〔註134〕

〈曹風〉收錄四篇詩，學者們多數認爲〈曹風〉產生於春秋時期，高亨的看法則不太一樣，他認爲除了〈蜉蝣〉、〈候人〉兩篇是東周時期的作品之外，〈鳲鳩〉、〈下泉〉的年代則無從斷定。

按高亨讀書深具懷疑的精神，他不滿意前人對〈曹風〉寫作年代的處理，因此便

〔註130〕高亨：《詩經今注》，頁9。
〔註131〕《左傳‧宣公九年》：「陳靈公與孔寧、儀行父通於夏姬。」《左傳‧宣公十年》：「癸巳，陳夏徵舒弒其君平國。」皆見於《春秋經傳集解》，卷10，頁157。
〔註132〕高亨：《詩經今注》，頁9。
〔註133〕高亨：《詩經今注》，頁9。
〔註134〕高亨：《詩經今注》，頁9。

提出了不同的看法。不過，高亨的說法似乎是有點破綻的，因爲他在解說〈下泉〉的詩旨時，基本上採納何楷所說〈下泉〉是「曹人美晉荀躒納周敬王」之作〔註135〕，而根據《左傳》的記載，晉師統帥荀躒納周敬王於成周，在魯昭公之時〔註136〕，可見〈下泉〉應當也是產生於春秋時期。高亨對於此篇既然完全遵從何楷所作的解題，自然應該一併接受何楷所斷定的年代，不過高亨在討論〈曹風〉的寫作年代時，卻又提出〈下泉〉的寫作時間不詳，這樣的說法無法與詩旨互相呼應，這是高亨說〈曹風〉的瑕疵。

（十二）〈豳〉

高亨云：

〈豳風〉，詩七篇。豳（也作邠）國疆土在今陝西枸邑縣、邠縣一帶，周王祖先公劉始遷於豳（都城在今陝西枸邑縣西邠縣北）。〔註137〕

高亨以爲豳，亦作邠，豳地在今天陝西省枸邑、邠縣一帶，周人祖先公劉由他地遷移至此，首先開發豳地。

高亨接著又爲〈豳風〉的寫作年代作一個界定，他說：

〈豳風〉都是西周作品。〔註138〕

按關於〈豳風〉的時代問題，歷來學者眾說紛紜，傳統的經注說〈豳風〉是西周初年的詩，產生於成王時代〔註139〕；今人郭沫若析釋〈七月〉，進而提出新見，以爲這是「春秋中葉以後的作品」〔註140〕；大陸學者徐中舒則認爲十五〈國風〉中沒有〈魯風〉，因此大膽的假設「〈豳風〉不是西周初年的詩，應是春秋時代的魯詩」〔註141〕。高亨在面對此一問題時，他並沒有多所著墨，只是簡潔地說「〈豳

〔註135〕高亨在論述〈下泉〉的詩旨時，他的說法是：「春秋末期，周景王死，王朝貴族一派立王子猛爲王，是爲悼王。過了七個月悼王死，又立王子匄爲王，是爲敬王。另一派擁護王子朝。（猛、匄都是景王的兒子）兩派爭奪王位，打了五年內戰。晉國大夫荀躒領兵打敗王子朝，並留下一部份晉兵幫助守衛。王子朝逃往楚國，敬王的地位才得穩固。曹國人懷念東周王朝，慨嘆王朝的戰亂，贊許荀躒的功勞，因作這首詩。」見《詩經今注》，頁197。

〔註136〕按照《左傳》的記載，魯昭公二十二年時，王子朝作亂，晉國的籍談、荀躒，帥九州的戎人，平定禍亂，保護周敬王進入王城。昭公二十六年，荀躒等又輔佐敬王回到成周。關於荀躒納周敬王的來龍去脈，可參閱屈萬里：《詩經釋義》，頁185～186。裴普賢：〈曹風下泉篇新解〉，《詩經研讀指導》（台北：東大圖書有限公司，1977年），頁354～356。

〔註137〕高亨：《詩經今注》，頁9。

〔註138〕高亨：《詩經今注》，頁9。

〔註139〕夏傳才：《詩經研究史概要》，頁15。

〔註140〕郭沫若：《郭沫若古典文學論文集》（上海：上海古籍出版社，1985年），頁97。

〔註141〕可參閱徐中舒：〈豳風說──兼論詩經爲魯國師工歌詩之底本〉，《詩經學論叢》，頁

風〉，都是西周作品」，其實不只是論〈豳風〉的寫作時代，高亨在論及其他十四〈國風〉的產生時代時，幾乎也都是簡單地一筆帶過，這是因爲高亨認爲詩三百篇的產生年代，跨越了一段相當漫長的時間，某篇作於周代的哪個王朝，絕大多數無從考定，甚至哪幾篇是西周作品或東周作品，也沒有確鑿的根據以供論斷，這是一個頗爲棘手的問題，因此衹能勾勒出一個輪廓而已。〔註142〕高亨這樣的作法，比起多數學者仍在時代劃分的問題上大作文章，強行推論，應該是比較客觀而聰明的。

二、二 雅

　　高亨云：

　　　　〈小雅〉七十四篇，〈大雅〉三十一篇。二〈雅〉都是西周王畿的詩；但也有極少數例外，如〈小雅・大東〉、〈都人士〉等似是東都人作品。西周王畿在今陝西中部。〔註143〕

高亨認爲二〈雅〉的作者，大部分屬於周代的貴族階級，所以它們產生的地域都是在西周王畿一帶，不過這其中也有少數的例外，例如〈大東〉、〈都人士〉兩篇可能就是東都人士的作品。

　　解釋二〈雅〉的地理位置之後，高亨接著又說：

　　　　周始祖后稷都邰（在今陝西武功縣西南），公劉遷豳，太王亶父遷歧（在今陝西歧山縣），文王遷豐（在今陝西鄠縣東），自武王至幽王均都鎬京（在今陝西西安西南）。幽王時犬戎侵略西周，殺死幽王，平王東遷。秦國趕走犬戎，西周王畿歧以西先歸秦國所有，歧以東後歸秦國所有。所以二〈雅〉是西周時代作品，但也有幽王死後、歧東（包括鎬京）歸秦所有以前的作品。〔註144〕

高亨認爲二〈雅〉中有西周的作品，也有幽王死後、歧東歸秦所有以前的作品，這就是說二〈雅〉的寫作年代涵蓋了西周和東周。其實關於二〈雅〉的時代，一般都確認〈大雅〉是西周時代的作品；〈小雅〉則西周至東周初年的作品都有。〔註145〕從作品的實際內容看來，這是沒有疑問的。如〈大雅〉中的〈文王〉、〈生民〉，可能作於西周初期；〈板〉、〈蕩〉、〈抑〉、〈桑柔〉應是周厲王和周幽王這兩段動亂時期的

243～278。

〔註142〕參高亨：《詩經今注》，頁6。
〔註143〕高亨：《詩經今注》，頁10。
〔註144〕高亨：《詩經今注》，頁10。
〔註145〕周滿江：《詩經》，頁26。

詩；〈江漢〉、〈常武〉等篇，是周宣王時期的詩。在〈小雅〉中的某些詩篇是可以推知其時代的，如〈采薇〉、〈出車〉等是周宣王時代的詩；〈正月〉、〈雨無正〉可能是西周滅亡，東遷初期之作，由此觀之，高氏所言洵然不誣。

三、三　頌

（一）〈周頌〉

關於〈周頌〉的著作年代，鄭玄《詩譜》說：

> 〈周頌〉者，周室成功致太平德洽之詩。其作在周公攝政、成王即位之初。
> 〔註146〕

鄭玄認為成王即位之初，受到周公許多的幫助，此時天下太平，頌聲大作，〈周頌〉就是此一時期的作品。

朱熹《詩集傳》則有不同的意見，他說：

> 〈周頌〉三十一篇，多周公所定，而或亦有成王以後之詩。〔註147〕

朱熹以為〈周頌〉三十一篇雖然多為周公時期的作品，但是也有部分作品是屬於成王以後的詩篇。

至於高亨對於這個問題的見解是：

> 〈周頌〉，詩三十一篇，都是西周時代王朝的作品，從它們的內容和藝術
> 性觀察，多數是昭王、穆王以前的詩篇。〔註148〕

高亨根據詩篇的內容與藝術性作觀察，得出多數〈周頌〉的詩篇應當是產生於周昭王、穆王以前。

按考查〈周頌〉的年代，唯一可作為證據的就是詩中所提及周王的稱號。詩中所提到的稱號包括了：后稷、大王、文王、武王、成王、康王、昭王等等，由於上述所言及的帝王都是被當作祖先神祭祀的，因此必定是在他們死後才會有這些頌詩的出現，據此，高亨將〈周頌〉多數篇章的創作年代界定於周初至穆王的百餘年間，可說是相當切合實際的。

至於高亨會特別標明是「多數的詩篇」，而不是「全部的詩篇」，那是因為他認為〈清廟〉、〈烈文〉、〈雝〉等篇章的時代皆不可考，這些未必不是穆王以後的作品，這樣的作法比起獨斷的提出「〈周頌〉絕無敘寫穆王以後的事蹟」〔註149〕，當自更

〔註146〕孔穎達：《毛詩正義》，下冊，卷19，頁1271。
〔註147〕朱熹：《詩集傳》，卷19，頁223。
〔註148〕高亨：《詩經今注》，頁10。
〔註149〕李金坤：〈《詩經》作年考略〉，《第三屆詩經國際學術研討會論文集》，頁684。

能令人信服。

（二）〈魯頌〉

〈魯頌〉四篇，《詩序》說都是「頌僖公」之作〔註150〕，歷來學者對於〈魯頌〉的創作年代幾乎沒有爭議〔註151〕，他們認爲這四篇文辭、風格一致，都是歌頌魯僖公的作品，成篇應當在春秋中期〔註152〕。

高亨對於前人的說法也是沒有異議的，他說：

> 〈魯頌〉，魯國疆土在今山東省東南部。……〈魯頌〉中〈泮水〉、〈閟宮〉兩篇作於魯僖公晚年，即春秋中期作品。〈駉〉、〈有駜〉兩篇，舊說也是作於此時。〔註153〕

高亨首先說明魯國的地理位置在今天的山東省境內，至於〈魯頌〉的寫作時間，高亨推測這四篇都是作於魯僖公晚年，也就是春秋中葉的作品。由此觀之，高亨對於這個幾乎已成定論的問題，並無特殊之見。

（三）〈商頌〉

關於〈商頌〉這五首詩的創作時代，歷來有著嚴重的分歧〔註154〕，從漢代迄今二千多年來，一直存在著〈商頌〉究竟是「商詩」或是「宋詩」的爭論。鄭玄《詩譜·序》把《詩經》年代的上限定於商代，顯然就是以〈商頌〉作爲依據的。〔註155〕他在〈商譜頌〉中申述說：

> 正考父者，校商之名〈頌〉十二篇於周太師，以〈那〉爲首，歸以祀其先王。〔註156〕

不過，鄭玄的說法其實是本者《國語》、《詩序》而來，《國語·魯語》引述閔馬父之

〔註150〕〈詩序〉：「〈駉〉，頌僖公也。僖公能遵伯禽之法，儉以足用，寬以愛民，，務農重穀，牧于坰野，魯人尊之，於是季孫行父請命於周，而史克作是頌。」〈詩序〉：「〈有駜〉，頌僖公君臣之有道也。」〈詩序〉：「〈泮水〉，頌僖公能修泮宮也。」〈詩序〉：「〈閟宮〉，頌僖公能復周公之宇也。」
〔註151〕後世學者對於〈魯頌〉的創作年代幾乎沒有異議，但是對於〈魯頌〉是出於何人之手，尚無定論。如王先謙《詩三家義集疏》中提到：「三家《詩》說皆以〈魯頌〉爲奚斯作」，依王氏之意，他認同〈魯頌〉全是奚斯的作品，屈萬里則認爲今文家是誤讀〈閟宮〉的原文，才誤將作廟之人當成詩的作者，他並不認同奚斯是〈魯頌〉的作者之一。
〔註152〕可參閱葉國良等編著：《經學通論》，頁135。
〔註153〕高亨：《詩經今注》，頁10。
〔註154〕李山：《詩經的文化精神》（北京：東方出版社，1997年），頁199。
〔註155〕李金坤：〈《詩經》作年考略〉，《第三屆詩經國際學術研討會論文集》，頁685。
〔註156〕孔穎達：《毛詩正義》，下冊，卷20，頁1430。

言說：

> 昔正考父校商之名頌十二篇於周太師。〔註157〕

正考父是春秋時期宋國的大夫，也是孔子的祖先。至於「校」字的意思，魏源解做「審校音節」，〔註158〕王國維則認為是「效」之借字而訓為「獻」。〔註159〕

《詩序》則說：

> 〈那〉，祀成湯也。微子至於戴公，其閒禮樂廢壞，有正考甫者，得〈商頌〉十二篇於周之大師，以〈那〉為首。〔註160〕

《詩序》與《國語》的不同之處在一個「得」字。值得注意的是《詩序》雖以〈商頌〉為正考父之前的作品，仍難由此斷言《詩序》以〈商頌〉為商朝之作。

但是話雖如此，根據《詩序》而謂〈商頌〉為殷商作品的仍然不計其數，舉凡唐代的孔穎達，宋代的朱熹，清代的姚際恆、馬瑞辰、陳奐、梁啓超⋯⋯等，都抱持著這種看法，也就是認為〈商頌〉是殷人祭祀祖先的詩。〔註161〕

另外一派的說法則是主張〈商頌〉是春秋時代的宋詩，《韓詩・薛君章句》說：

> 正考父，孔子之先也，作〈商頌〉十二篇。〔註162〕

〈韓詩〉認為正考父是孔子的祖先，而〈商頌〉十二篇的作者便是正考父。

《史記・宋世家》說：

> 宋襄公之時，修仁行義，欲為盟主，其大夫正考甫美之，故追道湯、契、高宗，殷所以興，作〈商頌〉。〔註163〕

司馬遷提出〈商頌〉是正考父為了頌讚宋襄公，而寫下追述宋人先祖功德的〈商頌〉。這種見解後世支持者極多，如魏源、皮錫瑞、王先謙、梁啓超、俞平伯⋯⋯，都有理由與證據擁護此說。〔註164〕

高亨對於〈商頌〉有著自己一番獨到的見解，他在《詩經今注》裡提到：

> 〈商頌〉不是商代的作品，而是周代宋國的作品。宋國疆土在今河南省東部及江蘇省西北部。⋯⋯宋國是商湯的舊地，也稱為商，宋君又是商王的

〔註157〕韋昭註：《國語韋昭註》，卷5，頁153。

〔註158〕魏源：《詩古微》，重編本《皇清經解續編》（台北：漢京事業股份有限公司，出版社未標明出版時間），第6冊，卷6，頁3968。

〔註159〕王國維：〈說商頌〉，《觀堂集林》（台北：世界書局，1961年），頁113。

〔註160〕鄭玄：《毛詩鄭箋》，卷20，頁588。

〔註161〕可參閱周滿江：《詩經》，頁22。

〔註162〕王先謙撰，吳格點校：《詩三家義集疏》（台北：明文書局，1988年），下冊，卷28，頁1089。

〔註163〕司馬遷撰，裴駰、司馬貞、張守節注：《史記三家注》，第2冊，卷38，頁643。

〔註164〕可參閱李家樹：〈《詩經》制作年代雋略〉，《中州學刊》1987年第5期，頁90～91。

後代，所以宋詩稱爲〈商頌〉。……《國語・魯語》：「閔馬父曰：『昔正考父校商之名頌十二篇於周太師，以〈那〉爲首。』」可見〈商頌〉作於正考父死前。正考父死年不詳。《左傳・昭公七年》：「及正考父佐戴、武、宣，三命茲益恭。」宋宣公死於周平王四十二年，平王四十九年是春秋的第一年，足以證明〈商頌〉都是春秋以前的作品。〔註165〕

高亨雖然主張〈商頌〉是周代宋國的詩，但與多數支持〈商頌〉是宋詩的學者不同之處在於，高亨並不認爲〈商頌〉是宋襄公時代的作品。他先以《國語・魯語》中的一段話，證明〈商頌〉應是作於正考父死前，接著他依《左傳》所載，得知正考父曾經輔佐過戴公、武公、宣公，而宋宣公死於周平王四十二年，平王四十九年是春秋第一年，因此〈商頌〉應該是春秋以前的作品。

按由於史料的欠缺，關於〈商頌〉的製作時間，學術界尚有極大的爭議，《國語・魯語》明文提到：「昔正考父校商之名頌十二篇於周太師」，這的確是研究〈商頌〉年代不可或缺的一條重要線索，但是由於「校」字的解釋因人而異，光憑這段文字實在不足以斷定〈魯語〉是以正考父爲〈商頌〉的作者，不過以之證明「〈商頌〉作於正考父死前」，應該不至於有何差錯，既然〈商頌〉在正考父之時就已經存在，又根據《左傳》所載，正考父輔佐過宋代的戴公、武公、宣公，而宋宣公死於春秋之前，因此高亨說「〈商頌〉五篇都是春秋以前的作品」，這樣的推論看不出有什麼漏洞，雖然不一定是事實，但未嘗不是一種可供參稽的見解。

〔註165〕高亨：《詩經今注》，頁11。

第四章　《詩經今注》的訓釋方法

第一節　釋詩旨

一、引經傳史事探求詩旨

　　高亨雖然不像《詩序》那樣將詩與史比附起來，但是有時在詮釋詩旨之時，仍然會配合經傳內容，引歷代史事說詩。這其中，高亨最常以《左傳》的記載作為佐證，高氏之所以引用如此多的《左傳》為例證，除了是《左傳》原本就有許多與《詩經》相關的記載外，也有可能是因為《左傳》中所敘述的人、事、物與《詩經》寫作年代相近，因此以《左傳》印證《詩經》較為可信。茲舉例分述如下：

（一）〈邶風・旄丘〉

　　《詩序》說：

> 〈旄丘〉，責衛伯也。狄人迫逐黎侯，黎侯寓于衛；衛不能脩方伯連率之
> 職，黎之臣子，以責於衛也。〔註1〕

《詩序》的意思是說，狄人入侵黎國以後，跟隨黎侯流寓衛國的臣子，看到諸侯之長的衛國，無意援助他們回國驅逐狄人，因此寫下這首詩，表達他們對衛國執政者的不滿。

　　朱熹的說法與《詩序》大同小異，他在《詩集傳》中說：

> 舊說黎之臣子自言久寓於衛，時物變矣，故登旄丘之上，見其葛長大而節
> 疏闊，因托以起興曰：「旄丘之葛，何其節之闊也？衛之諸臣，何其多日不
> 見救也？」此詩本責衛君，而但斥其臣，可見其優柔而不迫矣。〔註2〕

〔註1〕鄭玄：《毛詩鄭箋》，卷2，頁60。
〔註2〕朱熹：《詩集傳》，卷2，頁23。

朱熹基本上順從《詩序》的說法，只是把詩中所怨責的對象由衛國的執政者，改成衛國的諸臣而已。不過，《詩序》、《朱傳》的說法，並無史實根據，儘管這樣的說法目前仍然具有較大的影響力，卻還是引來部分學者的微詞。〔註3〕

高亨對於〈旄丘〉的篇旨，有自己一番獨到的見解：

> 《左傳·宣公十五年》記赤狄潞國事：「潞（在今山西潞城縣）……酆舒爲政，……而奪黎氏地（即今山西黎城縣）。……晉荀林父敗赤狄於曲梁，滅潞。」狄人滅黎，黎國君臣逃到衛國，派人求救於晉，晉國拖延不出兵，，黎國君臣因作此詩。以後晉國出兵滅了赤狄。〔註4〕

高亨不但推翻了《詩序》的說法〔註5〕，而且配合《左傳·宣公十五年》的史事，把這首詩的創作背景揭示出來。高氏認爲〈旄丘〉一詩應該是黎國君臣逃亡到衛國時，曾向晉國求救，晉國非但沒有在第一時間內派兵救援，反而遲遲拖延，不肯出兵，流亡者在感慨之餘便寫下了這首詩。

按黎國在衛國的西邊，依照《詩序》的講法，黎國君臣當時已經流亡於衛，如果想要衛君救援，趕走狄人，那麼衛國的兵車應該是向西，怎麼會說「匪車不東」呢？由此觀之，《詩序》的說法顯然與詩篇原意不太相符。筆者以爲，就地理位置而言，晉國在黎國的西邊，再加上《左傳·宣公十五年》的記載，晉國發兵攻打黎國，數其罪狀之一就是「奪黎氏地」，相較於《詩序》，高亨的說法載籍有據，密切結合詩文內容和有關史事說詩，應該是比較禁得起考驗的。

（二）〈陳風·株林〉

《詩序》說：

> 〈株林〉，刺靈公也。淫乎夏姬，驅馳而往，朝夕不休息焉。〔註6〕

根據《左傳·宣公九年、十年》的記載，夏姬是鄭穆公的女兒，嫁給陳國大夫夏御叔，生子夏徵舒，夏姬貌美，陳靈公和陳大夫孔寧、儀行父都和她私通，後來陳靈

〔註3〕 詳見鮑昌：《詩·邶風·旄丘》新解〉，《吉林大學社會科學學報》1979 年第 2 期（1979年 3 月），頁 93。

〔註4〕 高亨：《詩經今注》，頁 53。

〔註5〕 大陸學者張啓成認爲：「《毛詩序》：『〈旄丘〉，責衛伯也。狄人迫逐黎侯，黎侯寓于衛；衛不能脩方伯連率之職，黎之臣子，以責衛也。』……從而成爲自東漢後期直至明、清頗有權威性的見解，即使是現代學者，如陳子展《詩經直解》、高亨《詩經今注》以及多數台灣學者仍沿用此說。」這種見解有待斟酌，因爲高亨在詮釋〈旄丘〉的篇旨時，並沒有贊同《詩序》的說法。詳見〈衛風·旄丘〉本義述評〉，《貴州大學學報》1988 年第 2 期（1988 年 6 月），頁 37。

〔註6〕 鄭玄：《毛詩鄭箋》，卷 7，頁 204。

公被夏徵舒殺死，陳國也被楚所滅。《史記·陳世家》對於此事也有詳細的論述，《詩序》的說法與史傳相合，所以是無庸置疑的。

朱熹在《詩集傳》裡對此詩作了這樣的說明：

> 靈公淫于夏徵舒之母，朝夕而往夏氏之邑。故其民相語曰：「君胡為乎株林乎？曰從夏南耳。」然則非適株林也，特以從夏南故耳，蓋淫乎夏姬不可言，故以從其子言之。〔註7〕

朱熹對詩旨的理解和《詩序》並無不同，他基本上接受了《詩序》的說法，並對《詩序》的未盡之意作了進一步的闡述和引申。

高亨在《詩經今注》裡也提出類似的見地：

> 陳國大夫夏御叔的妻子夏姬美麗而淫蕩，生子名徵舒字子南。御叔死，陳靈公和大夫孔寧、儀行父均與夏姬私通。三人常坐著車子到夏姬家去，後來靈公被徵舒殺死，孔寧、儀行父也逃往楚國。（見《左傳·宣公九年、十年》）這首歌是諷刺靈公、孔寧、儀行父的。作者似乎是給他們趕車的御人。〔註8〕

高亨與《詩序》、《朱傳》都是本者《左傳·宣公九年、十年》的記載來詮釋詩旨，替自己的解釋尋找證據，他們的說法本質是相同的，不過詮釋的文字卻略有出入，高亨與舊說的不同處大致可以歸納為兩點：其一，高亨認為〈株林〉這首詩不僅諷刺陳靈公，而且也諷刺了相同行徑的孔寧、儀行父，所以是一首諷刺陳靈公君臣的詩。其二，高亨點明這首詩的作者是替他們趕車的御人。筆者以為，第一點的說法大致還能為人所接受，第二點就實在有些牽強了，這首詩本是歌謠，歌謠有時為眾口所編唱，不一定是某一個人的創作〔註9〕，高亨這樣的作法，除了解釋為自我設限之外，實在是無理可說，這種說法會引起後人的不滿是相當可以理解的。〔註10〕

（三）〈大雅·桑柔〉

《詩序》說：

> 〈桑柔〉，芮伯刺厲王也。〔註11〕

〔註7〕朱熹：《詩集傳》，卷7，頁84。

〔註8〕高亨：《詩經今注》，頁185。

〔註9〕余冠英：〈關於《陳風·株林》今譯的幾個問題〉，《文史知識》1981年第4期（1981年4月），頁6。

〔註10〕陳元勝在《詩經辨讀》中說：「或曰：『這首歌是諷刺靈公、孔寧、儀行父的。作者似乎是給他們趕車的御人。』所謂作者為『趕車的御人』，實為臆說，細查全篇，可知此說並無根據。」詳見《詩經辨讀》（河北：安徽大學出版社，1998年），頁311。

〔註11〕鄭玄：《毛詩鄭箋》，卷18，頁494。

《詩序》認爲這是芮伯諷刺周厲王之作。《鄭箋》進一步替《詩序》中的「芮伯」作了說明，他說：「芮伯，畿內諸侯，王卿士也，字良夫。」

朱熹也認同這樣的看法，他在《詩集傳》中提到：

> 舊說此爲芮伯刺厲王而作，《春秋傳》亦曰：芮良夫之詩。則其說是也。
> 〔註12〕

按《左傳‧文公元年》記錄秦穆公在崤之役時，對秦大夫及其左右說：

> 是孤之罪也，周芮良父之詩曰：「大風有隧，貪人敗類。聽言則對，誦言
> 如罪。匪用其良，覆俾我悖。」是貪故也，孤之謂矣……。〔註13〕

其中所引芮良父之詩，正是〈桑柔〉第十三章的六句。又《國語‧周語》也有芮良父諫厲王的記載〔註14〕，史有明文，《詩序》等人的說法應該是沒有問題的。

高亨對於《詩序》的說法沒有異議，他在《詩經今注》裡說到：

> 據《左傳》、《國語》諸書記載，這首詩是周厲王的臣子芮良夫所作，厲王
> 暴虐，人民憤而趕走厲王，鎬京大亂。芮良夫逃難東去，作此詩以指斥執
> 政大臣，諷刺周王，對當時黑暗腐敗的政治有所揭露。〔註15〕

高亨也認爲這是芮良夫諷刺周厲王的詩，他提出《左傳》、《國語》有關於此詩的記載，藉以證明他的說法是確有其事、言之有據。不過，高亨只點出出處，而沒有加以詳細說明，這是高亨說〈桑柔〉的瑕疵。

然而值得一提的是，論《詩經》中作者可考之作，學者們往往不提及〈桑柔〉，甚至有的人明確以芮伯所作之說不可靠。〔註16〕如陸侃如、馮沅君《中國詩史》說：「《國語‧周語》中芮良父諫厲王……絕未提起作〈桑柔〉之事；《逸周書》卷九〈芮良父解〉亦載專利之諫，但也未說及〈桑柔〉。」因而斷定「我們覺得芮良父之諫專利，或許是西周時有名議論，恰好〈桑柔〉有『貪人』之刺，於是便附會到他身上去……這首詩可假定爲東遷時的作品。」〔註17〕這種說法不僅剝奪了芮良父的著作權，也模糊了整首詩的背景，這些學者不相信經典的證據，反而相信自己的臆測，這實在令人無法苟同。高亨他們的解說〈桑柔〉或許毫無新奇之處，但是《左傳》、《國語》指證歷歷，想要推翻他們的說法，不拿出充分的證據

〔註12〕朱熹：《詩集傳》，卷18，頁207。
〔註13〕杜預註：《春秋經傳集解》，卷8，頁128。
〔註14〕可參閱韋昭註：《國語韋昭註》，卷1，頁14～15。
〔註15〕高亨：《詩經今注》，頁439。
〔註16〕趙逵夫：〈西周詩人芮良夫與他的〈桑柔〉〉，《第三屆詩經國際學術研討會論文集》，頁692。
〔註17〕陸侃如、馮沅君：《中國詩史》（香港：古文出版社，1968年），頁209。

來是不行的。

　　其他如〈齊風‧南山〉〔註18〕、〈齊風‧敝笱〉〔註19〕、〈齊風‧載驅〉〔註20〕等篇，高亨在解題時，都會配合經傳史事的記載，約略敘述詩篇本事，替自己的說法尋找證據。由此觀之，密切結合經傳中相關的史實，藉由確定詩的背景探求詩的主旨，可說是《詩經今注》在解說詩旨時常運用的一種方式。

二、結合古代習俗、禮制探求詩旨

　　《毛詩》的流傳從《序》、《傳》開始便有不少部分是以《禮》解釋詩中的大意，到了鄭玄更是如此，他以他個人的禮學修養，在箋《詩》時多處以《禮》闡釋三百篇，使《毛詩》所蘊含的禮學精神得以徹底的發揮，也使《詩》和《禮》的關係更加密切。後世學者對於《詩》與《禮》的關係也有相當程度的注意，如宋代的王應麟，清代的顧廣譽、包世榮、康有爲、朱濂以及近人胡樸安等。〔註21〕高亨亦是如此，他在解說詩旨時有時也會結合古代有關的習俗或禮制，茲舉例說明如下：

（一）〈召南‧摽有梅〉

　　《詩序》說：

　　　　〈摽有梅〉，男女及時也。召南之國，被文王之化，男女得以及時也。〔註22〕

依照《詩序》的解釋，這首詩是歌詠「男女及時」的作品。不過《詩序》的這種解釋並不十分妥當，誠如歐陽修所言：「〈摽有梅〉……終篇無一人得及時者」〔註23〕，考察此詩的詩文內容，並沒有隻字片語提到「及時」，因此面對《詩序》這般的解讀，只能說是爲了配合《詩》教的情況下，不得已的作法。

　　朱子《詩集傳》則云：

　　　　南國被文王之化，女子知以貞信自守，懼其嫁不及時，而有強暴之辱也，
　　　　故言梅落而在樹者少，以見時過而太晚矣，求我之眾士，其必有及此即日
　　　　而來者乎！〔註24〕

同樣是說教，朱熹《詩集傳》的說法就比《詩序》略勝一籌，不過他仍然拘泥於「文

〔註18〕高亨：《詩經今注》，頁133。
〔註19〕高亨：《詩經今注》，頁137。
〔註20〕高亨：《詩經今注》，頁138。
〔註21〕簡澤峰：《胡承珙《毛詩後箋》析論》（南投：暨南國際大學中文研究所碩士論文，2001年），頁184～185。
〔註22〕鄭玄：《毛詩鄭箋》，卷1，頁30。
〔註23〕清徐乾學等輯、納蘭成德校刊：《通志堂經解》，第16冊，卷2，頁9216。
〔註24〕朱熹：《詩集傳》，卷1，頁11。

王之化」，認為是一首「嫁女貞信守正」的詩，因此也受到不少學者的反彈。

歷來學者對於此篇的看法頗為分歧，嚴粲《詩緝》說：「此詩述女子之情，欲得及時而嫁。」〔註25〕姚際恆《詩經通論》以為〈摽有梅〉「乃卿、大夫為君求庶士之詩。」〔註26〕屈萬里《詩經釋義》謂「此詩疑諷刺女子之遲婚者。」〔註27〕高葆光《詩經新評價》則認定是「女子悔恨退婚的詩。」〔註28〕

面對〈摽有梅〉這首詩，高亨在《詩經今注》裡提出了這樣的看法：

> 《周禮・地官・媒氏》：「中春之月，令會男女，於是時也，奔者不禁。司男女之無夫家者而會之。」據此，周代有的地區，民間每年開一次男女舞會，會中有男女自由訂婚或結婚。這首詩就是舞會中女子們共同唱出的歌。〔註29〕

高亨結合《周禮・地官》的相關記載，提供了本詩的寫作背景。他認為周代某些地區在每年的春季有舉行男女舞會的習俗，這首詩就是與會女子所共同唱出的歌。

按高亨的引文和《周禮》有些微的出入，《周禮・地官・媒氏》：「中春之月，令會男女，於是時也，奔者不禁。若無故而不用令者，罰之。司男女之無夫家者而會之。」〔註30〕根據《周禮》的記載，仲春二月，是男女聚會的最好時光，此時政府會查明男逾三十、女逾二十而無家室的超齡男女，讓他們聚會並且自由擇偶，甚至規定已到了婚齡的未婚男女，如果無故不參加，都得受到處罰。因此在「罰之」與「奔者不禁」的促動之下，當時男女聚會、擇偶情況的熱烈，可想而知。由此看來，高亨結合《周禮》這段記載，認為〈摽有梅〉是敘述男女聚會時，超齡女子所共同唱出的心聲，雖然未必是詩的本義，但仍然是可備一覽的。反觀《詩序》等人的說法，似乎與詩文內容不能相連，而且多了一層隔閡，不如高亨之說來的直接清楚。

（二）〈鄭風・溱洧〉

《詩序》說：

> 〈溱洧〉，刺亂也。兵革不息，男女相棄，淫風大行，莫之能救焉。〔註31〕

《詩序》在解說此詩時，是從時代的背景說明作者的用意所在。《鄭箋》：「亂者，

〔註25〕嚴粲：《詩緝》（台北：廣文書局，1983年），頁16。
〔註26〕姚際恆：《詩經通論》（台北：育民出版社，1979年），卷2，頁42。
〔註27〕屈萬里：《詩經釋義》，頁44。
〔註28〕高葆光：《詩經新評價》（台中：私立東海大學，1965年），頁209。
〔註29〕高亨：《詩經今注》，頁27～28。
〔註30〕鄭玄注，賈公彥疏：《周禮注疏及補正》（台北：世界書局，1963年），卷14，頁9。
〔註31〕鄭玄：《毛詩鄭箋》，卷4，頁141。

士與女合會溱洧之上。」依照鄭玄的說法,〈詩序〉所謂的「亂」,是指士與女會
合在溱、洧兩條河上,由此看來,《詩序》應該認為這是刺淫的詩。

　　根據王先謙《詩三家義集疏》的引錄,「魯詩」和「齊詩」的說法與《詩序》並
無二致,「魯詩」說:

　　　　鄭國淫辟,男女私會於溱洧之上,有詢訏之樂,勺藥之和。〔註32〕

「齊詩」也說:

　　　　(鄭)男女亟聚會,故其俗淫。鄭詩曰:「出其東門,有女如雲。」又曰
　　　　「溱與洧,方渙渙兮。士與女,方秉蕑兮。」「恂盱且樂,惟士與女,依
　　　　其相謔。」此其風也。〔註33〕

「魯詩」和「齊詩」都是藉著此詩來諷刺鄭國的淫風大行。

　　不過「韓詩」的說法卻與《毛詩》等說截然不同,它的說法如下:

　　　　詩人言溱與洧,……當此盛流之時,眾姓與眾女,方執蘭而拂除。鄭國之
　　　　俗,三月上巳之日,此兩水之上,招魂續魄,拂除不祥,故詩人願與說者
　　　　俱往觀之也。〔註34〕

「韓詩」認為〈溱洧〉應當是描寫三月上旬的巳日,情侶相偕到溱、洧水邊去觀
看「祓禊」之禮的詩。所謂「祓禊」,根據《後漢書・禮儀志》注:「三月上巳,
官民皆絜于東流水上,日洗濯祓除去宿垢疢為大絜。」〔註35〕相傳這一個節日,
人們要到水邊洗去宿垢,以除去不祥。這種風俗流傳很久,直到晉朝王羲之的〈蘭
亭集序〉和杜甫的〈麗人行〉裡都有相關的紀錄〔註36〕。

　　高亨對於此篇的解說是:

　　　　鄭國風俗,每逢春季的一個節日(舊說是夏曆三月初三的上巳節),在溱、
　　　　洧二河的邊上,舉行一個盛大的集會,男男女女人山人海地來遊玩,這首
　　　　詩正是敘寫這個集會。〔註37〕

高亨在解說〈溱洧〉時,可以推知他應當是受到「韓詩」的影響,把這首詩和鄭國三
月上巳的祓禊風俗結合起來,雖然有些學者提出「祓禊」之禮應起始於漢代〔註38〕,

〔註32〕 王先謙撰,吳格點校:《詩三家義集疏》,卷5,頁371。
〔註33〕 王先謙撰,吳格點校:《詩三家義集疏》,卷5,頁367。
〔註34〕 王先謙撰,吳格點校:《詩三家義集疏》,卷5,頁371。
〔註35〕 范曄,李賢:《新校本後漢書九十卷》(台北:鼎文書局,1978年),頁3110。
〔註36〕 王羲之〈蘭亭集序〉:「永和九年,歲在癸丑,暮春之初,會于會稽山陰之蘭亭,修
　　　　禊事也。」杜甫〈麗人行〉也說:「三月三日天氣新,長安水邊多麗人。」
〔註37〕 高亨:《詩經今注》,頁126。
〔註38〕 如姚際恆:「《集傳》曰:『鄭國之俗,三月上巳之辰,采蘭水上以祓除不祥』,……
　　　　按此即所謂『祓禊』,乃起於漢時,後謂之『修禊事』:今之言詩,蓋附會之說也。」

先秦恐怕無此風俗，不過像這樣結合習俗的解詩方式，還是相當具有參考價值的。

（三）〈周頌・有瞽〉

《詩序》說：

> 〈有瞽〉，始作樂而合乎祖也。〔註39〕

《鄭箋》：「王者治定制禮，功成作樂。合者，大合諸樂而奏之。」《孔疏》：「〈有瞽〉者，始作樂而合於太祖之樂歌也。謂周公攝政六年，制禮作樂，一代之樂功成，而合諸樂器於太祖之廟奏之，告神以知善否。詩人述其事而爲此歌焉。」〔註40〕依照《鄭箋》、《孔疏》對《詩序》的解讀，〈有瞽〉這首詩是敘述周公攝政初年制禮作樂，新樂始成，大合奏於祖廟的詩。

朱熹《詩集傳》提到：

> 《序》以此爲始作樂而合乎祖之詩。〔註41〕

朱熹在書中言及《詩序》的說法，並且全盤接受這樣的見解。

何楷《詩經世本古義》則是一方面贊同《詩序》之說，一方面又對《鄭箋》、《孔疏》的說法頗有微詞，他說：

> 《序》意謂成王至是始行合祖之禮，大奏諸樂云爾，非謂以新樂始成之故合於乎祖也。〔註42〕

何楷認爲此詩是成王始行祫祭，大合諸樂器而奏之的詩。

高亨對於這首詩也有不同的意見，他說：

> 這篇是周王大合樂於宗廟所唱的樂歌。大合樂於宗廟是把各種樂器會合一起奏給祖先聽，爲祖先開個盛大的音樂會。周王和群臣也來聽。據《禮記・月令》，每年三月舉行一次。〔註43〕

高亨繼承了前人的說法，認同這是合奏各種樂器於祖廟時所唱的樂歌。不同的是，高亨根據《禮記・月令》中的記載，說明周代每年三月都會舉行這樣的活動，它既不是「新樂始成之故合乎祖也」，也不是「成王至是始行合祖之禮」。

今考《禮記・月令》：「季春之月，……是月之末，擇吉日，大合樂，天子乃帥

詳見《詩經通論》，卷5，頁113。

〔註39〕鄭玄：《毛詩鄭箋》，卷19，頁551。

〔註40〕孔穎達：《毛詩正義》，下冊，卷19，頁1327。

〔註41〕朱熹：《詩集傳》，卷19，頁229。

〔註42〕何楷：《詩經世本古義》，（台北：臺灣商務印書館，1971年），第3冊，卷10之下，頁6。

〔註43〕高亨：《詩經今注》，頁490。

三公、九卿、諸侯、大夫親往視之。」〔註44〕依照《禮記・月令》的記載，周代在二月時命國子學習音樂，到了三月則舉行盛大的音樂會，驗收他們的成果。由此觀之，雖然這個活動的目的並不如高氏所言只是「爲祖先開個盛大的音樂會」那麼單純，它還有其他政教方面的考量，但是高亨這種結合古代禮制以說詩的作法，絕對是可供參稽的。

三、藉判斷《詩序》說法詮釋詩旨

高亨在詮釋詩義時，有時也會藉著判斷《詩序》說法的正確與否以解釋詩旨，舉例如下：

（一）〈衛風・淇奧〉

《詩序》說：

> 〈淇奧〉，美武公之德也。有文章，又能聽其規諫，以禮自防，故能入相
> 于周，美而作是詩也。〔註45〕

《詩序》認爲衛武公除了擁有種種美德之外，更難能可貴的是，他在周幽王被殺之際，和鄭武公、秦襄公、晉文侯等人帶兵輔佐周室，平定變亂，並且護送太子宜臼遷回洛陽，因爲有這樣的大功勞，所以被晉級公爵，任命卿相，於是詩人作此詩頌美衛武公的德業。

《詩序》的這種看法，後世學者大多都能接受〔註46〕，至於有人根據詩中「終不可諼兮」及「猗重較兮」等句，認爲此篇應是衛武公「入爲卿士時，國人思慕而作」〔註47〕；有人則根據詩中前兩章末句都說「有匪君子，終不可諼兮」，認爲應是「死後追美之詞」〔註48〕，但這都只是見仁見智的推測之詞，只能列爲參考，不能視爲定論。

高亨對於此詩的解說與《詩序》略有差異，他說：

> 這是一首歌頌衛國國君的詩。《毛詩序》說是歌頌衛武公（武公生於西周

〔註44〕 孫希旦：《禮記集解》，上冊，卷 15，頁 430～436。

〔註45〕 鄭玄：《毛詩鄭箋》，卷 3，頁 59。

〔註46〕 如朱熹《詩集傳》說：「按《國語》，武公年九十有五，猶箴儆於國曰：『自卿以下，至于師長士，苟在朝者，無謂我老耄而舍我，必恭恪于朝，朝夕以交戒我。遂作〈懿〉戒之詩以自警。而〈賓之初筵〉亦武公悔過之作。則其有文章而能聽規諫，以禮自防也可知矣。衛之他君，蓋無足以及此者，故《序》以此詩爲美武公，而今從之也。』」《詩集傳》卷 3，頁 35。

〔註47〕 詳見王先謙：《詩三家義集疏》，上冊，卷 3，頁 265。

〔註48〕 吳宏一：《白話詩經》（台北：聯經出版事業公司，1993 年），頁 7。

末年和東周初年），古書無確證。〔註49〕

高亨在此先約略說明《詩序》的說法，再針對《序》說予以修正。他同意這是一首歌頌衛國國君的詩，不過卻以「古書無確證」為理由，對《詩序》將此國君點明為衛武公的作法不以為然。

筆者以為，高亨對於《詩序》的懷疑，可能是未能通讀古書所使然。其實關於《詩序》的說法，古書上有明確的記載，《左傳‧昭公二年》：「北宮文子賦〈淇奧〉」，杜預注：「〈淇奧〉，《詩》〈衛風〉，美武公也。」〔註50〕三國徐幹的《中論‧虛道》篇也說：「昔衛武公年過九十，猶夙夜不怠，思聞訓道。……衛人誦其德，為賦〈淇奧〉。」〔註51〕《國語》也記錄了衛武公的種種美德和優秀表現〔註52〕，根據這些記載，說〈淇奧〉是頌美衛武公德業的詩，應該是可以相信的，高亨的懷疑似乎是有些多餘。

（二）〈陳風‧墓門〉

《詩序》說：

〈墓門〉，刺陳佗也。陳佗無良師傅，以至於不義，惡加於萬民焉。〔註53〕

《詩序》認為這是諷刺陳佗的作品。根據《左傳‧桓公五年》的記載，陳桓公生病時，陳佗殺了太子免，桓公死後，他自立為君，導致陳國大亂，國人紛紛逃難，後來蔡國出兵殺死陳佗，陳國的亂事才得以平息。由此觀之，《詩序》所提供的背景，應該是可以採信的。

蘇轍《詩集傳》說：「桓公之世，陳人知佗之不臣矣，而桓公不去，以及於亂。是以國人追咎桓公，以為桓公之智不能及其後，故以〈墓門〉刺焉。」〔註54〕方玉潤《詩經原始》也說：「詩非刺佗無良師傅，乃刺桓公不能去佗耳。」〔註55〕他們承著《詩序》所提供的背景，認為這首詩刺的是陳桓公不能去陳佗，並非如《詩序》所言是刺陳佗，這樣的說法也是具有參考的價值。

〔註49〕 高亨：《詩經今注》，頁79。

〔註50〕 杜預註：《春秋經傳集解》，卷20，頁290。

〔註51〕 徐幹：《中論二卷》（明程榮刊《漢魏叢書本》），卷上，頁13。

〔註52〕 《國語》中記載了衛武公有文章，又能聽其規諫的優秀表現。《國語‧楚語》：「昔衛武公年數九十有五矣，猶箴儆于國曰：『自卿以下，至于師長士，苟在朝者，無謂我老耄而舍我，必恭恪于朝，朝夕以交戒我。聞一二之言，必誦志以納之，……於是乎作〈懿〉戒以自儆也。』」詳見《國語韋昭註》，卷17，頁395～396。

〔註53〕 鄭玄：《毛詩鄭箋》，卷7，頁201。

〔註54〕 蘇轍等撰：《兩蘇經解》（京都：株式會社同朋舍出版，1980年），第三冊，卷7，頁1262。

〔註55〕 方玉潤：《詩經原始》，卷7，頁628。

朱熹在《詩集傳》裡也提出了自己的看法：

> 言墓門有棘，則斧以斯之矣。此人不良，則國人知之矣。國人知之而猶不
> 自改，則自疇昔而已然，非一日之積矣。所謂不良之人，亦不知其何所指
> 也。〔註56〕

朱熹認爲詩中的「夫」是指所刺之人，至於這個人是誰，從詩文內容中無法找出答案。

高亨對於〈墓門〉篇，大致上採用了《詩序》的意見，他說：

> 這是陳國人民諷刺一個品行惡劣的貴族的詩。（《毛詩序》：「〈墓門〉，刺陳
> 佗也。」按陳佗是陳國的一個公子，他在陳桓公病中殺死桓公的太子。桓
> 公死後他又自立爲君。事見《左傳・桓公五年》。《序》說也通。）〔註57〕

高亨在解說〈墓門〉的詩義時，首先針對詩文內容依照自己的想法解釋詩篇大意，他認爲這是陳國人民諷刺一個品行惡劣的貴族，接著高亨徵引《詩序》原文，參考詩文文義加以判斷，又得出「《序》說也通」這樣的結論。

（三）〈小雅・鹿鳴〉

《詩序》說：

> 〈鹿鳴〉，燕群臣嘉賓也。既飲食之，又實幣帛筐篚，以將其厚意，然後
> 忠臣嘉賓得盡其心矣。〔註58〕

《詩序》認爲〈鹿鳴〉一詩描述的是君主歡宴臣下及四方賓客的場景。

朱熹《詩集傳》說：

> 按《序》以此爲燕群臣嘉賓之詩，……豈本爲燕群臣嘉賓而作，其後乃推
> 而用之鄉人也歟。然於朝曰君臣焉，於燕曰賓主焉，先王以禮使臣之厚，
> 於此見矣。〔註59〕

朱熹跟從《詩序》的說法，也認爲它是一首燕群臣嘉賓的詩。

「魯詩」的見解與《詩序》大不相同，它以爲：「仁義陵遲，〈鹿鳴〉刺焉。」〔註60〕《太平御覽》五百七十八引〈蔡邕琴操〉一文說：「〈鹿鳴〉者，周大臣之作也。王道衰，君志傾，留心聲色，內顧妃后，設酒食嘉餚，不能厚養賢者，盡禮極歡，行見於色。大臣昭然獨見，必知賢者幽隱，小人在位，周道陵遲自以是始，故

〔註56〕　朱熹：《詩集傳》，卷7，頁83。

〔註57〕　高亨：《詩經今注》，頁181。

〔註58〕　鄭玄：《毛詩鄭箋》，卷9，頁235。

〔註59〕　朱熹：《詩集傳》，卷9，頁100。

〔註60〕　王先謙撰，吳格點校：《詩三家義集疏》，下冊，卷14，頁551。

彈琴以風諫，歌之感人，庶幾可復。」〔註61〕「魯詩」和《太平御覽》一反《詩序》的說法，均以〈鹿鳴〉爲刺詩，不過這樣的說法與全篇氣氛不甚符合，因此以〈鹿鳴〉爲刺詩是站不註腳的。

至於高亨對〈鹿鳴〉一詩的解說是：

> 《毛詩序》：「〈鹿鳴〉，燕（宴）群臣嘉賓也。」可從。周代國君宴會群臣和賓客，要娛樂爲娛，所以特撰〈鹿鳴〉詩，以備歌唱。〔註62〕

高亨認爲《詩序》言之有理，因此他在詮釋這篇的詩旨時，決定擇用《詩序》的說法，他將《詩序》的原文臚列出來，並對《詩序》的說法加以簡單的申釋。

此外，除了上述所言及的篇章以外，其他如〈邶風‧新臺〉〔註63〕、〈鄘風‧牆有茨〉〔註64〕、〈小雅‧巧言〉〔註65〕……等篇，高亨皆提出《詩序》的說法，進而斷定「《序》說可從」、「《序》說可通」或是「《序》說不可信」。由此可知，高亨在詮釋詩篇大意時，並不是完全不理會《詩序》的看法，他有時會引用《詩序》的字句，作爲論述的根據，對於《詩序》穿鑿附會的誤說，他會試圖辨正其誤；如果《詩序》有可取之處，他也會正面予以肯定的。

四、運用階級分析的方法探求詩旨

高亨是一位很有創見的學者，他對於《詩經》的研究，是靠著自己的思考，靠著對詩的感受進行分析、判斷，並不會屈服於任何的權威，因此高亨在解題時，往往是「依循本文，以己意解詩」，這其中不乏精闢的見解，例如高亨解〈邶風‧綠衣〉說：「這是丈夫悼念亡妻之作。」〔註66〕解〈唐風‧無衣〉篇說：「有人賞賜或贈送作者一件衣服，作者作這首詩，表示感謝。」〔註67〕這些都是由詩的本文出發，直尋詩的本義。不過由於受到當時社會主義的影響，高亨在解題時，時常會運用階級分析的方法探求詩旨，將詩篇貼上階級標籤，強調其中階級矛盾與階級鬥爭的成分，這是高亨解詩的特殊之處，也是其爭議之處。

高亨曾說：「研究《詩》三百篇從階級上加以分析，是完全必要的。三百篇中有勞動人民作品，即農民階級作品，有士大夫等作品，即領主階級作品，……把農民

〔註61〕李昉等撰：《太平御覽》（台北：新興書局，1959 年），第 8 冊，頁 2599。

〔註62〕高亨：《詩經今注》，頁 217。

〔註63〕高亨：《詩經今注》，頁 61。

〔註64〕高亨：《詩經今注》，頁 65。

〔註65〕高亨：《詩經今注》，頁 297。

〔註66〕高亨：《詩經今注》，頁 37。

〔註67〕高亨：《詩經今注》，頁 158。

階級作品和領主階級作品儘可能地予以區分，也是完全必要的。」〔註68〕基於這樣
的觀念，高亨在說解詩篇大意時，十分重視作者階級身份的考察，他會刻意去點明
作者的階級，例如：

（一）〈邶風‧雄雉〉

《詩序》說：

> 〈雄雉〉，刺衛宣公也。淫亂不恤國事，軍旅數起，大夫久役，男女怨曠，
> 國人患之，而作是詩。〔註69〕

依照《詩序》的說法，由於衛宣公淫亂又不恤國事，因此軍旅時起，爭戰不已，衛
國的大夫久役在外，境內男女怨曠，國人以此為憂，藉由這首詩反映他們的心聲。

朱熹在《詩序辨說》中認為〈雄雉〉「未有以見其為宣公之時，與淫亂不恤國事
之意」〔註70〕，因此他在《詩集傳》裡對於此詩首章，作這樣的解說：

> 婦人以其君子從役於外，故言雄雉之飛舒緩自得如此，而我之所思者，乃
> 從役於外，而自遺阻隔也。〔註71〕

朱熹的說法的確較《詩序》平實，因此當今許多學者均遵從他的看法，高亨自然也
不例外，他說明〈雄雉〉的詩旨是：

> 這是統治階級的一個婦人懷念遠出辛勞的丈夫。〔註72〕

高亨原則上採納朱熹的意見，認為這是一名婦女懷念遠出在外的丈夫，因此寫下這
首詩表達內心的憂思，不過略有差別的是，朱熹沒有點明這名婦人的地位為何，高
亨則認為她是「統治階級」的一員。

（二）〈王風‧君子陽陽〉

《詩序》說：

> 閔周也。君子遭亂，相招為祿仕，全身遠害而已。〔註73〕

《鄭箋》對《詩序》的看法加以補充：「祿仕者，苟得祿而已，不求道行。」將這兩
段話配合觀之，意思是說：君子生於周朝變亂之際，雖然出任得祿，但也僅求全身
遠害而已，而不奢求能夠適志行道。

朱熹對於〈君子陽陽〉有不同的見解，他在《詩集傳》中提到：

〔註68〕高亨：〈詩經引論〉，《文史哲》1956年第5期，頁11。
〔註69〕鄭玄：《毛詩鄭箋》，卷2，頁51。
〔註70〕朱熹：《詩序辨說》，頁9。
〔註71〕朱熹：《詩集傳》，卷2，頁19～20。
〔註72〕高亨：《詩經今注》，頁44。
〔註73〕鄭玄：《毛詩鄭箋》，卷4，頁110。

此詩疑亦前篇婦人所作，蓋其夫既歸，不以行役爲勞，而安於貧賤以自樂，

其家人又識其意而深歎美之，皆可謂賢矣。豈非先王之澤哉？〔註74〕

朱熹認爲此詩爲婦人之辭，描寫夫婦相樂的情形。

至於高亨的說法是：

這是描寫統治階級奏樂跳舞的詩。〔註75〕

高亨根據詩文內容，認爲這是一首描寫統治階級歌舞情景的詩。其實當今許多學者都將〈君子陽陽〉解讀爲描寫歌舞情景的詩〔註76〕，高亨與眾不同的是，他運用階級的觀念去分析作品，刻意考察並強調作者的階級身分，將作品貼上階級標籤。

除了上述的例子以外，高亨在解說〈召南‧采蘋〉時說：「這首詩是貴族家裡的女奴所作。」〔註77〕說〈唐風‧采苓〉則是：「這是勞動人民的作品，勸告伙伴不要聽信別人的謊話，走錯了路。」〔註78〕說〈豳風‧七月〉是：「這首詩是西周時代豳地農奴們的集體創作。」〔註79〕……等等，都可以看出高亨說解時，會特別點明作者的階級身分。

此外，高亨在解詩時有時還會配合階級矛盾與階級鬥爭的理論，以爲《詩經》中的許多詩篇是階級對立與抗爭下的產物。茲舉例說明如下：

（三）〈王風‧兔爰〉

《詩序》說：

〈兔爰〉，閔周也。桓王失信，諸侯背叛，構怨連禍，王師傷敗，君子不

樂其生焉。〔註80〕

《詩序》認爲這是一首感傷時事的厭世之作。孔穎達《毛詩正義》接受這樣的說法，並且引用《左傳‧隱公三年》與《左傳‧桓公五年》有關周、鄭交惡的記載，來詮釋《序》文。〔註81〕

不過，〈兔爰〉的創作年代是否爲東周桓王之世，歷來仍有爭議，例如朱熹在《詩

〔註74〕朱熹：《詩集傳》，卷4，頁43。
〔註75〕高亨：《詩經今注》，頁98。
〔註76〕如馬持盈：《詩經今注今譯》：「這是咏樂舞之詩。」裴普賢：《詩經評注讀本》：「這是一首描寫跳舞情景的詩。」
〔註77〕高亨：《詩經今注》，頁19。
〔註78〕高亨：《詩經今注》，頁161。
〔註79〕高亨：《詩經今注》，頁199。
〔註80〕鄭玄：《毛詩鄭箋》，卷4，頁113。
〔註81〕詳見孔穎達：《毛詩正義》，上冊，卷4，頁262。

序辨說》中以爲此詩和桓王時事無關〔註82〕，並在《詩集傳》提到：「爲此詩者，蓋猶及見西周之盛。」〔註83〕

高亨對於〈兔爰〉也表達了不同的意見，他說：

> 周王朝東遷以後，社會進入戰爭變亂的時代，統治階級與被統治階級的矛盾鬥爭，統治階級內部的矛盾鬥爭，都異常尖銳。在鬥爭中，有的統治者失去爵位、土地而沒落，這首詩就是一個沒落貴族的哀吟。〔註84〕

高亨以階級對立與鬥爭的觀念去分析這篇作品，他認爲周平王東遷以後，整個社會進入戰爭動亂的時代，統治階級與被統治階級的矛盾鬥爭、統治階級內部的矛盾鬥爭，也都愈演愈烈，在這些鬥爭中，有些統治者逐漸沒落，這首詩就是沒落貴族的哀吟。

筆者以爲，高亨這樣的說法，很有可能是受到郭沫若的影響，郭沫若在《中國古代社會研究》提到〈兔爰〉的詩旨時說：「我覺得這也是一首破產貴族的詩，證據是（一）這種厭世的心理，根本是有產者的心理；（二）兔與雉取譬明明是包含得有上下的階級意識；（三）這樣的社會關係的變革正是詩人所浩歎的亂子。」〔註85〕其實不只是郭、高兩位，今日普遍的大陸學者都將〈兔爰〉解讀爲「破產貴族的哀吟」〔註86〕，然而以海外學者的角度觀之，這種說法顯然稍嫌主觀，它的可信度是有待斟酌的。

（四）〈魏風・伐檀〉

《詩序》說：

> 〈伐檀〉，刺貪也。在位貪鄙，無功而受祿，君子不得進仕爾。〔註87〕

《詩序》的意思是說當時魏國的在位者，貪鄙酷虐，尸位而素餐，所以君子被斥，不得進用，這首詩就是用來諷刺不勞而獲的在位者。

朱熹在《詩序辨說》裡的說法如下：

> 此詩專美君子不素餐，《詩序》言刺貪，詩其旨矣。〔註88〕

〔註82〕詳見朱熹：《詩序辨說》，頁15。
〔註83〕朱熹：《詩集傳》，卷4，頁45。
〔註84〕高亨：《詩經今注》，頁101。
〔註85〕郭沫若：《中國古代社會研究》（北京：人民出版社，1954年），頁177。
〔註86〕如袁愈嫈、唐莫堯《詩經新譯注》：「沒落貴族感嘆生不逢時遭受百憂的詩篇。」詳見《詩經新譯注》（台北：木鐸出版社，1983年），頁120。呂恢文《詩經國風今譯》：「這首詩是在社會動盪不安的時代，失掉權勢的貴族階級人物，發出的消極頹唐的悲音。」詳見《詩經國風今譯》（北京：人民文學出版社，1987年），頁132。
〔註87〕鄭玄：《毛詩鄭箋》，卷5，頁162～163。

依照朱熹的解釋，他是認爲此詩乃頌美不尸位素餐的君子，而無任何諷刺的意思。

清代崔述在《讀風偶識》中提到：

> 〈伐檀〉，〈序〉以爲刺貪，朱子以爲美不素餐。然細玩其詞，二意實兼之。蓋惟賢人不得行其志，而相率避於十畝之間，故在位者皆貪鄙之夫，不以無功受祿爲恥。其反覆嘆美於辭榮之君子者，正以愧夫尸位之小人也。〔註89〕

崔述兼采《詩序》與《朱傳》的說法，以爲美刺二說都可以講得通，並沒有矛盾可言，差別只是在於詮釋的角度不同而已。

至於高亨對此詩提出了下列的解釋，

> 勞動人民在給剝削者砍樹的勞動中唱出這首歌，諷刺剝削者不勞而獲，過著寄生蟲的生活。〔註90〕

高亨明確地指出此詩是諷刺剝削者的不勞而獲，在詮釋這首詩時，他首先替作者的階級身分下一個判斷，他根據〈伐檀〉的內容認爲它是站在農民的立場，說農民的話，反映農民的生活和思想情感，從而論定它是勞動階級的作品；〔註91〕接著利用詩中「坎坎伐檀兮」、「坎坎伐輻兮」、「坎坎伐輪兮」等話語，斷定這是農民在替剝削者砍樹的勞動時所唱出的諷刺詩。雖然高亨和《詩序》都認爲這是一首諷刺意味極爲濃厚的詩，不過高亨卻把貪鄙的在位者與不得進仕的君子之間的衝突，轉換爲勞動者和剝削者的對立。

高亨對〈伐檀〉的解題影響了許多大陸學者，如周錫䪖《詩經選注》：「一群農奴正在河邊幹活，他們一面勞動一面唱歌，對貴族統治階級盡情嘲諷，揭露了他們不勞而食的本質。」〔註92〕程俊英、蔣見元：《詩經注析》：「這是一首諷刺剝削者不勞而獲的詩，一群匠人在黃河邊伐木，爲當老爺的造車，……詩中明確地提出不勞而獲和勞而不獲的尖銳矛盾，對剝削者的寄生生活表達了強烈的憎恨和辛辣的嘲諷。」〔註93〕這些說法顯然都是本著高說而來。

除了上述的例子之外，〈周南·螽斯〉〔註94〕、〈召南·羔羊〉〔註95〕、〈召南·騶虞〉〔註96〕、〈衛風·有狐〉〔註97〕……等篇，高亨都運用階級分析的方法探求

〔註88〕朱熹：《詩序辨說》，頁21。
〔註89〕崔述：《讀風偶識》，卷3，頁28。
〔註90〕高亨：《詩經今注》，頁146。
〔註91〕詳見高亨：〈詩經引論〉，頁11。
〔註92〕周錫䪖：《詩經選注》（臺灣：遠流出版社，1988年），頁125。
〔註93〕程俊英、蔣見元：《詩經注析》，上冊，頁300。
〔註94〕高亨：《詩經今注》，頁7。
〔註95〕高亨：《詩經今注》，頁24。
〔註96〕高亨：《詩經今注》，頁33。

詩旨，並且強調其中階級對立與階級鬥爭的成分，這可說是他在說解時一項顯著的特色。

第二節　釋字詞

一、通過字音求字義

　　《詩經今注》一書在訓釋字詞方面，最明顯的特點就是根據「音同（音近）義通」的普遍原理運用音訓，即通過字音求字義，茲舉例如下：

（一）〈衛風・伯兮〉的「背」

　　〈衛風・伯兮〉：「焉得諼草，言樹之背」中的「背」，《毛傳》：「背，北堂也。」〔註98〕《儀禮・士昏禮》：「婦洗在北堂。」鄭玄注：「北堂，房中半以北。」賈公彥疏：「房與室相連爲之，房無北壁，故得北堂之名。」〔註99〕朱熹《詩集傳》也說：「背，北堂也。」〔註100〕姚際恆《詩經通論》說：「堂面向南，背向北，故背爲北堂。」〔註101〕據此，「北堂」即是後堂，是婦女常居之處。詩中的女主人爲了醫治相思痛苦，希望得到一種忘憂草，將它種植於北堂，以便能時時看顧。這種傳統的解說言之成理，因此古今學者幾乎均從《毛傳》將「背」字訓釋爲「北堂」。

　　對於「背」字的解釋，高亨在《詩經今注》裡表達了不一樣的看法，他說：

　　　背，借爲㼼，小瓦盆。《說文》：「㼼，小缶也。」背、㼼古通用。〔註102〕

高亨根據「音近義通」的原理，從聲韻的通轉出發，去考釋「背」字的字義，他認爲「背」、「㼼」古通用，「背」在此借爲「㼼」，依據《說文》的解釋，「㼼」是「小缶」的意思，因此推測「背」在這裡應該解釋爲小瓦盆。將忘憂草種在小瓦盆裡，這樣的解釋就情理上而言，合情合理，只不過這般的舉動是否明智，仍然是有待斟酌的。

（二）〈豳風・破斧〉的「遒」

　　〈豳風・破斧〉：「周公東征，四國是遒」中的「遒」，《毛傳》：「遒，固也。」

〔註97〕高亨：《詩經今注》，頁92。
〔註98〕鄭玄：《毛詩鄭箋》，卷3，頁103。
〔註99〕鄭玄注，賈公彥疏：《儀禮注疏》（台北：世界書局，1972年），卷6，頁20。
〔註100〕朱熹：《詩集傳》，卷3，頁40。
〔註101〕姚際恆：《詩經通論》，卷4，頁90。
〔註102〕高亨：《詩經今注》，頁92。

《鄭箋》：「遒，斂也。」〔註103〕《孔疏》：「遒訓為聚，亦堅固之義。」〔註104〕朱熹《詩集傳》：「遒，斂而固之也。」〔註105〕《毛傳》、《鄭箋》、《孔疏》的解釋都不太妥當，至於朱熹雖然兼採《毛傳》、《鄭箋》之說，不過和詩文內容相互比對，似乎是稍嫌牽強。

高亨對於「遒」字的解說是這樣的：

> 遒，讀為猷，順服。〔註106〕

由上述的引文可以看出，「遒」為被釋詞，為假借字；「猷」為解詞，為本字。高亨從「遒」與「猷」聲音相近的特點，推論出「遒」當為「猷」的借字，而「猷」本身是「順服」的意思，因此此處的「遒」字也帶有「順服」之義。相較於前人，高亨這樣的看法是比較確切的。〔註107〕

（三）〈大雅·行葦〉的「台背」

〈大雅·行葦〉：「黃耇台背，以引以翼」中的「台背」，《毛傳》：「台背，大老也。」《鄭箋》：「台之言鮐也，大老則背有鮐文。」〔註108〕朱熹《詩集傳》也說：「台，鮐也，大老則背有鮐文。」〔註109〕馬瑞辰《毛詩傳箋通釋》：「詩以台背與黃耇對舉，台背即背有黑文耳。」〔註110〕根據《毛傳》等人的說法，所謂「台」，同「鮐」，是一種魚名，這種魚的背部有黑色花紋，「台背」即是用以形容老年人背部的皮膚暗黑。

高亨則說：

> 台背即駝背，長壽年老的人多駝背，故稱為駝背。台與駝一聲之轉。〔註111〕

高亨認為「台」與「駝」乃一聲之轉，長壽老年的人又多半有駝背的傾向，因此這裡的「台背」就是「駝背」的意思。

按「台」、「駝」雙聲，原則上可以通用，但在古書裡並沒有「台」、「駝」相通的例證〔註112〕，兩者只不過同屬定紐而已，高亨如果要堅持己說，應當再提出更多的證據讓人信服才行。

〔註103〕鄭玄：《毛詩鄭箋》，卷8，頁230。

〔註104〕孔穎達：《毛詩正義》，中冊，卷8，頁529。

〔註105〕朱熹：《詩集傳》，卷8，頁96。

〔註106〕高亨：《詩經今注》，頁212。

〔註107〕祝敏徹：〈幾種早期《詩經》注文的比較研究〉，《湖北大學學報》1993年第5期（1993年6月），頁70。

〔註108〕鄭玄：《毛詩鄭箋》，卷17，頁458。

〔註109〕朱熹：《詩集傳》，卷17，頁193。

〔註110〕馬瑞辰：《毛詩傳箋通釋》，下冊，卷25，頁891～892。

〔註111〕高亨：《詩經今注》，頁407。

〔註112〕詳見劉精盛：〈《詩經今注》濫言通假評議〉，《古漢語研究》2001年第1期，頁83。

　　《詩經今注》在訓釋字詞方面時常使用「音同（音近）義通」的原理普遍運用音訓，也就是通過字音求字義，這些音訓除了根據《釋名》等音訓專書和古代注本所標明者之外，還有很多是高亨自己發明的，這可以說是高亨在解經時常運用的一種方法。

二、歸納本經字詞以說明其義

（一）〈周南・麟之趾〉的「于嗟」

　　〈周南・麟之趾〉：「麟之趾，振振公子，于嗟麟兮！」中的「于嗟」，《毛傳》未作解釋；《鄭箋》：「于嗟，嘆辭。于音吁。」〔註113〕朱熹：《詩集傳》：「言之不足，故又嗟嘆之也。」〔註114〕陳奐《詩毛氏傳疏》云：

> 《文選・謝朓八公山詩》注引《韓詩章句》，亦云：吁嗟，嘆辭也，于吁
> 古今字，辭當作詞，嘆詞，美嘆之詞也。美嘆曰嗟，傷嘆亦曰嗟，凡全詩
> 嘆詞有此二義。〔註115〕

陳奐以為《詩經》中的嘆詞有二義，一為美嘆，一為傷嘆，這裡的「于嗟」是屬於讚美的嘆詞。

　　高亨對於這種說法抱持否定的態度，他說：

> 《詩經》中的「于嗟」都是表達悲傷怨恨的感嘆詞。如〈邶風・擊鼓〉「于
> 嗟闊兮！不我活兮！于嗟洵兮！不我信兮！」〈衛風・氓〉：「于嗟鳩兮！
> 無食桑葚！于嗟女兮！無與士耽！」〈秦風・權輿〉：「于嗟乎不承權輿！」
> 都是。那末〈周南・麟之趾〉：「于嗟麟兮！」〈召南・騶虞〉：「于嗟乎騶
> 虞！」當然也都是表達悲傷怨恨的感嘆詞了。〔註116〕

高亨利用其他詩篇的「于嗟」為例，歸納出《詩經》中的「于嗟」都是表達悲傷怨恨的傷嘆詞，他與陳奐所運用的方法相同，不過結論卻頗有出入，其實這種以統計的方式，為《詩經》所有的詩句作調查，從中找出相同的字詞，然後歸納、整理出一個共通的解釋法則，不管解釋的結果如何，都具有極高的說服力，只是往往運用相同的方法，卻得出不同的結果。拿此篇來說，陳奐完全肯定〈詩序〉所定詩旨的可靠性，他認為「麟」是仁獸、瑞獸，這篇是歌詠衰世公子仍然信厚誠實的詩篇，因此他將「于嗟」訓釋為讚美的嘆詞；高亨與他剛好相反，他認為這是感嘆貴族打死麒麟的詩，所以便把「于嗟」解釋為悲傷的嘆詞，由此可見，以這種歸納、統計

〔註113〕鄭玄：《毛詩鄭箋》，卷1，頁18。
〔註114〕朱熹：《詩集傳》，卷1，頁7。
〔註115〕陳奐：《詩毛氏傳疏》（台北：學生書局，1995年），卷1，頁41。
〔註116〕高亨：《詩經今注》，頁15。

的方式得出的結果，並不一定是標準答案，因爲解經者對詩旨的判斷不同，對詞義的解釋就會造成歧異。

（二）〈邶風·靜女〉的「彤管」

〈邶風·靜女〉：「彤管有煒，悅懌女美」中的「彤管」，《毛傳》以爲是女史所用的紅管之筆，用來記錄后妃、群妾的過失。朱熹《詩集傳》則說：「未詳何物，蓋相贈以結慇懃之意耳。」〔註117〕顧頡剛認爲是「硃漆的管子。」〔註118〕劉大白認爲是「紅色的管狀嫩苗。」〔註119〕王立民把它稱爲是「紅色有光澤而且具有美麗花紋的玉管。」〔註120〕高亨對於彤管的解釋是：

> 彤管，歐陽修《毛詩本義》：「古者鍼筆皆有管，樂器亦有管，不知此彤管是何物也。」按彤管當是樂器，就是紅色的樂管。《詩經》裡的管字，都是指樂管。〈周頌·有瞽〉：「簫管備舉。」〈商頌·那〉：「嘒嘒管聲。」又〈周頌·執競〉：「磬筦將將。」《漢書·禮樂志》、《說文》都引筦作管，所以說此詩的彤管當是樂器。〔註121〕

高亨首先引用歐陽修的話，說明古代除了鍼筆有管以外，樂器也有管，接著他利用《詩經》的〈有瞽〉、〈那〉、〈執競〉等篇，歸納出《詩經》中的管都是指樂管，因此〈靜女〉中的「彤管」應當是指「樂器」，也就是「紅色的樂管」。

按「彤管」的「彤」字當作「紅色」，歷來學者沒有太大的爭議，但是「管」究竟是指什麼？許多人都有不一樣的看法，筆者以爲「管」字應從高說作「樂器」講，因爲古書中所用的「管」字，除了專名如管子、管叔外，最普遍的有管理的管、管鑰的管，以及簫管或管絃的管〔註122〕，前兩者皆與本詩的內容不相符合，所以此處的「管」當作「樂器」是比較有可能的。

（三）〈豳風·七月〉的「蘀」

〈豳風·七月〉：「八月其穫，十月隕蘀。」中的「蘀」，《毛傳》：「蘀，落也。」〔註123〕《說文解字》：「草木凡皮葉落陊地爲蘀。」〔註124〕朱熹《詩集傳》：「蘀，

〔註117〕朱熹：《詩集傳》，卷2，頁26。
〔註118〕顧頡剛：〈瞎子斷扁的一例——靜女〉，《古史辨》，第3冊，頁513。
〔註119〕劉大白：〈關於瞎子斷扁的一例——靜女的異議〉，《古史辨》，第3冊，頁523。
〔註120〕王立民：〈詩經彤管爲玉管說〉，《詩經研究叢刊》（北京：學苑出版社，2002年），第2輯，頁378。
〔註121〕高亨：《詩經今注》，頁60～61。
〔註122〕可參見劉復：〈瞎嚼嘖蛆的說詩〉，《古史辨》，第3冊，頁541。
〔註123〕鄭玄：《毛詩鄭箋》，卷8，頁219。
〔註124〕許慎撰，段玉裁注：《說文解字注》（台北：天工書局，1996年），頁40。

落也,謂草木隕落也。」〔註125〕季本《詩說解頤》:「落葉謂之蘀。」〔註126〕關於「蘀」字的解釋,有的將它當作名詞,有的將它當作動詞,高亨對於眾說紛紜的解釋,下了這樣的結論:

> 蘀,當是名詞,一種植物。〈鄭風・蘀兮〉:「蘀兮蘀兮,風其吹女。蘀兮蘀兮,風其漂女。」〈小雅・鶴鳴〉:「爰有樹檀,其下為蘀;爰有樹檀,其下為穀。」可證蘀是木名。……《詩經》中的蘀字皆借做檡。〔註127〕

高亨認為這裡的「蘀」應當解釋為名詞,是一種樹木的專名。他以〈鄭風・蘀兮〉以及〈小雅・鶴鳴〉等篇為證,歸納出《詩經》中所有的「蘀」都是「檡」的借字。

筆者以為,用這樣的解釋,無論是去解釋「蘀兮蘀兮」、「其下維蘀」或是「十月隕蘀」等句,都可以說得通,這樣的見解也得到某些學者的支持。〔註128〕

(四)〈大雅・緜〉的「醜」

〈大雅・緜〉:「迺立冢土,戎醜攸行」中的「醜」,《毛傳》:「醜,眾也。」〔註129〕孔穎達《正義》:「醜,眾。」〔註130〕朱熹之說與《毛傳》、《孔疏》相同。〔註131〕高亨則云:

> 醜,《詩經》中稱敵人為醜,如〈小雅・出車〉、〈小雅・采芑〉:「執訊獲醜。」《大雅・常武》「仍執醜虜。」〈魯頌・泮水〉「屈此群醜。」都是明證。〔註132〕

古代的學者幾乎都將「醜」訓釋為「眾」,高亨並不認同這樣的說法,他以〈小雅・出車〉、〈小雅・采芑〉、〈大雅・常武〉、〈魯頌・泮水〉等篇為證,歸納出《詩經》中的「醜」都是指「敵人」,此處的「醜」當然也不例外。

按將「戎醜攸行」的「醜」字解釋為「敵人」,屈萬里也有類似的見地〔註133〕,王靜芝先生認為這樣的說法,比較能和下文「肆不殄厥慍」呼應,因此略勝舊說一

〔註125〕朱熹:《詩集傳》,卷8,頁91。
〔註126〕見《欽定四庫全書》(台北:臺灣商務印書館,1983年),第79冊,季本:《詩說解頤》,卷14,頁157。
〔註127〕高亨:《詩經今注》,頁205~206。
〔註128〕如吳宏一曾說:「『蘀兮』的『蘀』,……有人把它解作樹木的專名,像高亨《詩經今注》中,就說『蘀』是『檡』木的借字,……這種說法也頗為可取。」詳見《白話詩經》,第2冊,頁198。
〔註129〕鄭玄:《毛詩鄭箋》,卷16,頁426。
〔註130〕孔穎達:《毛詩正義》,下冊,卷16,頁990。
〔註131〕朱熹:《詩集傳》,卷16,頁180。
〔註132〕高亨:《詩經今注》,頁381。
〔註133〕詳見屈萬里:《詩經釋義》,頁324。

籌。〔註134〕

由上述的例子可知，高亨在解釋字詞時，善於蒐求《詩經》之中相同字詞參證比較，求同歸納，總結出許多帶有普遍意義、具有規律性的字詞，像這種具有概括性的斷語，非居高臨下、統觀全局者不能作出〔註135〕，這樣的解釋對讀者來說也是具有相當程度的助益。

三、藉比對上下文意解釋字詞

高亨在解釋字詞時，有時也會藉著比對上下文進一步來推論該字詞的意義，使文意得以連貫，例如：

（一）〈邶風‧匏有苦葉〉的「涉」

〈邶風‧匏有苦葉〉：「匏有苦葉，濟有深涉」中的「涉」，《毛傳》：「由膝以上為涉。」《鄭箋》：「瓠葉苦而渡處深。」〔註136〕朱熹《詩集傳》：「行渡水曰涉。」〔註137〕陳奐《詩毛氏傳疏》：「水至膝以上則必濡褲而過，是謂涉。」〔註138〕朱守亮《詩經評釋》：「徒步渡河曰涉，此處用作名詞，即渡頭。」〔註139〕劉運興《詩義知新》：「涉字當訓深淺之淺，亦指淺水。」〔註140〕歷來學者對「涉」的解釋頗為分歧，有的解釋為名詞，有的卻認為此處的「涉」應該是動詞。

高亨的意見是這樣的：

> 涉，此涉字是渡口。這渡口，看來似深，其實並不深，下文說「不濡軌」
>
> 可證。〔註141〕

高亨認為這裡的「涉」當作名詞用，是「渡口」的意思。接著他根據下文的「不濡軌」，推斷這個渡口的深度既然比車軸頭還低，因此這個渡口並不太深。

（二）〈秦風‧蒹葭〉的「遡洄」

〈秦風‧蒹葭〉：「遡洄從之，道阻且長」中的「遡洄」，《毛傳》：「逆流而上曰遡洄。」〔註142〕朱熹《詩集傳》：「遡洄，逆流而上也。」〔註143〕至於高亨的說法是：

〔註134〕詳見王靜芝：《詩經通釋》，頁513。
〔註135〕趙沛霖：《詩經研究反思》，頁398～399。
〔註136〕鄭玄：《毛詩鄭箋》，卷2，頁53。
〔註137〕朱熹：《詩集傳》，卷2，頁20。
〔註138〕陳奐：《詩毛氏傳疏》，卷3，頁28。
〔註139〕朱守亮：《詩經評釋》（台北：台灣學生書局，1984年），上冊，頁121。
〔註140〕劉運興：《詩義知新》（濟南：山東教育出版社，1998年），頁69。
〔註141〕高亨：《詩經今注》，頁46。
〔註142〕鄭玄：《毛詩鄭箋》，卷6，頁187。

　　　　溯洄，逆著河流向上走。下文說：「道阻且長，道阻且躋，道阻且右」可

　　　　證「溯洄」是陸行，不是水行。〔註 144〕

高亨認為「溯洄」是「逆著河流向上走」的意思，接著他透過比對〈蒹葭〉第一章：

「溯洄從之，道阻且長。」第二章：「溯洄從之，道阻且躋。」第三章：「溯洄從之，

道阻且右」各章前後文之間的關係，說明「溯洄」指的是陸行，而並非水行。

（三）〈陳風・墓門〉的「止」

　　　〈陳風・墓門〉：「墓門有梅，有鴞萃止」中的「止」，《毛傳》未作解釋，《鄭箋》：

「梅之樹善惡自有，徒以鴞集其上而鳴，人則惡之，性因惡矣。」〔註 145〕王靜芝《詩

經通釋》：「止，棲止也。」〔註 146〕江陰香《詩經譯注》：「止，停止。」〔註 147〕古

今學者對於此篇的「止」字，不是略而不談，就是將其訓釋為「棲止」、「停止」。

　　　高亨在《詩經今注》裡提出了不太一樣的說法，他的意見是：

　　　　止，以上下文推斷，止當作之，指梅樹。〔註 148〕

高亨根據上下文意仔細推敲後，認為此處的「止」並非如前人所說意謂「停止」，而

是應該當作代名詞「之」，指的就是上句「墓門有梅」中的「梅」。

（四）〈小雅・小宛〉的「先人」

　　　〈小雅・小宛〉：「我心憂傷，念昔先人」中的「先人」，《毛傳》：「先人，文武

也。」〔註 149〕《孔疏》：「知者，以王無德，而念其先人。又云『有懷二人』，則所

念二人而已。周之先世。二人有聖德定天位者，唯文、武為然。」〔註 150〕《毛傳》、

《孔疏》均認為此處的「先人」指的是周文王與周武王。

　　　高亨對於「先人」一詞有著不同的訓釋，他說：

　　　　先人，指作者的父母，下文「毋忝爾所生」可證。〔註 151〕

高氏根據下文「毋忝爾所生」，判斷「先人」一詞指的應該是「作者的父母」。

　　　經由上述的例子可以看出，高亨在訓釋字詞時，不光只有從基本的文字訓詁

等考證方面著手，他也注意到了句與句之間文意的關聯性。當他要訓釋一個字詞

〔註 143〕朱熹：《詩集傳》，卷 6，頁 76。

〔註 144〕高亨：《詩經今注》，頁 169。

〔註 145〕鄭玄：《毛詩鄭箋》，卷 7，頁 202。

〔註 146〕王靜芝：《詩經通釋》，頁 286。

〔註 147〕江陰香：《詩經譯注》，卷 3，頁 98。

〔註 148〕高亨：《詩經今注》，頁 181。

〔註 149〕鄭玄：《毛詩鄭箋》，卷 12，頁 320。

〔註 150〕孔穎達：《毛詩正義》，中冊，卷 12，頁 743。

〔註 151〕高亨：《詩經今注》，頁 292。

時，他會先尋找出較有可能的解釋，再根據上下文句加以推斷，得出最恰當的解釋，這可以說是標準的「以本經解經」，也正因爲如此，高氏的說法往往能夠自成一說。

四、引前人之說訓釋字詞意義

（一）引用或修正他人說法解釋字詞

高亨在解釋字詞時，有時候會直接引用他人的對該字詞的研究成果作爲注釋，例如：

1. 〈豳風・東山〉的「宵行」

〈豳風・東山〉:「町畽鹿場，熠燿宵行」中的「宵行」,《毛傳》:「宵行爲夜飛。」〔註152〕朱熹《詩集傳》:「宵行，蟲名，如蠶，夜行，喉下有光如螢也。」〔註153〕季本《詩說解頤》:「宵行爲似螢火蟲。」〔註154〕李時珍《本草綱目》:「螢火有一種，長如蠶，尾後有光，無翼，乃竹根所化，亦名宵行。」〔註155〕後儒對於「宵行」大致有兩種不同的意見，有的將其解釋爲動詞，有的則是解釋爲名詞。

高亨在訓釋「宵行」時說：

> 宵行，螢火蟲的一種，……朱熹《詩集傳》:「宵行，蟲名，如蠶，夜行，喉下有光如螢也。」李時珍《本草綱目》:「螢火有一種，長如蠶，尾後有光，無翼，亦名宵行。」〔註156〕

由上述的引文可以看出，高亨認同《詩集傳》以及《本草綱目》對「宵行」的解釋，因此他直接引用了他們的說法，並標明其出處，作爲自己論說的根據及來源的說明。

2. 〈小雅・小明〉的「初吉」

〈小雅・小明〉:「二月初吉，載離寒暑」中的「初吉」,《毛傳》:「朔日也。」〔註157〕《孔疏》:「以言初而又吉，故之朔日也。」〔註158〕朱熹《詩集傳》:「初吉，朔日也。」〔註159〕關於「初吉」一詞，《毛傳》、《孔疏》、《詩集傳》都只是簡單地注爲「朔日也」，王引之在《經義述聞》提到:「二月上旬之吉日，上旬凡十日，其

〔註152〕鄭玄:《毛詩鄭箋》，卷8，頁227。
〔註153〕朱熹:《詩集傳》，卷8，頁95。
〔註154〕季本:《詩說解頤》，卷14，頁161。
〔註155〕李時珍:《本草綱目》（台北：鼎文書局，1973年），上冊，卷16，頁645。
〔註156〕高亨:《詩經今注》，頁209～210。
〔註157〕鄭玄:《毛詩鄭箋》，卷13，頁350。
〔註158〕孔穎達:《毛詩正義》，中冊，卷13，頁801。
〔註159〕朱熹:《詩集傳》，卷13，頁151。

善者皆可謂之初吉。」〔註160〕其說雖然較爲具體，不過仍然不夠完備。

高亨對於「初吉」提出了下列的解釋：

> 初吉，王國維說：「古者蓋分一月之日爲四分：一曰初吉，謂自一日至七
> 八日也；二曰既生霸，謂自八九日以降至十四五日也；三曰既望，謂自十
> 五六日以後至二十二三日也；四曰既死霸，謂自二十三四日以後至于晦
> 也。」（見王國維《觀堂集林》卷一〈生霸死霸考〉），二月初吉是作者到
> 芃野的時間。〔註161〕

高亨引用了王國維〈生霸死霸考〉中的文字，認爲「初吉」指的是每個月的一至七
八日，「二月初吉」就是二月的一至七八日，也是作者到芃野的時間。相較於前人，
高亨的說法顯然就更爲精確了。

3. 〈周頌・振鷺〉的「終」

〈周頌・振鷺〉：「庶幾夙夜，以永終譽」中的「終」，《毛傳》未解，《韓詩》、《魯
詩》以「終」作「眾」〔註162〕；馬瑞辰《毛詩傳箋通釋》云：

> 終與眾雙聲，古通用。《後漢書・崔駰傳》：『豈可不庶幾夙夜，以永眾譽』，
> 義本三家詩。《毛詩》作終，即眾字之假借。〔註163〕

馬瑞辰認爲「終與眾雙聲，古通用」，「終」即是「眾」的假借。高亨承襲了這樣的
觀點，他在訓釋「終」字時直接引述了馬瑞辰的話說：

> 終，借爲眾。馬瑞辰《毛詩傳箋通釋》：「終與眾古通用。《後漢書・崔駰
> 傳》：『豈可不庶幾夙夜，以永眾譽。』義本三家詩。」〔註164〕

由上引的例子裡可以看出，在「終」字的訓釋上，高亨直接沿用馬瑞辰的成績，將
「終」解釋爲「眾」的假借。

由此觀之，高亨在訓釋字詞時，善於吸收他人的研究成果來豐富注釋內容，只
要前人說詩有可觀之處，高亨會直接引用他們的說法以釋詩，而且爲了避免掠人之
美，高氏幾乎都會詳細標明出處，使讀者能夠明其根源，這種著書態度是相當值得
肯定的。

除了直接採用他人的說法訓釋字詞之外，還有一種情形是高亨在檢討前人的解說
之後，發覺有不妥之處，此時他會先舉出前人的說法，再提出修正後的說法，例如：

〔註160〕王引之：《經義述聞》（台北：廣文書局，1963 年），頁 177。
〔註161〕高亨：《詩經今注》，頁 319。
〔註162〕王先謙撰，吳格點校：《詩三家義集疏》，下冊，卷 25，頁 1024。
〔註163〕馬瑞辰：《毛詩傳箋通釋》，卷 29，頁 1072。
〔註164〕高亨：《詩經今注》，頁 489。

4. 〈小雅・何草不黃〉的「棧」

〈小雅・何草不黃〉:「有棧之車,行彼周道」中的「棧」,《毛傳》:「棧車,役車也。」〔註165〕朱熹《詩集傳》:「棧車,役車也。」〔註166〕朱熹承襲《毛傳》的說法,認為「棧車」是指行役者所乘坐的役車。

至於高亨的看法是:

> 棧,馬瑞辰說:「棧讀為桟,車高貌。」按:棧,《說文》:「棧,竹木之車曰棧。」即不加漆飾的白木車。〔註167〕

依照馬瑞辰的解釋,此章的第一句「有芃者狐」與第三句「有棧之車」,應當為形容之詞,因此這裡的「棧」即是「桟」的假借,指的是車高之貌〔註168〕,馬瑞辰的說明,高亨提出了反對的意見,他先節錄馬瑞辰的說法,再提出修正,高亨認為這裡的「棧」字當從《說文》:「竹木之車曰棧」,指的是不加漆飾的白木車。

5. 〈大雅・思齊〉的「烈」

〈大雅・思齊〉:「肆戎疾不殄,烈假不瑕」中的「假」,《毛傳》:「烈,業。假,大也。」〔註169〕《孔疏》承襲《毛傳》的說法:「烈,業。假,大。」〔註170〕《鄭箋》的解釋則較為特殊:「厲、假皆病也。」高亨對於「假」的看法是:

> 于省吾《詩經新證》:「假借為蠱,巫蠱也。」按:于讀假為蠱,可從。但蠱乃害蟲的總名。〔註171〕

高亨引用于省吾的說法,解說此處的「假」應當假借為「蠱」,但是他對於于氏只將「蠱」限定為「巫蠱」的作法不表贊同,因此略為修正,以為「蠱」當泛指「害蟲的總名」。

其他如〈邶風・柏舟〉的「澣」〔註172〕、〈小雅・正月〉的「正月」〔註173〕、〈大雅・文王有聲〉的「孫」〔註174〕……等,高亨在解釋這些字詞時都是先引用前人的意見,再利用按語加以修正,表明自己的觀點,這也是高亨在訓釋字詞時常用的方法之一。

〔註165〕鄭玄:《毛詩鄭箋》,卷15,頁413。
〔註166〕朱熹:《詩集傳》,卷15,頁174。
〔註167〕高亨:《詩經今注》,頁368。
〔註168〕參見馬瑞辰:《毛詩傳箋通釋》,中冊,卷23,頁790～791。
〔註169〕鄭玄:《毛詩鄭箋》,卷16,頁433。
〔註170〕孔穎達:《毛詩正義》,下冊,卷16,頁1014。
〔註171〕高亨:《詩經今注》,頁386～387。
〔註172〕高亨:《詩經今注》,頁36。
〔註173〕高亨:《詩經今注》,頁277。
〔註174〕高亨:《詩經今注》,頁399。

（二）援引群經以佐釋字詞

　　所謂「援引群經以佐釋字詞」，指的是高亨在解釋字詞時，利用與《詩經》年代較爲接近的先秦古書作爲佐證，如《左傳》、《國語》、《尚書》、《莊子》等等，來與《詩經》裡的字詞作相互的訓釋和比對。例如：

1.〈召南・采蘋〉的「季女」

　　〈召南・采蘋〉：「誰其尸之？有齊季女」中的「季女」，《毛傳》：「季，少也；季女，少女。」〔註175〕朱熹《詩集傳》也說：「季，少也。」〔註176〕歷來學者幾乎都將「季女」訓釋爲「少女」。高亨的說法是：

> 季女，少女，指將要出嫁的貴族女兒。《左傳・襄公二十八年》：「濟澤之
> 阿，行潦之蘋藻，寘諸宗室，季蘭尸之，敬也。」據此，這首詩所寫的是
> 具體人物，季女名季蘭。〔註177〕

高亨採用了《毛傳》、《朱傳》的意見，將「季女」解釋爲「少女」，此外他又以《左傳・襄公二十八年》的記載爲據，證明〈采蘋〉中的「季女」，其實就是《左傳》中的「季蘭」。只不過，這樣的意見，在他之前，何楷《詩經世本古義》早已根據這段記載，說明「季女」即是「季蘭」，這並不能當作是他的創見。

2.〈邶風・匏有苦葉〉的「匏」

　　〈邶風・匏有苦葉〉：「匏有苦葉，濟有深涉」中的「匏」，《毛傳》：「匏謂之瓠，瓠葉苦不可食也。」〔註178〕《齊詩》：「枯瓠不朽，利以濟舟，渡踰江海，無有溺憂。」〔註179〕朱熹《詩集傳》：「匏，瓠也。瓠之苦者不可食，特可佩以渡水而已。」〔註180〕歷來學者的訓解內容皆與《毛傳》沒有太大的差異。

　　高亨《詩經今注》說：

> 匏，古人渡水常把大葫蘆拴在腰間，可以不沉，俗名腰舟。《國語・魯語》：
> 「夫苦匏不材於人，共濟而已。」《莊子・逍遙遊》「今子有五石之瓠，何
> 不慮以爲大樽，而浮於江湖。」《鶡冠子・學問》：「中流失船，一壺千金。」
> 陸注：「壺，瓠也。」這是三個證據。〔註181〕

高亨認爲大葫蘆既然已經不能食用，於是古人將其繫之於腰間，作爲渡水之用，也

〔註175〕鄭玄：《毛詩鄭箋》，卷1，頁24。
〔註176〕朱熹：《詩集傳》，卷1，頁9。
〔註177〕高亨：《詩經今注》，頁20。
〔註178〕鄭玄：《毛詩鄭箋》，卷2，頁53。
〔註179〕王先謙：《詩三家義集疏》，上冊，卷2，頁162。
〔註180〕朱熹：《詩集傳》，卷2，頁20。
〔註181〕高亨：《詩經今注》，頁47。

因為如此，人們便稱「匏」為「腰舟」。接著他從《國語》、《莊子》和《鶡冠子》等書中找出例子，以證明自己所言不虛。這樣的作法完全符合他「力求出言有據」的著書精神，而且對於吾人之了解「匏」字的意義，提供了相當可信的線索。

3.〈周頌‧維清〉的「禋」

〈周頌‧維清〉：「肇禋，迄用有成，維周之禎」中的「禋」，《毛傳》：「禋，祀也。」《鄭箋》：「文王受命，始祭天而征伐也。《周禮》：『以禋祀祀昊天上帝。』」〔註182〕朱熹《詩集傳》：「禋，祀。」〔註183〕「禋」是一種祭祀，或謂「潔淨的祭祀」〔註184〕，或以為是「用火燒牲，使煙氣上沖於天的一種祭祀」〔註185〕。

高亨對於此篇的「禋」字有與眾不同的解釋，他說：

禋，乃西土二字誤合為垔，後人又加示旁。……禋，當作西土，西周人稱本
國為西土。《尚書》中〈牧誓〉、〈大誥〉、〈酒誥〉均有此例證。〔註186〕

高亨以《尚書》裡的〈牧誓〉、〈大誥〉、〈酒誥〉等篇為據，證明「禋」在這裡應當是「西土」的意思，而「西土」是西周人對自己的國家的稱呼。

然而，細繹高亨所舉的例證，則會發現有些偏差，不論是〈牧誓〉：「以役西土」、〈大誥〉：「有大艱于西土」或是〈酒誥〉：「肇國在西土」，都只能當作西土為周地的證明，而不能藉此推衍出「禋」為西土的結論；再者，暫且不管「禋」的祭祀方式為何，「禋」是祭祀之名，古今幾乎是沒有異議的，就連高亨自己在〈小雅‧大田〉中也是將「禋」解釋為「一種野祭」〔註187〕，高亨把此篇的「禋」解釋為「西土」，這樣的作法實在使人難以理解，不過可以確定的是，他這種別樹一格的創新說法，比較無法令人心服口服。

除了上述所言及之外，《詩經今注》中還有許多類似的例子，如解〈鄘風‧鶉之奔奔〉的「奔奔」引《禮記》〔註188〕；〈衛風‧氓〉「以望復關」的「關」引《墨子》〔註189〕；〈大雅‧皇矣〉「以按徂旅」的「旅」引《孟子》〔註190〕……，這些都是在綜合用例的工作基礎上，引用他書的記載，作為解釋詞義的論據，藉此增加其說的說服力。

〔註182〕鄭玄：《毛詩鄭箋》，卷19，頁539。
〔註183〕朱熹：《詩集傳》，卷19，頁224。
〔註184〕屈萬里：《詩經釋義》，頁395。
〔註185〕江陰香：《詩經譯注》（台北：明文書局，1987年），卷8，頁4。
〔註186〕高亨：《詩經今注》，頁477。
〔註187〕高亨：《詩經今注》，頁332。
〔註188〕高亨：《詩經今注》，頁70。
〔註189〕高亨：《詩經今注》，頁86。
〔註190〕高亨：《詩經今注》，頁391～392。

五、並列諸說，不作判斷

高亨在面對《詩經》中一些眾說紛紜的字詞時，他往往會並列諸說，不驟下定論，讓後世學者自行去體會字詞的意義。舉例如下：

（一）〈陳風·衡門〉的「泌」及「洋洋」

〈陳風·衡門〉：「泌之洋洋」中的「泌」和「洋洋」，《毛傳》：「泌，泉水也；洋洋，廣大也。」〔註 191〕朱熹《詩集傳》：「泌，泉水也；洋洋，水流貌。」〔註192〕馬瑞辰《毛詩傳箋通釋》：「泌本泉水疾流之貌，因名其泉水為泌矣。」〔註 193〕高亨則說：

> 泌，疑借為鮅（音必），魚名，即赤眼鱒，形似鱔魚。洋洋多貌。一說：
> 泌，泉水。洋洋，大水貌。又一說：泌，丘名。洋洋，廣大貌。均通而不
> 切詩意。〔註 194〕

高亨兼采了《毛傳》及其他家的說法，但是認為此三種說法「均通而不切詩意」，因此並存諸說，不下論斷，讓讀者自行去判斷詞義。

（二）〈小雅·采薇〉的「魚服」

〈小雅·采薇〉：「象弭魚服」中的「魚服」，《毛傳》：「魚服，魚皮也。」《鄭箋》：「魚服，矢服也。」〔註 195〕合其意即為以魚皮製造的矢服，也就是盛箭的箭袋〔註 196〕，朱熹《詩集傳》：「魚，獸名，似豬，東海有之，其皮背上斑文，腹下純青，可為弓鞬矢服也。」〔註 197〕朱熹則認為「魚」是一種長得像豬的海獸，以「魚」皮所製成的箭囊叫「魚服」。

高亨替「魚服」作了這樣的解釋：

> 服，借為箙，箭袋，外面蒙上一層魚皮，叫做魚服。或說箭袋是魚形，或說
> 箭袋上畫有魚鱗，或說魚是獸名，皮有斑點花紋，古人用它作箭袋。〔註 198〕

高亨引用了《毛傳》、《朱傳》以及其他人的說法，說明「魚服」一詞的定義，不過由於每種說辭都有可能，從詩文內容中也推斷不出明確的答案，因此高氏備存諸說，

〔註 191〕鄭玄：《毛詩鄭箋》，卷 7，頁 199。

〔註 192〕朱熹：《詩集傳》，卷 7，頁 82。

〔註 193〕馬瑞辰：《毛詩傳箋通釋》，上冊，卷 13，頁 407。

〔註 194〕高亨：《詩經今注》，頁 178～179。

〔註 195〕鄭玄：《毛詩鄭箋》，卷 9，頁 250。

〔註 196〕陳溫菊：《詩經器物考釋》（台北：文津出版社有限公司，2001 年），頁 270。

〔註 197〕朱熹：《詩集傳》，卷 9，頁 106。

〔註 198〕高亨：《詩經今注》，頁 229～230。

未作推論。

（三）〈大雅・公劉〉的「橐囊」

〈大雅・公劉〉：「迺裹餱糧，于橐于囊，思輯用光」中的「橐囊」，《毛傳》：「小曰橐，大曰囊。」〔註199〕《漢書・刑法志》：「豪桀擅私，爲之橐囊。」注云：「有底爲囊，無底爲橐。」〔註200〕朱熹《詩集傳》說：「無底曰橐，有底曰囊。」〔註201〕橐、囊都是置物的袋子，《毛傳》以其大小分橐、囊；朱熹等人則是以底之有無區分橐、囊。

高亨對「橐囊」的解釋如下：

橐、囊，都是袋子。小的叫做橐，大的叫做囊。一說：橐沒有底，兩頭用繩子紮；囊有底，一頭用繩子紮。〔註202〕

高亨綜合了《毛傳》和《朱傳》的說法，而沒有加以判斷。其實就算不了解「橐囊」的區分究竟爲何，也不妨礙讀者讀詩，頂多只是對《詩經》中的器物多一些了解而已，因此高亨只有羅列兩說，而沒有論定孰是孰非。

六、結合古代習俗、制度解釋字詞

（一）〈邶風・匏有苦葉〉的「歸妻」

〈邶風・匏有苦葉〉：「士如歸妻，迨冰未泮」中的「歸妻」，《毛傳》未作任何解釋；《鄭箋》：「歸妻，使之來歸於己，謂請期也。」〔註203〕朱熹《詩集傳》：「婚禮納采用鴈，親迎以昏，而納采、請期以旦。歸妻以冰泮，而納采、請期迨冰之未泮之時。」〔註204〕陳奐《詩毛氏傳疏》：「婦人謂嫁曰歸，歸妻猶娶妻，謂親迎也。」〔註205〕高亨對於「歸妻」一詞，有與眾不同的見解：

歸妻，《詩經》常說「取妻」，（即娶妻）而此詩獨說「歸妻」。……歸妻和娶妻意義不同，根據歸字的意義，「士如歸妻」當是說男人如果出嫁於妻家，歸妻即所謂出贅了。上古母系社會時代，是男子出贅於女家。進入父系時代便是女子出嫁於男家，可是母系社會的殘餘習俗，與個別家庭的要求相結合，男人出贅女家的事實，在古代封建社會裡還是一直地存在著，不過爲數不多罷了。此詩不說「士如娶妻」，而說「士如歸妻」，是指男子

〔註199〕鄭玄：《毛詩鄭箋》，卷17，頁466。

〔註200〕班固：《漢書》（台北：鼎文書局，1997年），頁1109～1110。

〔註201〕朱熹：《詩集傳》，卷17，頁196。

〔註202〕高亨：《詩經今注》，頁415。

〔註203〕鄭玄：《毛詩鄭箋》，卷2，頁54～55。

〔註204〕朱熹：《詩集傳》，卷2，頁20。

〔註205〕陳奐：《詩毛氏傳疏》，卷3，頁98。

　　出贅妻家。〔註206〕

高亨認爲在上古時代母系社會裡，多數是男子入贅於女方家庭，進入父系時代以後，雖然改爲女子出嫁於夫家，不過因爲母系社會的殘餘習俗，與個別家庭的需要，男子入贅於女方家的事還是存在的，這裡的「歸妻」指的就是男子出贅到女方家。

　　按高亨以爲「歸妻」指的是男子出贅於女家，不過男子出贅於女家，他篇、他書皆不用「歸」字〔註207〕；況且，古代男子入贅到女家，是被人瞧不起的〔註208〕，高亨卻認爲此篇詩旨是「一個男子去看望已經訂婚的女友」〔註209〕，揆之情理，這樣的說法顯然有些矛盾，反倒不如舊說來的清楚而一貫。

（二）〈小雅・斯干〉的「地」

　　〈小雅・斯干〉：「乃生女子，載寢之地」中的「地」，《毛傳》未解，《鄭箋》：「臥於地，卑之也。」〔註210〕朱熹《詩集傳》：「寢之於地，卑之也。」〔註211〕後儒多半根據男尊女卑的觀念去解釋「地」這個字〔註212〕，高亨承襲了這樣的看法，作了一番淺近的詮釋，他說：

　　　　地，周代住室不設床，地上鋪席，人寢在席上，所以養女孩也寢在地上，

　　　　因爲重視男孩，所以養男孩寢在特製的床上。〔註213〕

高亨藉著說明古代的習俗來訓釋該篇的「地」，他認爲周代還有睡臥於地的習慣，地面則鋪有筵席或臥席，同時此時也出現以床爲寢具的情形，不過因爲中國人男尊女卑的觀念使然，於是便造成了男子於床、女子於地的事實。高亨藉著結合周代習俗解釋字詞的方法，不僅可以使現代讀者對古代的民俗制度有所了解，對理解古詩的意義也是具有很大的幫助的。

〔註206〕高亨：《詩經今注》，頁48。

〔註207〕劉精盛：〈評高亨先生《詩經今注》解題之誤〉，《長沙電力學院學報》2001年第5期，頁4。

〔註208〕《漢書・賈誼傳》：「家貧子壯則出贅。」王先謙補注：「錢大昕曰：贅，以物質錢也。如淳云：淮南俗賣子與人作奴，名曰贅子。三年不能贖，則爲奴。子壯則出贅者，謂其父贅而不贖，主家以女匹之，則謂之贅婿。」《史記・秦始皇本紀》：「三十三年，發諸嘗逋亡人、贅婿、賈人，略取陸梁地。」《六韜・練士》：「有贅婿、人虜，欲掩跡揚名者。」將贅婿與逋亡人、人虜並列，其地位是可想而知的。

〔註209〕高亨：《詩經今注》，頁46。

〔註210〕鄭玄：《毛詩鄭箋》，卷11，頁294。

〔註211〕朱熹：《詩集傳》，卷11，頁126。

〔註212〕不過也有學者不表認同，如近代學者余培林就說：「寢之於地，欲其取法坤道之卑順，非賤之也。」詳見《詩經正詁》，下冊，頁114。

〔註213〕高亨：《詩經今注》，頁267。

（三）〈大雅・旱麓〉的「瓚」

〈大雅・旱麓〉：「瑟彼玉瓚，黃流在中」的「瓚」，《毛傳》：「玉瓚，圭瓚也。」《鄭箋》：「圭瓚之狀，以圭爲柄，黃金爲勺，青金爲外，朱中央矣。」〔註214〕《孔疏》：「瓚者，器名。以圭爲柄，圭以玉爲之。指其體謂之玉瓚，據成器謂之圭瓚。」〔註215〕根據《毛傳》等人的說法，「瓚」是有柄、有勺，可以挹酒的器具。其柄以圭爲之的就叫「圭瓚」，因爲柄身玉質，所以又稱作「玉瓚」。

高亨說：

> 瓚，一種玉器，以玉圭爲柄，柄的一端有勺。周代貴族祭祀時，鋪白茅於神位前，灌鬯酒（以黑黍和香草釀成的香酒）於茅上，以象神飲。灌時即用玉瓚舀鬯酒。〔註216〕

高亨除了依循前人的說法，對「瓚」的形制加以解說之外，他還針對古代祭祀的制度作了介紹，以便使後人更加清楚「瓚」的用途。其實《詩經》的年代距離現在十分遙遠，古代的某些習俗或制度，可能對詩歌造成極大的影響，正確的認識這些習俗或制度，不僅有助於讀者了解字義，也是理解詩歌本義的前提之一。

七、校勘《毛詩》中的訛文誤字

校勘古籍可以幫助吾人了解古籍內容，不至於誤解書中所欲傳達之意，《詩經》經過了兩千餘年的傳抄，其中有訛誤，這是很必然的事，因此高亨在訓釋字詞時，有時也會勘正《毛詩》中的訛文誤字，舉例如下：

（一）〈鄘風・蝃蝀〉的「父母」

〈鄘風・蝃蝀〉：「朝隮于西，崇朝其雨。女子有行，遠兄弟父母」中的「父母」，高亨說：

> 父母，當作母父，傳寫誤倒。父與雨協韻，若作父母則失韻。〔註217〕

高亨運用《詩經》的押韻習慣，由韻腳符合與否的角度來校勘經文，自古以來都沒有人指出此句有誤倒，這可以說是高亨獨到的見解。王力《詩經韻讀》在解釋此章的韻讀時說：「魚、之合韻。」〔註218〕江陰香《詩經譯注》進一步解釋說：「雨，魚部；母，之部。魚、之合韻。」〔註219〕向熹〈詩經原文及用韻〉、張允中《詩經古

〔註214〕鄭玄：《毛詩鄭箋》，卷16，頁430。

〔註215〕孔穎達：《毛詩正義》，下冊，卷16，頁1004。

〔註216〕高亨：《詩經今注》，頁384。

〔註217〕高亨：《詩經今注》，頁73。

〔註218〕王力：《詩經韻讀》（上海：上海古籍出版社，1980年），頁16。

〔註219〕江陰香：《詩經譯注》，卷2，頁45。

韻今注》、陳子展《詩經直解》、劉毓慶《詩經圖注》都有相同的看法〔註220〕，他們均認爲《詩經》中的這兩句詩句，是屬於「合韻」的情形，所謂「合韻」指的就是不同部的例外押韻。高亨的看法則比較嚴格，他以爲古韻中「雨」屬「魚」部，「母」屬「之」部，兩者用韻並不協調，不過「父」與「雨」則同屬「魚」部，因此「遠兄弟父母」應是傳寫誤倒，改爲「遠兄弟母父」問題就能迎刃而解了。

（二）〈鄭風・溱洧〉的「將」

〈鄭風・溱洧〉：「維士與女，伊期將謔，贈之以勺藥」中的「將」字，《毛傳》未做訓釋，《鄭箋》：「將，大也。」〔註221〕朱熹《詩集傳》：「當作相，聲之誤。」〔註222〕高亨的看法是：

　　將，當作相，傳寫而誤，上章可證。〔註223〕

高亨承襲朱熹的說法，以爲此處「將」當作「相」，他所持的理由與朱熹略有不同，他認爲此詩第一、二章的最後三句，應該完全相同，既然第一章的最後三句是「維士與女，伊其相謔，贈之以勺藥」，因此第二章的「將」必定是在傳寫時造成了訛誤，當作「相」字才是。

（三）〈齊風・雞鳴〉的「無庶」

〈齊風・雞鳴〉：「無庶予子憎」，《毛傳》：「無庶予子憎，無見惡於夫人。」《鄭箋》：「庶，眾也。……無使眾臣以我故憎惡予子，戒之也。」〔註224〕馬瑞辰《毛詩傳箋通釋》：「《爾雅》：『庶，幸也。』〈大雅・抑〉詩：『庶無大悔。』《傳》：『庶，幸也。』無庶即庶無之倒文。」〔註225〕高亨承襲前人的說法，提出下列的解釋：

　　此句當作「庶無予子憎」，庶無二字傳寫誤倒。〈大雅・生民〉：「庶無罪悔。」
　　〈抑〉：「庶無大悔。」可證。〔註226〕

高亨認爲「無庶」應作「庶無」，他舉出〈大雅・生民〉及〈大雅・抑〉兩篇中的詩句爲證，說明此篇的「無庶」兩字傳寫誤倒，此句應當寫作「庶無予子憎」才對。

〔註220〕詳見向熹：《詩經詞典》（四川：四川人民出版社，1986年），頁714。張允中：《詩
　　　　經古韻今注》（台北：臺灣商務印書館，1987年），頁61。陳子展：《詩經直解》（台
　　　　北：書林出版有限公司，1992年），頁155。劉毓慶：《詩經圖注》（高雄：麗文文
　　　　化事業股份有限公司，2000年），頁158。
〔註221〕鄭玄：《毛詩鄭箋》，卷4，頁142。
〔註222〕朱熹：《詩集傳》，卷4，頁56。
〔註223〕高亨：《詩經今注》，頁127。
〔註224〕鄭玄：《毛詩鄭箋》，卷5，頁144。
〔註225〕馬瑞辰：《毛詩傳箋通釋》，卷9，頁280。
〔註226〕高亨：《詩經今注》，頁129。

（四）〈小雅・大田〉的「雨」

〈小雅・大田〉：「有渰萋萋，興雨祁祁」中的「雨」，高亨說：

> 雲，今本作雨。《釋文》：「興雨本或作興雲。」按作雲是對的，今改正。
> 〔註227〕

高亨引用他書的引文推證經文的訛誤，他舉出《釋文》：「興雨本或作興雲」爲證，說明今本《詩經》的「興雨祁祁」應當改爲「興雲祁祁」。

從上述校勘的例子加以考察，可以得知高亨在《詩經》經文的校勘方面，主要是針對經文誤倒與經文訛誤兩種情形加以糾正；此外，高亨在校勘時所運用的方法極爲多元，如：以本書前後互校、以他書校本書、由韻腳的符合與否作爲校勘的準則，……等等。高亨在注文中訂正不少《毛詩》的訛文誤字，他在這方面所投注的心力是不容忽視的。

八、以闕疑代替訓釋

高亨在訓釋一些可供資料不足的字詞時，並不會篤定的妄下斷語，而是以闕疑的方式留待後人進一步考訂。茲舉例如下：

（一）〈齊風・南山〉的「五兩」

〈齊風・南山〉：「葛屨五兩，冠緌雙止」中的「五兩」，《毛傳》未解；《鄭箋》：「葛屨五兩，喻文姜與姪娣及傅姆同處。」〔註228〕朱熹《詩集傳》：「兩，二屨也。」〔註229〕王夫之《詩經稗疏》：「按此五字當與伍通，行列也。言陳屨者必以兩爲一列也。」〔註230〕朱守亮《詩經評釋》：「兩，今謂之雙。五兩，即五雙。」〔註231〕至於高亨對於「五兩」的訓釋是：

> 兩，鞋一雙爲兩。五字未詳。〔註232〕

高亨認同前人將鞋一雙稱爲「兩」，但對於「五」字的解釋爲何，則不能肯定，所以只好闕疑。

（二）〈小雅・大東〉的「七襄」

〈小雅・大東〉：「雖則七襄，不成報章」中的「七襄」，《毛傳》：「襄，反也。」

〔註227〕高亨：《詩經今注》，頁332。
〔註228〕鄭玄：《毛詩鄭箋》，卷5，頁149。
〔註229〕朱熹：《詩集傳》，卷5，頁60。
〔註230〕王夫之：《詩經稗疏》（長沙：岳麓書社，1998年），頁65。
〔註231〕朱守亮：《詩經評釋》（台北：臺灣學生書局，1984年），頁282。
〔註232〕高亨：《詩經今注》，頁134。

《鄭箋》：「襄，駕也，駕，謂更其肆也。從旦至暮七辰，辰一移，因謂之七襄。」
〔註233〕朱熹《詩集傳》：「蓋天有十二次，日月所止舍，所謂肆也。經星一晝一夜左旋一周而有餘，則終日之間，自卯至酉，當更七次也。」〔註234〕高亨對於前人的說法不以爲然，他認爲：

> 七襄，不可解。七，疑當作才，形似而誤，才，古在字。襄可能是織布機
> 的古名。〔註235〕

高亨雖然推測「七」疑當作才；「襄」可能是織布機的古名，但是對於「七襄」一詞確切的解釋仍然不能肯定，因此此時他不強作解人，而是以闕疑的態度來看待這個問題。

（三）〈小雅・青蠅〉的「二人」

〈小雅・青蠅〉：「讒人罔極，構我二人」中的「二人」，《毛傳》、《鄭箋》均未作訓釋；《孔疏》：「此云『二人』者，二人謂人君與見讒之人也。」〔註236〕朱熹《詩集傳》的看法不太一樣，他以爲：「二人，己與聽者爲二人。」〔註237〕至於高亨在訓釋該字詞時說道：

> 二人，不知指誰。〔註238〕

高亨認爲從詩文內容中並不能看出「二人」所指爲誰，既然不能肯定，因此只好闕疑。

（四）〈魯頌・駉〉的「驈」

〈魯頌・駉〉：「薄言駉者，有驈有皇」中的「驈」，《毛傳》：「驪馬白跨曰驈。」
〔註239〕朱熹也認同這樣的說法〔註240〕，認爲「驈」就是身爲黑色股間爲白色的馬。高亨則說：

> 《毛傳》：「驪馬白跨曰驈。」亨按：此說很難理解。〔註241〕

高亨先列舉《毛傳》的說法，他認爲這種訓釋不太合理，不過他不會一味的勉強模擬或猜測，只是下了「此說很難理解」這樣的按語，並以闕疑的方式留待後人考訂。

高亨秉持著「力求出言有據」的態度撰寫《詩經今注》，倘若《詩經》中有不能

〔註233〕鄭玄：《毛詩鄭箋》，卷13，頁343。
〔註234〕朱熹：《詩集傳》，卷12，頁148。
〔註235〕高亨：《詩經今注》，頁312。
〔註236〕孔穎達：《毛詩正義》，中冊，卷14，頁876。
〔註237〕朱熹：《詩集傳》，卷14，頁163。
〔註238〕高亨：《詩經今注》，頁343。
〔註239〕鄭玄：《毛詩鄭箋》，卷20，頁573。
〔註240〕朱熹：《詩集傳》，卷20，頁237。
〔註241〕高亨：《詩經今注》，頁510。

理解的地方，他並不會強作解人，而是以闕疑的方式誠實地看待此一問題，因此《詩經今注》中常有「未詳」、「不可解」、「此說很難理解」之類的話，這種不自誣、不自欺正是儒者求知的態度。〔註242〕

第三節　釋詩句

一、先解釋字義或詞義，再串解句義

句子是由詞語所組成的，理解句義是以分析詞義爲開始。但是詞語的意義可能有不同判斷，所以對句義的訓釋也就不同。句子裡出現的詞語，如果代表多種含義，高亨便會先說明該詞在當句的意義，再以之爲據，串解句義。茲舉例如下：

（一）〈邶風・日月〉的「報我不述」

〈邶風・日月〉：「胡能有定？報我不述」，《毛傳》：「述，循也。」《鄭箋》：「不述，不循禮也。」〔註243〕朱熹《詩集傳》：「言不循義理也。」〔註244〕方玉潤《詩經原始》：「不述，言不欲稱述也。」〔註245〕由於「報我不述」中的「不述」一詞眾說紛紜，因此高亨在訓解此句時，他先說明該字詞在當句的意義，再依其意義，串解整句的句義，他說：

> 述，借爲述，道也。不述即不道。此句言報我不以其道。〔註246〕

高亨先解釋「述」字的字義，再解釋句義。他認爲「報我不述」的「述」就是「道」義，因而「報我不述」即「報我不道」，也就是「報我不以其道」。不過值得注意的是，筆者在第二節曾經提過，高亨在解釋字詞或詩句時，如果引用前賢的說法，大多都會加以標明，但是也有少數的句例，他雖採用了前人的說法，但並未標明來源，倘若我們把《詩經今注》裡對此句的解說與俞樾《群經平議》的內容比對，就可以看出端倪，俞樾《詩經平議》：

> 《釋文》曰：「述，本亦作術。」當從之。《說文・行部》：「術，邑中道也。」
> 道德之道與道路之道本無異義，不術即不道，言報我不以其道也。〔註247〕

從上述的引文看來，高亨的說法與俞樾幾乎一致，由此可知在「報我不述」此句的

〔註242〕《荀子・儒效篇》：「知之日知之，不知日不知，內不自以誣，外不自以欺。」
〔註243〕鄭玄：《毛詩鄭箋》，卷2，頁46。
〔註244〕朱熹：《詩集傳》，卷2，頁17。
〔註245〕方玉潤：《詩經原始》，卷3，頁289。
〔註246〕高亨：《詩經今注》，頁40。
〔註247〕俞樾：《群經平議》（台北：河洛圖書出版公司，1975年）上冊，卷8，頁473。

訓釋上，高亨只是沿用俞樾的成績換句話說而已。

（二）〈鄭風・羔裘〉的「舍命不渝」

　　〈鄭風・羔裘〉：「舍命不渝」，《毛傳》：「渝，變也。」《鄭箋》：「舍，猶處也，處命不變，謂守死善道，見危授命之等。」〔註248〕歷來學者幾乎都依照鄭玄的解釋來理解這首詩，但是王國維卻在〈與友人論詩書中成語書〉中，根據金文裡出現的「舍命」用例提出不同的意見。他說：

> 詩〈羔裘〉云：「舍命不渝」。《箋》曰：「是子處命不變，謂守死善道，見危授命之等。」按克鼎云：「王使善夫克舍命于成周。」毛公鼎云：「厥非先告音，父音舍命，毋有敢蠚專命于外。」是舍命與專命同意。「舍命不渝」謂如晉解揚之致其君音命，非處命之謂也。〔註249〕

王國維根據克鼎和毛公鼎銘文中「舍命」的用法，解釋〈羔裘〉「舍命不渝」的「舍命」，他以銘文中「舍命」爲「專命」（敷命）的意思〔註250〕，所以「舍命不渝」應該解讀爲「敷陳君命而不改變」。

　　高亨在《詩經今注》裡對「舍命不渝」的訓釋是：

> 舍，借爲捨。渝，改變。此句言捨出生命也不變節。一說：舍，施也。命，命令。言執行君上的命令不改樣。〔註251〕

詞義的理解，常會影響對句義的理解，高亨在解釋「舍命不渝」一句時，先對有爭議的詞語稍作解釋，再將他們串聯起來，以解釋句義。由於後人對「舍」、「命」等字詞有兩種不同的解釋，高亨在此對字義備存兩說，再根據兩方的字詞解釋分別串解兩邊的句義。

（三）〈陳風・澤陂〉的「傷如之何」

　　〈陳風・澤陂〉：「傷如之何」，《鄭箋》：「傷，思也。我思美人當如之何而得以見之。」〔註252〕鄭玄在說明此句時，是先將「傷」解釋爲「思也」，然後再解說整句的詩義。

　　高亨解釋「傷之如何」這句話的時候說：

> 傷，借爲陽（《爾雅・釋詁》郭注引作陽）。《爾雅・釋詁》：「陽，予也。」

〔註248〕鄭玄：《毛詩鄭箋》，卷4，頁126。
〔註249〕王國維：《王國維全集》（台北：華世出版社，1985年），頁333。
〔註250〕吳萬鍾：〈《鄭風・羔裘》「舍命不渝」〉，《第三屆詩經國際學術研討會論文集》，頁569。
〔註251〕高亨：《詩經今注》，頁113。
〔註252〕鄭玄：《毛詩鄭箋》，卷7，頁205。

子，我也。此句言我將怎麼辦呢？〔註253〕

按《爾雅・釋詁》：「陽，予也。」郭璞《注》引：「《魯詩》：『陽如之何。』今巴濮之人自呼阿陽。」〔註254〕高亨在解釋「傷之如何」整句話的意思之前，他先針對「傷」字的意義作釐清，由於「傷」、「陽」兩字疊韻，因此高亨運用音近義通的觀點推論「傷」應該借爲「陽」，爲了力求出言有據，他舉出郭璞的注解用來印證自己所言不虛，接著再以字書上的資料來解釋「陽」的字義，最後才串解整句的句義。

二、先解釋句法，再解釋句義

所謂「句法」，就字面的意義而言，就是指句子的組織方法，句法與句義的關係，是非常直接而密切的，解詩者對句中句法的判斷，也會影響到句義。高亨在解釋詩句時，除了解釋字或詞的意義之外，有時也會先解釋該句的語文結構，再表達完整的句義。舉例如下：

（一）〈秦風・黃鳥〉的「人百其身」

〈秦風・黃鳥〉：「如可贖兮，人百其身」中的「人百其身」一句，《鄭箋》：「如此奄息之死，可以他人贖之者，人皆百其身，謂一身百死猶爲之，惜善人之甚。」〔註255〕朱熹《詩集傳》：「若可貿以它人，則人皆願百其身以易之矣。」〔註256〕馬瑞辰《毛詩傳箋通釋》：「人百其身，謂願以百人之身代之。」〔註257〕至於高亨的說法是：

人百其身，承上句省動詞贖字，用一百人贖他一人。〔註258〕

高亨面對「人百其身」這句話時，他先解釋此句的句法，再解釋它的句義。高氏認爲「人百其身」一句是省略動詞「贖」字，「人百其身」即是「人百贖其身」，翻成白話就是「用一百人贖他一人」。向熹先生曾經分析《詩經》裡詩句成分省略的情形，就動詞省略方面而言，大致有兩種情況：一種是「下句蒙上而省略」，另一種則是「爲四字句字數限制而省略」〔註259〕，此句「人百其身」便是屬於第一類的例子。

〔註253〕高亨：《詩經今注》，頁187。

〔註254〕郭璞注，邢昺疏：《爾雅注疏》（台北：藝文印書館，1965年），卷2，頁20。

〔註255〕鄭玄：《毛詩鄭箋》，卷6，頁190。

〔註256〕朱熹：《詩集傳》，卷6，頁77。

〔註257〕馬瑞辰：《毛詩傳箋通釋》，卷12，頁391。

〔註258〕高亨：《詩經今注》，頁171。

〔註259〕向熹：《詩經語言研究》（成都：四川人民出版社，1987年），頁334。

（二）〈小雅‧天保〉的「無不爾或承」

　　〈小雅‧天保〉:「無不爾或承」,《鄭箋》:「或之言有也,如松柏之葉常茂盛,青青相承,無衰落也。」〔註260〕朱熹《詩集傳》:「賦也,言舊葉將落而新葉已生,相繼而常茂也。」〔註261〕雒江生《詩經通詁》:「爾為指示代詞,謂福壽無不如松柏常茂一樣相繼承。」〔註262〕高亨則是運用分析句法的方式來解釋此句,他說:

　　　　無不爾或承,此乃「無或不承爾」的倒裝句,言沒有人不擁護你。〔註263〕

高亨先分析此句的句法,再解釋整句的句義。他認為「無不爾或承」是「無或不承爾」的倒裝句,這樣的說法與其他多數人的看法截然不同。根據楊合鳴先生的分析,「無不爾或承」是屬於否定句中「他動述語的賓語前置式」的例子〔註264〕,這種句型的主語多半不出現,但是主語均可依上句詩意而加以補充,拿這篇來說,此句的主語即是上句「松柏之茂」中「松柏」,賓語是「爾」,動詞是「承」,「或」則是語中助詞,無義,「無不爾或承」就是「無不或承爾」的倒裝句;高亨對於這種說法不以為然,雖然高亨沒有逐字分析該字的詞性,但是由上述他的解釋可以看出,他應該是將「爾」視為賓語,「或」是代名詞當作主詞,「承」視為動詞,因此「無不爾或承」經過還原之後就變成「無或不承爾」了。

（三）〈小雅‧采綠〉的「言韔其弓」

　　〈小雅‧采綠〉:「之子于狩,言韔其弓」中的「言韔其弓」,《鄭箋》:「之子是子也,謂其君子也。君子往狩與,我當從之,為之韔弓。」〔註265〕朱熹《詩集傳》:「言君子若歸而欲往狩耶,我則當為之韔其弓。」〔註266〕高亨對於「言韔其弓」一句,作了下列的訓釋,他說:

　　　　此句省去主語予字,言我幫他把弓裝入弓袋。〔註267〕

高亨先解釋此句的句法,再詮釋整句的詩義。他認為此句「言韔其弓」的詩句成分有所省略,它是省略了主語「予」字,「言韔其弓」即是「予言韔其弓」。

　　按高亨之說極為妥當,句子通常包括主語和謂語,《詩經》裡為了配合四字句式的需要,常常會把多餘的字數加以省略,就「言韔其弓」這句話而言,因為整首詩

〔註260〕鄭玄:《毛詩鄭箋》,卷9,頁247。
〔註261〕朱熹:《詩集傳》,卷9,頁105。
〔註262〕雒江生:《詩經通詁》,頁447。
〔註263〕高亨:《詩經今注》,頁227。
〔註264〕楊合鳴:《詩經句法研究》(武漢:武漢大學出版社,1993年),頁63～64。
〔註265〕鄭玄:《毛詩鄭箋》,卷15,頁399。
〔註266〕朱熹:《詩集傳》,卷15,頁170。
〔註267〕高亨:《詩經今注》,頁357。

是作者自述想念丈夫的心情，此句的主語是婦人自己，這是不言而喻的，因此得以將主語省略，使句式能夠整齊劃一。

（四）〈大雅・崧高〉的「謝于誠歸」

〈大雅・崧高〉：「謝于誠歸」，《鄭箋》：「謝于誠歸，誠歸于謝。」〔註268〕《孔疏》：「謝于誠歸，誠心歸于南國。古之人語多倒，故申明之。誠歸者，決意不疑之詞。」〔註269〕一般學者都認為「謝于誠歸」是「誠歸于謝」的倒裝，是屬於「賓語倒裝」的例子〔註270〕，在這句話裡，「誠」是指「誠心」，「謝」是邑名，「謝」在這裡是名詞作介詞賓語，名詞作介詞賓語往往可以置於介詞前面，因此「誠歸于謝」就變成了「誠歸謝于」，又因為《詩經》的句子講究用韻，倒詞以就韻的結果，「誠歸謝于」就成為現在的「謝于誠歸」了。

高亨雖然也運用解釋句法的方式訓釋此句，不過得出的結果卻大相逕庭，他說：

> 謝于誠歸，當作謝城于歸，即于歸謝城的倒裝句，此句言申伯回到本國謝城。〔註271〕

高亨先解釋「謝于誠歸」的句法，再詮釋句子的句義。他認為「謝于誠歸」應當作「謝城于歸」，而「謝城于歸」是「于歸謝城」的倒裝句。

按楊樹達《詞詮》：「于，句中助詞，倒裝用。」〔註272〕古書中常會利用助詞「于」把賓語提到動詞前面，既可強調賓語，又便于協韻〔註273〕，因此高亨把「謝城于歸」視為「于歸謝城」的倒裝，原則上是可以說得過去的。不過高亨提出〈大雅・崧高〉：「謝于誠歸」當作「謝城于歸」，這就有些聯想過度了，這種講法不僅找不到其他的佐證，就連高亨自己也沒有加以說明，因此他的說法應該是不能成立的。

三、藉歸納詩句以說明其義

《詩經》中篇有疊章，章有疊句，其中相近似的句型不少，高亨在《詩經今注》裡若是面對相似的句型時，有時也會歸納詩句以說明，舉例如下：

〔註268〕鄭玄：《毛詩鄭箋》，卷18，頁510。
〔註269〕孔穎達：《毛詩正義》，下冊，卷18，頁1215。
〔註270〕詳見向熹：《詩經語言研究》，頁366～367。
〔註271〕高亨：《詩經今注》，頁453。
〔註272〕楊樹達：《詞詮》（台北：台灣商務印書館，1929年），卷9，頁7。
〔註273〕向熹：《詩經語言研究》，頁365。

（一）〈邶風・北風〉的「北風其涼，雨雪其雱」等句

　　〈邶風・北風〉：「北風其涼，雨雪其雱」，《毛傳》：「興也，北風，寒涼之風。雱，盛貌。」《鄭箋》：「寒涼之風，病害萬物。興者，喻君政教酷暴，使民散亂。」〔註274〕朱熹《詩集傳》：「言北風雨雪，以比國家危亂將至，而氣象愁慘也。」〔註275〕李樗《毛詩詳解》：「詩人之意以風雪寒盛喻君政酷暴病虐百姓。如〈終風〉之詩曰：『終風且霾』，『終風且噎』皆取譬於暴虐，此詩亦然。」〔註276〕歷來學者對於「北風其涼，雨雪其雱」，都認爲它是針對政教的酷暴來立說的。高亨當然也不例外，他在解釋這兩句時說：

　　　　此二句寫風雪，也用來比喻朝廷的暴政。下章同。〔註277〕

〈北風〉這首詩共三章，每章六句，每句四字。前兩章句子多複沓，因此高亨運用歸納同篇相近似句型的方式來解說。高亨認爲「北風其涼，雨雪其雱」兩句是藉著北風的寒涼和雪花的紛飛，來比喻朝廷的暴政，而下章的「北風其喈，雨雪其霏」二句也是相同的情形，因爲兩組句型相似，因此高亨藉著歸納分析的方式來解說。

（二）〈王風・揚之水〉的「揚之水，不流束薪」等句

　　〈王風・揚之水〉：「揚之水，不流束薪」，《毛傳》：「興也。揚，激揚也。」《鄭箋》：「激揚之水至湍迅，而不能流移束薪，興者，喻平王政教煩急，而恩澤之令不行于下民。」〔註278〕高亨對於此句的解說是：

　　　　詩以小水流不動束薪，比喻東周國弱無力幫助他國。下兩章同。〔註279〕

〈揚之水〉這首詩分爲三章，每章六句，重複的句子很多，只有每章的二、四兩句，各易其一個字而已，因此高亨也是運用歸納同篇相近似的句型以解詩，他認爲第一章「揚之水，不流束薪」是比喻東周國家衰弱而無法幫助他國，而第二章「揚之水，不流束楚」、第三章「揚之水，不流束蒲」，除了換字以協韻之外，意思應該都相同，因此加以歸納說明。

〔註274〕鄭玄：《毛詩鄭箋》，卷2，頁67。
〔註275〕朱熹：《詩集傳》，卷2，頁26。
〔註276〕李樗、黃櫄：《毛詩集解》，《四庫全書薈要》（台北：世界書局，1988年），第23冊，卷6，頁307。
〔註277〕高亨：《詩經今注》，頁59。
〔註278〕鄭玄：《毛詩鄭箋》，卷4，頁111。
〔註279〕高亨：《詩經今注》，頁99。

第五章　論高亨對《詩序》、《朱傳》的態度

第一節　對《詩序》的態度

　　自漢至今，研讀《詩經》的學者無可避免地都得面對《詩序》存在的事實，這其中，支持派與反對派的陣容各自擁有出色的專家，高亨的《詩經今注》，向來學者都將其歸爲反《序》派的著作，但是，高亨面對《詩序》的基本態度爲何？他對《詩序》的攻擊究竟到了什麼程度？歷來學者尚未作過分析與統計，本節將針對此一方面對《詩經今注》作全面性的研究，將高亨對三百篇的意見一一檢審，統計比較《詩序》和《詩經今注》的異同，舉出實例加以分析，以便進一步了解《詩序》在其詮釋系統中的地位。爲了清楚起見，並在本論文之末，把統計數字製成一個圖表。

一、關於《詩序》的區分大小及其作者問題

　　兩千多年來，《詩序》一直是《詩經》研究中的熱門話題，這其中又包含許多問題〔註1〕；本文只將焦點集中在高亨論述《詩序》的大小之分及其作者這兩方面。

　　《毛詩》解說各詩篇的序，後世統稱《詩序》，〈大序〉、〈小序〉之分即是對《詩序》的劃分，不過由於〈大序〉、〈小序〉都是後出的名詞，說法至今始終無法統一。例如鄭樵以發端命題的一二語爲〈大序〉，其下的稱爲〈小序〉〔註2〕；成伯璵是「以

〔註1〕　夏傳才先生曾說：「關於《毛詩序》，兩千年來，一直是《詩經》研究中爭論的重要問題之一。主要的爭論：一是〈詩序〉作者的問題，二是〈大序〉、〈小序〉的問題，三是《詩序》的存廢問題，四是對〈大序〉分析和評價問題。」詳見《詩經研究史概要》，頁93。

〔註2〕　見清徐乾學等輯、納蘭成德校刊：《通志堂經解》，第40冊，卷3，頁23170。

〈關雎序〉爲〈大序〉，其餘眾篇爲〈小序〉」；〔註3〕朱熹則是將〈關雎‧序〉中「詩者，志之所之也」到「詩之至也」一段視爲〈大序〉，其餘首尾部分及〈葛覃〉以下各篇之解題爲〈小序〉〔註4〕；崔述甚至認爲「《詩序》總論詩之綱領，無〈大序〉、〈小序〉之分」；〔註5〕至於高亨本人如何決定大小〈序〉之分，這個論點他在文中並沒有明確的論述，不過從他文章的敘述裡仍然可以找到一些蛛絲馬跡，看出一些端倪。

高亨在探討《詩序》的作者時，旁徵博引了各家之說，當他提及鄭玄的說法時，出現了這樣的一段文字：

> 鄭玄《詩譜》說：〈大序〉（〈關雎序〉）子夏作，〈小序〉（除〈關雎序〉外其餘三百十篇序）子夏毛公合作。〔註6〕

對於《詩序》的作者，根據鄭玄的說法，〈大序〉是子夏所作，〈小序〉是子夏、毛公合力完成的，不過鄭玄本身對大小〈序〉並沒有確切的界定，上述引文中括號內的文字，應該是高亨自己的補充說明，由此觀之，高亨在面對《詩序》區分大小的問題上，顯然是接受了成伯璵等人將〈關雎序〉視爲〈大序〉，除〈關雎序〉外其餘三百十篇〈序〉視爲〈小序〉這樣的見解。

除了大小〈序〉的區分之外，《詩序》的作者也是個眾訟不決的大問題。最早言及《詩序》作者的是鄭玄，陸德明《經典釋文》中提到：

> 沈重云：案鄭《詩譜》意：〈大序〉是子夏作，〈小序〉是子夏、毛公合作。
> 卜商意有不盡，毛更足成之。〔註7〕

依據沈重的說法，鄭玄以爲〈大序〉是子夏所作，〈小序〉中則有毛公增益的部分。范曄《後漢書‧儒林傳》說：

> 衛宏字敬仲，東海人也。……初，九江謝曼卿善《毛詩》，用爲其訓；宏從曼卿受學，因爲《毛詩序》，善得風雅之旨，於今傳於世。〔註8〕

這是認爲衛宏作《詩序》。宋代以後，疑古之風日盛，對《詩序》的作者也有所懷疑，於是便有程頤的〈大序〉作於孔子、〈小序〉作於國史與王安石的詩人自作，以及鄭樵的「村野妄人所作」等等不同的說法；而且自此之後，異說日多，至民國以來蔣善國引據各家總括爲八說〔註9〕，胡樸安《詩經學》計收十三家〔註10〕，大陸學者

〔註3〕成伯璵：《毛詩指說》，《四庫全書薈要》（台北：世界書局，1971年），第23冊，頁6。
〔註4〕朱熹：《詩序辨說》（北京：中華書局，1985年），頁1～2。
〔註5〕崔述：《讀風偶識‧通論詩序》，頁2。。
〔註6〕高亨：〈詩經引論〉，頁16。
〔註7〕陸德明：《經典釋文三十卷》（台北：鼎文書局，1972年），卷5，頁53。
〔註8〕范曄，李賢：《新校本後漢書九十卷》，卷79，頁2575。
〔註9〕蔣善國：《三百篇演論》（上海：商務印書館，1931年），頁110～128。

馮浩菲匯集十四家〔註11〕，張西堂《詩經六論》羅列了十六家〔註12〕，高明所收更多達二十家〔註13〕。面對種種不同的看法，高氏先引鄭玄、王安石、程頤、王得臣、鄭樵之說加以駁斥後，接著指出：

> 『毛詩序』不是毛亨或衛宏所作，乃是作於毛亨之前。因爲講詩必須講主題，所以魯、齊、韓三家詩原來也都有序，如果說序是東漢衛宏所作，那末毛亨傳詩，只有「訓詁傳」，沒有序，只講字句，不講主題。他大講特講，結果詩篇的意義，令人無從索解。假設我們不看詩序，僅讀毛傳，那末絕大多數詩篇，毛亨認爲何爲而作，就沒法知道。毛亨解詩怎會這樣！把序和傳對照一下，其一般情況是傳根據序而有所回應，或予以發揮。……如果當時沒有序，毛傳的話就成爲沒頭沒腦了。由此可見，毛亨作傳時已經有序，或者是毛亨兼作序了。〔註14〕

由這段話可以看出，高亨認爲如果《詩序》是東漢衛宏所作，那麼毛亨作傳時，並沒有《詩序》的存在，不過把《序》和《傳》作一番比對，可以發現《傳》往往是根據《序》而有所回應，或是予以發揮，由此可見不是毛亨兼作《序》，就是《毛詩》傳世的時候，就已經有《詩序》了。

　　按《詩序》的作者之謎迄今還沒有最爲確切的謎底，但大多數學者傾向衛宏。這個說法除了范曄《後漢書·儒林傳》有明確記載以外，又見於陸璣《毛詩草木鳥獸蟲魚疏》，值得注意的是，陸氏是三國吳人，范曄是南朝劉宋人，兩者時代不同，說法卻如此一致，足以見得三國迄晉，應該都有類似的說法〔註15〕；再者，就《詩序》的材料來源而言，它是因襲了《禮記》、《尙書》、《國語》等書，因此《詩序》的時代必定晚於這些書籍傳世以後〔註16〕；再加上《詩序》的文字風格，也不同於

〔註10〕 胡樸安：《詩經學》（台北：台灣商務印書館，1988 年），頁 17～19。

〔註11〕 馮浩菲：〈論《毛詩序》的形成及其作者〉，《第三屆詩經國際學術研討會論文集》，頁 132～137。

〔註12〕 張西堂：《詩經六論》，頁 121～133。

〔註13〕 高明：〈詩六義說與詩序問題〉，《孔孟月刊》第 23 卷第 5 期（1985 年 1 月），頁 16～17。

〔註14〕 高亨：〈詩經引論〉，頁 17～18。

〔註15〕 詳見姚榮松：〈詩序管窺〉，《詩經論文集》（台北：黎明文化事業股份有限公司，1981 年），頁 450～451。

〔註16〕 今人林礽乾說：「〈詩大序〉之『情動於中而形於言，言之不足，故嗟嘆之』，語出《樂記》；〈豳風·鴟鴞序〉云：『成王未知周公之志，公乃爲詩以遺王』，語出《尙書·金縢》；〈商頌·那序〉云：『自微子至於戴公，其間禮樂廢壞』，語出《國語》，……而此等諸書，漢代乃行於世，則作《詩序》之年代，非西漢以前可知。」詳見〈詩序作者考〉，《詩經論文集》（台北：黎明文化事業股份有限公司，1981 年），頁 421。

孔子、子夏時代〔註 17〕，學者呂思勉就曾提到：「哀窈窕之『哀』字，乃『愛憐』之義，魏晉間人多如此用，漢人用者尚少，先漢更無論矣。知《序》之著於竹帛，必在東漢時也。」〔註 18〕基於上述這些的理由，許多人便把《詩序》的著作權歸屬於東漢的衛宏。

不過，鄭玄在〈小雅‧南陔〉等三詩序下的《箋》說：

> 此三篇者，遭戰國及秦之世而亡之，其義與眾篇之義合編故存。至毛公為《詁訓傳》，乃分眾篇之義，各置於其篇端云。〔註 19〕

這是說，〈小雅〉中的〈南陔〉、〈白華〉、〈華黍〉三篇，因為戰國及秦朝的動亂，詩的內容已經亡佚，但詩的序，因當時與其他各詩的詩旨合為一篇，所以才能保存下來，到了毛公作《詁訓傳》，便把這單獨成篇的《詩序》分散於各篇之前。鄭玄是東漢末年的經學大師，其說必定有所根據，否則將會受到當世學者，特別是今文家的攻詰，也會受到後來王肅等人的非難，但是對於這個說法，前後均無異議，由此可證明鄭玄所言不假，《詩序》的確形成於《毛詩詁訓傳》之前。

而且這一點，也可以間接從《漢志》中得到印證。《漢志》著錄《毛詩》二十九卷，又著錄《毛詩故訓傳》三十卷，清王引之《經義述聞》卷七〈詩經二十九卷〉說：

> 《毛詩》經文當為二十八卷，與魯、齊、韓三家同。其《序》別為一卷，則二十九卷矣。……至毛公為《詁訓傳》，乃分眾篇之義，各置於其篇端。然則《詁訓傳》始以《序》至篇首，若《毛詩》本經，則以諸篇之〈序〉合編為一卷明甚。經二十八卷，《序》一卷；毛公作《傳》，分《周頌》為三卷，又以《序》置諸篇之首，是以云三十卷也。〔註 20〕

根據王引之的考證，《毛詩》二十九卷，是包括本經二十八卷以及《序》文的一卷，《毛詩詁訓傳》三十卷，則是將〈周頌〉分為三卷，《序》一卷移置各篇之首，因此得出三十卷，由此可知，被漢初毛亨撰《詁訓傳》時分冠於各篇首的《詩序》，即傳世《詩序》，在毛亨之前就已經單獨成卷，《詩序》確實是作於毛公之前。

〔註 17〕清崔述《讀風偶識‧通論詩序》說：「程子以為〈大序〉為孔子所作，〈小序〉為當時國史所作。夫《論語》所載孔子論詩之言多矣，若〈關雎〉章、〈思無邪〉章、『誦《詩》三百』，以及『興觀群怨』、『〈周南〉、〈召南〉』等章，莫不言簡意賅，義深詞潔，而〈詩序〉獨平衍淺弱，雖有精粹之言，亦多枝蔓之語，絕與《論語》之言不類，豈得強屬之孔子？至於各篇之序，失意者甚多，其文亦殊不類三代之文。」詳見《讀風偶識》，頁 3。

〔註 18〕呂思勉：〈詩序〉，《中國古代文論研究論文集》（上海：上海古籍出版社，1989 年），頁 142～143。

〔註 19〕鄭玄：《毛詩鄭箋》，卷 9，頁 257。

〔註 20〕清夏修恕輯、嚴述編輯：《皇清經解》（台灣：復興書局，1960 年），第 17 冊，頁 12704。

　　有些學者提出今本《詩經》,《序》文以下無《毛傳》,《詩序》如果在毛氏之前,毛氏沒有理由不加注釋的,因而斷定《詩序》出現在毛公之後〔註21〕,這樣的推論未免操之過急,《毛傳》爲何不釋《序》,只要明白《毛傳》的訓詁條例,就不難理解,毛公傳《詩》,以簡約爲特徵,凡是字句明白易懂者均不加注,在他看來,《序》文明白易曉,所以通常不加以注釋〔註22〕;不過毛公以《詩序》爲主旨,訓詁疏解字句,這種「以《序》說《詩》」的方法是屢見不鮮的,〔註23〕因此高亨在舉出《序》、《傳》相應的一些例證之後說:「如果當時沒有序,毛傳的話就成爲沒頭沒腦了。由此可見,毛亨作傳時已經有序,或者是毛亨兼作了序了」,這個結論基本上可以說是正確的。

　　高亨把《詩序》作者這個棘手問題的答案範圍縮小之後,他又接著說:

> 但是根據特殊情況來看,《序》不是毛亨所作。因爲《毛傳》也偶然不從《序》,另提說法,……例如:『邶風靜女序』說:「『靜女』,刺時也,衛君無道,夫人無德。」而毛傳解「靜女其姝」句說「靜,貞靜也,女德貞靜,而有法度,乃可悅也」……據此,序認爲此詩是諷刺衛君夫人的無德,毛傳認爲此詩是贊揚靜女的有德,彼此相反如此。如果《詩序》是毛亨自作,能自相矛盾嗎?此詩主題,序傳異說是異常明顯的。〔註24〕

在上述引文裡,高亨以〈靜女〉篇爲例,說明如果《詩序》是毛亨所作,那麼它對詩意的闡釋應該和《毛傳》一樣,而實際上,《詩序》和《毛傳》的意思不符卻是顯而易見的,由此看來《詩序》不是出自毛亨之手。

　　按《詩序》和《毛傳》相互違戾,雖然數目不太多〔註25〕,不過至少證明了一件事:《詩序》和《毛傳》絕不是同一個作者。高亨在面對這項眾說紛紜的論點時,他依循了前人的方法〔註26〕,找出《詩序》、《毛傳》相互矛盾的地方,藉此印證《詩

〔註21〕如王錫榮曾說:「據我的推測,《毛詩序》當作于毛亨《詁訓傳》後,毛亨不爲《詩序》作傳這一事實,就足以說明《詩序》不可能作于毛亨之前。」詳見〈關於毛詩序作者問題的商討〉,《文史》第10輯(北京:中華書局,1980年),頁193。

〔註22〕如邱光庭《兼明書》說:「或曰:既非毛作,毛爲《傳》之時,何不解其序也?答曰:以《序》文明白,無煩解也。」孔穎達也說:「毛《傳》不訓《序》者,以分置篇首,義理易明,性好簡略,故不爲傳。」同意這樣說法的人很多,不便枚舉。

〔註23〕詳見馮浩菲:《毛詩訓詁研究》(武昌:華中師範大學出版社,1988年),上冊,頁280～284。

〔註24〕高亨:〈詩經引論〉,頁18～19。

〔註25〕大陸學者王承略曾把《詩序》、《毛傳》一一作過比較,發現兩者矛盾、意思不符或是意義顛倒的共有8篇。詳見〈從傳序的關係論詩序的寫作年代〉,《第四屆詩經國際學術研討會論文集》(北京:學苑出版社,2000年),頁306～307。

〔註26〕如朱鶴齡《毛詩通義序》,列出〈陳風‧宛丘〉篇的《詩序》與《毛傳》之後說:「倘

序》不是《毛傳》作者的傑作，這樣的作法就情理上來說，說服力是比較高的。

將不可能的答案一一刪除了以後，高亨最後要說的是：

> 『毛詩序』在毛亨作傳時已經有了，不是毛亨所作，也不是衛宏所作，而是西漢初年人所作。〔註27〕

高亨分析了《詩序》和《毛傳》的關係之後，認為《詩序》是產生於《毛傳》之前，據此得出了作者是西漢初年的人這樣的結論。不過，筆者以為，高亨的論斷是有些失之含糊的，《詩序》的年代早於《毛傳》，並不代表《詩序》的年代在一定在西漢〔註28〕，而且他所謂「西漢初年人」究竟是指一個人或是很多人〔註29〕？高亨如果想要後來的學者認同其說，那他必須有進一步的論述才行，可惜的是，高亨花了很大的篇幅去闡述誰不是《詩序》的作者，在說明誰才是《詩序》的作者時，卻僅此一句，惜墨如金的結果就是，當後人在討論《詩序》的作者時，鮮少提及高亨的看法！

二、《詩經今注》與《詩序》所定篇旨異同的比率分析

今以《詩經今注》一書中贊同或反對《詩序》說法為統計可得一簡表如下：

名　稱	相　同	大同小異	相　異	未知異同	異同各半	篇　數
周　南	0	0	11	0	0	11
召　南	1	0	13	0	0	14
邶　風	1	5	12	0	1	19
鄘　風	2	5	3	0	0	10
衛　風	0	2	8	0	0	10
王　風	1	1	8	0	0	10

《詩序》為毛公所作，《序》意與《傳》意，不容自相背馳若此，此亦足證《詩序》非毛公所作也。」又如曹粹中《放齋詩說》：「《毛傳》不盡與《序》合。如〈羔羊〉之〈序〉以為在位皆節儉正直，而《傳》無是義。〈君子偕老〉之〈序〉，謂夫人淫樂失事，而《傳》亦無其訓。諸如此類，《傳》〈序〉不相應者甚多。〈序〉誠出於毛公，安得自相背庪？」由此觀之，早在高亨之前，許多學者就會利用〈序〉、《傳》的分歧，印證《詩序》絕非毛公所作。

〔註27〕 高亨：〈詩經引論〉，頁19。

〔註28〕 例如學者林慶彰就認為：「《詩序》基本上吸收了先秦諸家詩說而成的，在戰國時恐以單獨成篇流傳。」詳見〈《毛詩序》在《詩經》解釋傳統的地位〉，《經學今銓緒編》（瀋陽：遼寧教育出版社，2001年），頁96。

〔註29〕 考察《詩序》的內容，時有反覆繁重，因此近來有許多學者，如裴普賢、李家樹、趙沛霖等，都認為《詩序》並非出於一人之手。

鄭　風	0	1	20	0	0	21
齊　風	0	3	8	0	0	11
魏　風	0	2	5	0	0	7
唐　風	0	2	10	0	0	12
秦　風	1	1	8	0	0	10
陳　風	0	2	8	0	0	10
檜　風	0	1	3	0	0	4
曹　風	0	1	3	0	0	4
豳　風	0	0	6	0	1	7
小　雅	4	12	63	1	0	80
大　雅	1	9	21	0	0	31
周　頌	2	7	22	0	0	31
魯　頌	0	0	4	0	0	4
商　頌	0	1	4	0	0	5
篇　數	13	55	240	1	2	311
百分比	4.18%	17.69%	77.17%	0.32%	0.64%	100%

　　從上表來看，《詩經今注》與《詩序》所說相同的共有十三篇、大同小異的五十五篇、相異的二百四十篇、未知異同的一篇、異同各半的兩篇。其中大同小異的可以歸入相同的一類；異同各半的當半篇相同半篇相異計算。結果，在《詩經》三百一十一篇中，《詩經今注》遵從《詩序》說法的有六十九篇，佔《詩經》的 22.19%；不從《詩序》說法的有兩百四十一篇，佔《詩經》的 77.49%；其餘一篇則是未知異同。這些數字指出一項重要的事實：《詩經今注》不從《序》說的部分，為遵從《序》說的三倍多，筆者以為造成這項懸殊差距的主要原因，這和高亨著書的寫作態度有絕對的相關，他在《詩經今注・前言》自云著書的態度：

> 《詩經》是我國最早的一部詩歌總集，前人的注釋很多，其中有些是正確的，有些是錯誤的，我讀古書，從不迷信古人，盲從舊說，而敢于追求眞諦，創立新義，力求出言有據，避免遊談無根。這本《詩經今注》就是這種態度而寫成的。〔註30〕

高亨既然秉持著創立新義的態度撰寫這本書，在詩義的探討上希望突破前人的說法，另闢蹊徑，因此所定篇旨當然多數是反對《詩序》的。此外，經過歷代學者對

〔註30〕高亨：《詩經今注・前言》，頁1。

歷史和文字訓詁的考證，部分《詩序》的內容確實是有些牽強附會、不合乎事實的，這與高亨主張立言有據的寫作態度背道而馳，這也是《詩序》有超過四分之三的說解，都不被高亨所採用的另一個原因。

然而，高亨雖然稱得上是反《序》派的大將，但是這並不表示高亨在解題時完全不參考《詩序》的看法，從上表中可以發現高亨遵從《詩序》說法的比例是 22.19%，也就是將近有四分之一的詩篇，高亨肯定《詩序》的說法，這其中以〈鄘風〉的比例最高，在〈鄘風〉十篇中，《詩經今注》與《詩序》所說相同的有兩篇，大同小異的有七篇，也就是說〈鄘風〉十篇，高亨從《序》高達百分之七十，這使人想起反《序》派的崔述《讀風偶識》的一句話，「《詩序》為〈鄘風〉多得實」〔註31〕，因為《詩序》對〈鄘風〉詩篇所作的解題較為平實，而且多數都有古籍之相關記載為證，可信度是比較高的，因此高亨對《序》說的接受程度以在〈鄘風〉最高。

筆者以為，正如上面的數字顯示，高亨大體仍是反對《詩序》的，不過他已經可以正面肯定《詩序》某些可取之處，當然對於一些穿鑿附會的舊說，自然還是採取批評和揚棄的態度。

三、《詩經今注》與《詩序》所定篇旨異同的實例分析

透過數字的說明，可以得知一個粗略的印象，但是光從數據的統計很難確切地理解實際內容為何，因此以下便針對上述所歸納的五種情形舉出實例加以分析。茲舉例分述如下：

（一）兩者說法相同

所謂「兩者說法相同」，指的是高亨說《詩》時，不但完全跟從《詩序》，有時還會對《詩序》多加一番申述，這樣的篇章共計有十三篇，在《詩經》三百一十一篇裡，佔了 4.18%，茲舉例如下：

1. 〈召南・甘棠〉篇

《詩序》說：

〈甘棠〉，美召伯也。召伯之教，明於南國。〔註32〕

據詩所言，〈甘棠〉是一首歌頌召伯的詩，召南地區的人民感念他的政績，所以藉著不敢砍他所歇息過的甘棠樹，表示對他的懷念之意和敬愛之忱。後人對於《詩序》之說〈甘棠〉大致都能接受〔註33〕，吳闓生先生甚至認為這是《詩序》中最

〔註31〕 崔述：《讀風偶識》，卷2，頁28。
〔註32〕 鄭玄：《毛詩鄭箋》，卷1，頁25。
〔註33〕 如朱熹《詩集傳》承襲《詩序》的說法，又比《詩序》更為周詳：「召伯循行南國，

爲有據之詩，〔註34〕高亨對於此篇不僅贊同《詩序》的說法，說的又更爲周詳，他說：

> 周宣王封他的母舅于召南域內，命召伯虎到召南給申伯築城蓋房，劃定土田，規定租稅。召伯作這件事很賣力氣。他當時的住處有一棵甘棠樹，他離去後，申伯或申伯的子孫或其他有關的人，追思他的勞績，保護這棵甘棠樹以資紀念，因作這首詩。〔註35〕

高亨除了肯定這是一首讚美召伯的詩外，還把這首詩的寫作背景、召伯的具體政績加以描述。只不過由於《詩序》並沒有明確的交代「召伯」究竟是指西周初年的召公奭，或是宣王時期的召伯虎，因此這個問題至今尚有爭議。古代解說《詩經》的人，因爲相信二南之詩，是西周初年的作品，所以不管是古文學派或是今文學派，都一致以爲這裡的「召伯」，必指召公奭無疑。〔註36〕但自從梁啓超《古書眞僞及其年代》，傅斯年〈周頌說〉，陸侃如、馮沅君的《中國詩史》、屈萬里《詩經釋義》力主「召伯」實爲召穆公虎後，人多從其說，〔註37〕高亨當然也不例外，不過也是有學者指證歷歷堅持舊說可信，〔註38〕筆者不敢斷言新舊說法孰是孰非，所幸這都於《詩》教無傷。

2.〈鄘風‧載馳〉篇

《詩序》說：

> 〈載馳〉，許穆夫人作也。閔其宗國顚覆，自傷不能救也。衛懿公爲狄人所滅，國人分散，露於漕邑，許穆夫人閔衛之亡，傷許之小，力不能救，思歸唁其兄，又義不得，故賦是詩也。〔註39〕

許穆夫人是嫁到許國的衛侯之女，當衛國都城朝歌爲狄人所擊破時，人民流亡分散，她的姊夫宋桓公，迎接衛國遺民七百多人，渡過黃河，在漕邑這個地方暫住下來，而立戴公爲衛君。不久，戴公病死，因此又立文公，許穆夫人聽到祖國淪亡的消息，又聽到戴公去世的噩耗，很想趕到漕邑去弔唁，並爲衛國效力，但是一想到許國地小人寡，無力援助；又加上按照古禮，父母死了之後，出嫁的諸侯之女，即使國滅

以布文王之政，或舍甘棠之下。其後人思其德，故愛其樹而不忍傷也。」詳見《詩集傳》，卷1，頁10。

〔註34〕吳闓生：《詩義會通》（台北：洪氏出版社，1977年），頁12。

〔註35〕高亨：《詩經今注》，頁20～21。

〔註36〕吳宏一：《白話詩經》（台北：聯經出版事業公司，1993年），第1冊，頁105。

〔註37〕黃師忠慎：《詩經簡釋》，頁38。

〔註38〕可參閱趙制陽：《詩經名著評介》（台北：學生書局，1983年），頁371～377。季旭昇：《詩經古義新證》（台北：文史哲出版社，1994年），頁1～12。

〔註39〕鄭玄：《毛詩鄭箋》，卷3，頁86。

君死，也不能歸寧祖國。〈載馳〉這首詩，寫的就是許穆夫人當時的心聲。

根據《左傳·閔公二年》的記載，許穆夫人寫〈載馳〉的時間，應該是在衛文公元年的春夏之交，衛文公元年，即魯僖公元年、周惠王十八年，也就是西元前六五九年，這一點，先儒胡承珙、王先謙等人都有相當明確的考證，應該是毫無疑義的，在《詩經》三百篇中，這首詩很難得地成為作者姓氏和寫作年代都可考的一篇，因此後人在論及此篇的詩旨時，雖偶有小異，但大致上不離《詩序》的講法。

《朱傳》在詮釋詩旨時，他的看法是這樣的：

> 宣姜之女為許穆公夫人，閔衛之亡，馳驅而歸，將以唁衛侯於漕邑。未至，而許之大夫有奔走跋涉而來者。夫人知其必將以不可歸之義來告，故心以為憂也。既而終不果歸，乃作此詩以言其意爾。〔註40〕

朱子的說法與《詩序》並無二致〔註41〕，他認為〈載馳〉一詩是許穆夫人想回衛國弔唁衛侯，卻在半路被許國大夫攔阻，憤怒和憂傷之餘，寫下了這首詩。相較於《詩序》，朱熹只是做了一番更詳細的說明而已。

高亨對於〈載馳〉一詩也提出了他個人的見解，他說：

> 這首詩是許穆公夫人所作。她是衛宣姜和公子頑所生，出嫁於許穆公。狄國攻破衛國，殺死衛懿公，衛人立戴公於漕邑。不久戴公死，衛人又立文公。她知道衛國遭此浩劫，要回衛國去弔問衛君，但因當時環境不許可，許國的國君不許她去，她走到半路上被追回，因作此詩。〔註42〕

高亨基本上吸納了《詩序》、《朱傳》的看法，也認為這首詩是許穆夫人所作。不過，因為高亨著書的目的是希望欣賞者和研究者都能從中獲益，為了配合初學者的需求，於是他又對許穆夫人的身分以及這首詩的背景略作介紹。

在確定了大體的詩旨之後，後人釋《詩》常會衍生出一些枝節的問題，在〈載馳〉這首詩裡，引起人廣泛討論的即是許穆夫人是否真的回到衛國，關於這個問題，古今學者的意見很不一致，大致可以歸納為兩種：一種意見以為許穆夫人沒有回到衛國，《詩序》首倡其說，朱熹《詩集傳》、姚際恆《詩經通論》、方玉潤《詩經原始》等均從此說；另一種意見則以為她已經回到了衛國，《魯詩說》始創此論，清王先謙

〔註40〕 朱熹：《詩集傳》，卷3，頁35。

〔註41〕 關於兩者所說是否相同，大陸學者張樹波與李家樹的看法頗有出入，今從李說。詳見張樹波：〈《詩經·載馳》矛盾辨析〉，《河北學刊》1983年第4期，頁84～89；李家樹：〈漢宋說詩異同比較〉，《詩經的歷史公案》，頁57。

〔註42〕 高亨：《詩經今注》，頁76。

《詩三家義集疏》證成其說，大陸學者陳子展、余冠英、張樹波、楊合鳴、李中華等均從之〔註43〕，面對今人幾乎一致認定後者看法的情形下，同樣身為今人的高亨，竟然贊同《詩序》、《朱傳》之說，認為許穆夫人沒有回到衛國，這種例子是相當罕見的，由此可知，高亨也是會認同《詩序》、《朱傳》的說法，但是這必須在它們的說法與詩文相合或是出言有據的條件成立下進行，否則高亨是不會採用《詩序》、《朱傳》之義來詮釋詩旨的。

3.〈王風‧黍離〉篇

《詩序》說：

> 〈黍離〉，閔宗周也。周大夫行役，至于宗周，過故宗廟宮室，盡為禾黍，閔周室之顛覆，徬徨不忍去，而作是詩也。〔註44〕

這是說周室東遷以後，大夫重經宗周舊都，看到宗廟宮室成為廢墟，荒涼殘敗中，只剩小米高梁仍然遍地而已，因而徘徊不忍離去，感慨之餘，寫下了這首作品。

三家詩的說法，和《詩序》不同。據王先謙《詩三家義集疏》所引〔註45〕，曹植〈令禽惡鳥論〉所說：「昔尹吉甫信後妻之讒而殺孝子伯奇，其弟伯封求而不得，作〈黍離〉之詩。」繼承的是《韓詩》之說，而劉向《新序》的〈節士〉篇所引的：「衛宣公子壽，閔其兄伋之且見害，作憂思之詩。〈黍離〉之詩是也。」繼承的是《魯詩》之說。這兩種說法，雖然胡承珙《毛詩後箋》都曾經有所質疑，認為不能成立，但是王先謙卻只同意捨棄《魯詩》之說，以為《韓詩》之說可以採信。

自漢以來，學者對於這首詩的主題和作者，迄無定論。〔註46〕不過仍有許多學者贊同《詩序》的說法，高亨就是一個例子，他在論述〈黍離〉的詩旨時，提出了這樣的看法：

> 周幽王殘暴無道，犬戎攻破鎬京，殺死幽王。平王東遷雒邑，是為東周。東周初年，有王朝大夫到鎬京來，見到宗廟宮殿均已破壞，長了莊稼，不勝感慨，因作此詩。〔註47〕

關於這首詩的詩旨，有人以為《序》說雖可從，惟詩中未見有「閔周室顛覆」之意〔註48〕；也有人說，就詩論詩，從中看不出有憑弔故國之意，所以《序》說不可信，

〔註43〕詳見王錫榮：〈《鄘風‧載馳》正解〉，《吉林大學社會科學學報》1980 年第 1 期，頁 85～86。

〔註44〕鄭玄：《毛詩鄭箋》，卷 4，頁 107。

〔註45〕王先謙撰，吳格點校：《詩三家義集疏》，卷 4，頁 315～317。

〔註46〕程俊英、蔣見元：《詩經注析》，上冊，頁 194。

〔註47〕高亨：《詩經今注》，頁 96。

〔註48〕朱守亮：《詩經評釋》，頁 206～207。

〔註49〕不過向來主張「力創新義」的高亨，不但遵從《詩序》的說法，就連《詩序》提及的背景、作者也全盤接受，沒有加以辯駁，這種情形在《詩經今注》裡是不多見的。

4. 〈秦風·黃鳥〉篇

《詩序》說：

> 〈黃鳥〉，哀三良也。國人刺穆公以人從死，而作是詩也。〔註50〕

這是說秦穆公死後，用了三位良臣殉葬，秦人痛惜他們，因此就寫了〈黃鳥〉來表達無盡的哀思。

朱熹《詩集傳》說：

> 秦穆公卒，以子車氏之三子爲殉，皆秦之良也。國人哀之，爲之賦〈黃鳥〉，事見《春秋傳》，即此詩也。〔註51〕

朱熹的看法與《詩序》並無不同，他只是根據《序》說又作了一番說明而已。

高亨針對《序》說，有更進一步的發揮，他說：

> 西元前六二一年，秦穆公死，康公立，遵照穆公的遺囑，殺了一百七十七人爲他殉葬，其中有姓子車的三兄弟，一名奄息，一名仲行，一名鍼虎。秦人痛恨秦國國君的殘暴，哀悼子車氏兄弟的屈死，因作這首詩。〔註52〕

由上述引文可以看出，高亨基本上遵照《詩序》的說法，又對〈黃鳥〉的產生年代和詳細情形加以說明。

按關於這個故事的發生時間，《左傳·文公六年》有明白的記載，《左傳·文公六年》：「秦伯任好卒，以子車氏之三子奄息、仲行、鍼虎爲殉，皆秦之良也。國人哀之，爲之賦〈黃鳥〉。」〔註53〕魯文公六年，當是周襄王三十一年，西元前六二一年，因此高亨點出〈黃鳥〉的寫作時間是西元前六百二十一年，當然是百分之百地可信。至於殉葬的詳細情形，《史記·秦本紀》有這樣一段話：「武公卒，……初以人從死，從死者六十六人。……穆公卒，……從死者百七十七人，秦之良臣子輿氏三人名曰奄息、仲行、鍼虎，亦在從死之中。秦人哀之，爲作歌〈黃鳥〉之詩。」〔註54〕由此可知，高亨所提供詩的背景也是沒有問題的。

筆者以爲，高亨在詮釋《詩》旨時，並不是絕對不接受《詩序》的講法，只要

〔註49〕程俊英、蔣見元：《詩經注析》，上冊，頁194。
〔註50〕鄭玄：《毛詩鄭箋》，卷6，頁189。
〔註51〕朱熹：《詩集傳》，卷6，頁77。
〔註52〕高亨：《詩經今注》，頁170。
〔註53〕杜預註：《春秋經傳集解》，卷8，頁132。
〔註54〕司馬遷撰，裴駰、司馬貞、張守節注：《史記一百三十卷》，卷5，頁96、100～101。

《序》說有憑有據，他都會加以參考，這樣的作法完全合乎高亨「力求出言有據」
的著書宗旨，是相當值得吾人肯定的。

（二）說法大同小異

所謂「說法大同小異」，指的是高亨釋詩，基本上跟從《詩序》的說法，其中又
略有不同，但是略有不同的部分是無關宏旨的；或者是兩者所說略異但是根本相同。
這樣的篇章共有五十五篇，佔了 17.69%。舉例如下：

1.〈檜風・素冠〉篇

《詩序》說：

> 〈素冠〉，刺不能三年也。〔註55〕

鄭玄替《詩序》提出了這樣的解釋：「喪禮，子為父，父卒為母，皆三年。時人恩薄
禮廢，不能行也。」這是說在喪禮的規定上，兒子為父喪穿孝服的時間，和父親逝
世以後，為母喪穿孝服的時間，都是三年。當時的人對父母的養育之恩看的很淡，
對於父母的喪事已經不再遵守穿三年孝服的禮節了，詩人感嘆禮節的荒廢，因而作
詩加以諷刺。

宋代的朱熹，在《詩集傳》裡對於這首詩的舊說並沒有反對，仍然說是「今人
皆不能行三年之喪」〔註56〕，此外，像歐陽文忠公的《詩本義》、蘇欒城的《詩集
傳》等，有的沒有提及〈素冠〉一詩，有提起的，意見也差不了多少。〔註57〕

到了清代，學者們關於〈素冠〉的解釋，開始有了截然不同的看法。方玉潤引
用了《論語》、《孟子》等書，說明素冠、素衣並非喪服，而是一種常服；姚際恆《詩
經通論》也列舉了十個理由，論證《序》說難以成立，至此以後，說解〈素冠〉仍
然依照《詩序》的，大約已經屈指可數了。

不過向來反對《詩序》的高亨，在〈素冠〉一詩的解說上，繼承了《詩序》的
看法，在「刺不能三年」的大前提之下，對於詩義的解釋略有不同，他說：

> 周王朝的禮制，父母死，其子服喪三年，穿孝服，吃粗食，悲哀哭泣，甚
> 至扶杖才能行走。但是貴族們多不遵行。檜國的貴族中有一人獨能守此古
> 禮。他的朋友或親戚乃作這首詩，對他的喪親表示哀悼，對他的守禮表示
> 贊同。〔註58〕

〔註55〕鄭玄：《毛詩鄭箋》，卷7，頁208。
〔註56〕朱熹：《詩集傳》，卷7，頁85。
〔註57〕丁邦新：〈檜風素冠之詩非刺不能三年之喪辨〉，《幼獅學報》第2卷第1期（1959
　　　　年10月），頁6。
〔註58〕高亨：《詩經今注》，頁189。

《詩序》認為〈素冠〉是諷刺眾人不能服喪三年之作，高亨則認為是讚美孝子能服喪三年之作，《詩序》以為是刺詩，高亨以為是美詩，兩說似若相反，骨子裡卻是相同的意思，讚美能服喪的孝子就是諷刺不能服喪的不孝之人。他們兩者對於詩文意義沒有太大的歧見，但因高亨對作詩者寫作態度的看法與《詩序》不同，所以對詩之寫作目的的詮釋也就不同。附帶一提的是，將〈素冠〉解釋為讚美孝子之詩這樣的意見，清代的郝懿行等人就已經提出〔註59〕，不能當作是高亨的獨到見解。

2.〈大雅·抑〉篇

《詩序》說：

〈抑〉，衛武公刺厲王，亦以自警也。〔註60〕

《詩序》以為此篇是周王朝的衛武公勸告、諷刺厲王並自我警戒的詩。根據《國語·楚語》的記載：「昔衛武公年數九十有五矣，由箴儆于國曰：自卿以下至于師長士，苟在朝者，無謂我老耄而舍我，必恭恪于朝，朝夕以交戒我。聞一二之言，必誦志以納之，……於是乎作〈懿〉戒以自儆也。」韋昭注：「昭謂〈懿〉詩，《大雅》〈抑〉之篇也，懿讀之曰抑。」〔註61〕因此說〈抑〉的作者為衛武公，歷來爭議不大，不過說是刺厲王之作，卻引起後人許多紛爭。衛武公即位，距離厲王流亡于彘已經三十年，而且詩的作者儼然是一名老人，那麼離開厲王之沒至少已七、八十年，〔註62〕於是有人以為是「追刺」〔註63〕，有人以為是「刺宣王」〔註64〕，朱熹更斷定此詩只是衛武公自警之辭，非為刺厲王之作。〔註65〕

高亨在《詩經今注》中，針對〈抑〉的詩旨，道出了這般的解釋：

《國語·楚語》引這首詩的篇名作《懿》，說是衛武公（姬和）九十五歲所作，那末當作于東周初年。詩的內容是勸告周王朝貴族修德守禮，謹言慎行，並指責「小子」的昏憒。所謂「小子」當是鎬京的一個執政者。〔註66〕

高亨的說法與《詩序》大同小異，差別僅在於《詩序》點出衛武公諷刺的是厲王，而高亨未點名諷刺的是哪一位執政者。其實，關於〈抑〉這首詩，撇開實際的考證不論，單就詩的內容來看，這是一位老臣主要不滿君王的昏庸驕滿，希望他加強自

〔註59〕郝懿行《詩問》：「時人恩薄禮廢，喪有不能三年者，人見孝子衣冠，以為幸爾。」
〔註60〕鄭玄：《毛詩鄭箋》，卷18，頁487。
〔註61〕韋昭：《國語韋昭註》，卷17，頁395。
〔註62〕程俊英、蔣見元：《詩經注析》，下冊，頁855。
〔註63〕詳見孔穎達：《毛詩正義》，卷18，頁1162。
〔註64〕詳見顧鎮：《虞東學詩》（台北：商務印書館，1972年），卷10，頁17。
〔註65〕朱熹：《詩集傳》，卷18，頁207。
〔註66〕高亨：《詩經今注》，頁433。

身品德的修養，是一首說教成分極重的詩，這一類泛泛的說教，無論是施於哪一位昏庸的君王都是適合的，過度執著於刺王之說，無異是畫地為牢，自我設限的做法，這方面的爭論實在是沒有多大的意義。

3. 〈商頌・玄鳥〉篇

《詩序》說：

> 〈玄鳥〉，祀高宗也。〔註67〕

《詩序》以為此篇是宋君祭祀高宗的樂歌，三家詩則以為是宋公祭祀中宗之樂歌〔註68〕，朱熹的看法與他們又不盡相同，他在《詩集傳》裡提到：「此亦祭祀宗廟之歌，而追敘商人之所由生，以及其有天下之初也。」〔註69〕

筆者以為《詩序》和《朱傳》的說法都是可信的，但是兩者所說都不夠完整，因此高亨綜合兩家之說後，對〈玄鳥〉提出這樣的詮釋：

> 這篇是宋君祭祀殷高宗武丁時所唱的樂歌。敘述了商的始祖契誕生的傳說
> 以及成湯立國為王，歌頌武丁中興的功業，是一首簡單的史詩。〔註70〕

高亨對於〈玄鳥〉的解釋與《詩序》相差不大，他認同《詩序》說此篇是宋君祭祀殷高宗時的樂歌。按《詩序》的說法是值得相信的，但是不能用來確切說明〈玄鳥〉的篇旨，因此為顧及全詩的內容，高亨參考詩文文義，又補充了朱熹的看法，相較於《詩序》，高亨的說法比較能照顧到全部的詩句，當然比較容易獲得學者的認同。〔註71〕

（三）說法相異

所謂「說法相異」，指的是高亨在認定詩旨時，並不領情《詩序》的說法而另立新說，這類的例子在《詩經今注》裡可說是俯拾即是，共計有二百四十篇〔註72〕，佔了77.17%。例如：

〔註67〕鄭玄：《毛詩鄭箋》，卷20，頁593。

〔註68〕王先謙撰，吳格點校：《詩三家義集疏》，卷28，頁1103。

〔註69〕朱熹：《詩集傳》，卷20，頁244。

〔註70〕高亨：《詩經今注》，頁527。

〔註71〕如裴普賢《詩經評註讀本》：「這是宋國祭祀其先祖殷高宗武丁所用的樂歌，而詩中並追述其始祖契之所由生，以及商湯初有天下的光榮歷史。」詳見《詩經評註讀本》（台北：三民書局，1983年），下冊，頁661。

〔註72〕這其中包含了〈南陔〉、〈白華〉、〈華黍〉、〈由庚〉、〈崇丘〉、〈由儀〉六篇，雖然高亨在《詩經今注》裡僅針對《毛詩》經文的三百五篇進行解釋，對於上述六篇隻字未提，但是他在單篇論文〈詩經引論〉中，曾發表過「〈毛詩序〉對於這六篇都是根據篇名講主題，都是望文生義，極盡附會之能事」這樣的見解，由此可知高亨對這幾篇均是抱持著與《詩序》說法相違異的態度。

1. 〈召南・羔羊〉篇

《詩序》說：

> 〈羔羊〉，〈鵲巢〉之功致也。召南之國，化文王之政，在位皆節儉正直，
> 德如羔羊也。〔註73〕

這一段話，後人認為頗為費解，提出批評的也為數不少，但是說它站在稱頌的立場，讚美大夫的節儉正直，在早期幾乎是沒有異議的。因此後來說《詩》者往往據此立論，例如朱子《詩集傳》就說：「南國化文王之政，在位皆節儉正直，故詩人美其衣服有常，而從容自得如此也。」〔註74〕

不過，從清代開始出現了與《詩序》、《朱傳》相反的看法，此即崔述所謂：「此篇特言國家無事，大臣得以優游暇豫，無王事靡盬、政事遺我之憂耳。」「為大夫者，夙興夜寐，扶弱抑強，猶恐有覆盆之未照；乃皆退食委蛇，優游自適，若無所事事者，百姓將何望焉？」〔註75〕對照之下，崔述的說法似乎自相矛盾，前段以〈羔羊〉有讚美之意，後段卻筆鋒一轉，強調此為諷刺之詩。至於高亨是如何闡釋〈羔羊〉的詩旨呢？他認為這首詩是：

> 人民看到官吏穿著華奢的羔羊皮襖，從衙門裡出來，就唱出這首歌表示不
> 滿。〔註76〕

這一段話與上述之言合併以觀，高亨顯然是受到了崔述的啟發，〔註77〕但是高亨的說法仍然有待質疑，大陸學者翟湘君就曾經針對高亨的意見提出批評：

> 〈羔羊〉寫的是東周王室的大夫，參與周王的祭祀或宴會之後，自公所退
> 出，帶著醉態而歸。……「委蛇委蛇」應是指走路時搖搖擺擺，從容自得。
> 高亨先生說〈羔羊〉寫的是「衙門中的官吏都是剝削壓迫、凌賤殘害人民、
> 蟠在人民身上，吸食人民血液以自肥的毒蛇。人民看到他們羔羊皮襖，從
> 衙門裡出來，就唱出這首歌，咒罵他們，揭出他們是害人毒蛇的本質。」
> 恐怕不夠穩妥。〔註78〕

高亨的解題之所以與《詩序》產生極大的差異，主要的關鍵在於高亨對「委蛇」有著獨特的解釋：「委蛇即虺蛇，作者把官吏比作虺蛇。」他並引用《莊子・達生》：「若夫以鳥養鳥者，宜棲之深林，浮之江湖，實之以委蛇。」這段話，說明〈羔羊〉篇

〔註73〕鄭玄：《毛詩鄭箋》，卷1，頁27。
〔註74〕朱熹：《詩集傳》，卷1，頁11。
〔註75〕崔述：《讀風偶識》，卷2，頁8。
〔註76〕高亨：《詩經今注》，頁24。
〔註77〕黃師忠慎：《詩經簡釋》，頁42。
〔註78〕翟湘君：《詩經新解》（鄭州：中州古籍出版社，1993年），頁86～87。

的「委蛇」當作「虺蛇」解。〔註79〕筆者以爲，高亨的證據似乎稍嫌單薄，俞樾《諸
子平議》曾以《莊子・至樂》：「夫以鳥養鳥者，宜棲之深林，游之壇陸，浮之江湖，
食之鰍鰷，委蛇而處」，證明《莊子・達生》的「食之以委蛇」當是「食之以鰍鰷，
委蛇而處」〔註80〕，可見訓委蛇爲蛇類，前人已經有所懷疑；此外，從詩的風格上
考察，高亨的解釋也是有些突兀，因此高亨這種將「委蛇」解釋爲毒蛇，用以形容
殘害人民的官吏的說法，雖然十分新奇，但是這樣的說法僅爲臆測，又沒有提出有
力的證據加以說明，想要得到後人的認同，恐怕不是那麼樂觀。

2. 〈邶風・匏有苦葉〉篇

《詩序》說：

　　〈匏有苦葉〉，刺衛宣公也。公與夫人並爲淫亂。〔註81〕

《詩序》認爲這篇作品是諷刺衛宣公烝於夫人而作，至於所謂的「夫人」指的是誰，
《鄭箋》、《孔疏》說是宣公的庶母夷姜，陳奐《詩毛氏傳疏》卻認爲是宣姜。

　　《詩序》的這種說法，民國以來的學者，大多都沒有採納，因爲他們主張還原
詩歌本來的面目，主張就詩直尋本義，所以往往摒棄舊說而不用。像屈萬里先生在
《詩經釋義》裡就說：「此咏婚嫁者之詩。」〔註82〕余培林《詩經正詁》認爲此詩
爲：「此女子望嫁之詩。」〔註83〕陳子展在《詩經直解》裡說此詩：「顯爲女求男之
作。」〔註84〕高亨面對此詩，也有著截然不同的看法，他說：

　　這首詩寫一個男子去看望已經訂婚的女友。〔註85〕

高亨認爲此詩是寫男方去看望未婚妻，大陸學者袁寶泉、陳智賢則以爲是寫女方等
待未婚夫〔註86〕，兩者說法雖然不太相同，但在解詩中「士如歸妻」爲男到女家入
贅這一點是一致的，這是他們立論的基點。筆者以爲，相較於《詩序》，他們的解題
的確是比較平實。不過，《詩序》的說法雖然不行於今日，但就古人而言，也未必對
它全面否定。像呂祖謙《呂氏家塾讀詩記》仍然說：「此詩刺宣公之淫亂。」〔註87〕
朱熹《詩集傳》則以爲：「此刺淫亂之詩。」〔註88〕方玉潤《詩經原始》以爲是：「刺

〔註79〕詳見高亨：《詩經今注》，頁25。
〔註80〕俞樾：《諸子平議》（台北：世界書局，1956年）卷18，頁211。
〔註81〕鄭玄：《毛詩鄭箋》，卷2，頁53。
〔註82〕屈萬里：《詩經釋義》，頁60。
〔註83〕余培林：《詩經正詁》，上冊，頁101。
〔註84〕陳子展：《詩經直解》（台北：書林出版有限公司，1992年），卷3，頁102。
〔註85〕高亨：《詩經今注》，頁46。
〔註86〕袁寶泉、陳智賢合撰：《詩經探微》（廣東：花城出版社，1987年），頁279～280。
〔註87〕呂祖謙：《呂氏家塾讀詩記》（北京：中華書局，1985年），卷4，頁74。
〔註88〕朱熹：《詩集傳》，卷2，頁20。

世禮義漸滅也。」〔註89〕這些說法雖與《詩序》不盡相同，但是也沒有相互牴觸的地方，古今說法的差異，主要還是在於：鑑賞角度的不同。〔註90〕因此，新的說法固然可取，對舊說也不必一筆抹殺，這才是讀《詩》應採取的態度。

3.〈小雅‧都人士〉篇

《詩序》說：

> 〈都人士〉，周人刺衣服無常也。古者長民，衣服不貳，從容有常，以齊其民，則民德歸壹，傷今不復見古人也。〔註91〕

〈都人士〉一詩的主題並非顯而易見，《詩序》見〈詩〉中有描寫人士、子女、服飾等句，又引用《禮記‧緇衣》：「長民者，衣服不貳，從容有常，以齊其民，則民德歸壹」〔註92〕之論，以成其說。但是這樣的說法與詩第二章以後的內容不甚配合，因此後人同意《序》說的並不是很多。

朱子在《詩集傳》中說：「亂離之後，人不復見昔日都邑之盛，人物儀容之美，而作此詩以歎惜之。」〔註93〕不過詩中僅言人物之美，並沒有隻字片語論及都邑之盛，所以也受到某些學者的批評。

近來還有一種說法頗為流行，屈萬里《詩經釋義》云：「此咏某貴家女出嫁于周之詩。」〔註94〕李先耕〈《小雅‧都人士》臆解〉一文說：「我們以為此詩是歌咏周王室婚姻之作。」〔註95〕，但是此詩的描寫，不類貴族婚嫁之詩，因此這種說法還是有待商榷的〔註96〕。

至於高亨對於〈都人士〉又是抱持著怎樣的看法呢？他以為〈都人士〉的詩旨是：

> 鎬京的一個貴族和他的女兒因事到某地去。作者是該地人，與貴族相識，在他送貴族回鎬京的時候，作此詩來表示對貴族父女的敬愛。〔註97〕

高亨雖然全部推翻了《詩序》的說法而另立新說，但是用高亨的這種說法解說各章，基本上都還算順適，筆者以為此說應當已經接近了詩的本義，就算詩人本義並非如

〔註89〕方玉潤：《詩經原始》，卷3，頁303。
〔註90〕吳宏一：《白話詩經》，上冊，頁216。
〔註91〕鄭玄：《毛詩鄭箋》，卷15，頁396。
〔註92〕孫希旦：《禮記集解》，卷52，頁1325。
〔註93〕朱熹：《詩集傳》，卷15，頁169。
〔註94〕屈萬里：《詩經釋義》，頁306。
〔註95〕李先耕：〈《小雅‧都人士》臆解〉，《文史》（北京：中華書局，1983年），第18輯，頁273。
〔註96〕可參閱王宗石：〈《小雅‧都人士》篇義深探〉，《第四屆詩經國際學術研討會論文集》（北京：學苑出版社，2000年），頁832～835。
〔註97〕高亨：《詩經今注》，頁354。

此，也仍是十分理想的「一家之言」。

（四）說法異同各半

所謂「說法異同各半」，指的是高亨在判定詩旨時，兼採《序》文及其他的說法，並未作出取捨，這樣的篇章有兩篇，佔 0.64%。這些篇目如下：

1.〈邶風・新臺〉篇

《詩序》說：

> 〈新臺〉，刺衛宣公也。納伋之妻，作新臺於河上而要之，國人惡之，而作是詩也。〔註98〕

《詩序》認為〈新臺〉這首詩，是詩人對衛宣公將太子伋的妻子佔為己有這件事極為憎惡，因此寫了這首詩，諷刺淫亂的衛宣公。《詩序》的根據來自《左傳・桓公十六年》：「初，衛宣公烝於夷姜，生急子，屬諸右公子。為之娶於齊而美，公取之。」〔註99〕《左傳》這一段記載，白紙黑字清清楚楚，《詩序》善加利用，遂使今人有「《毛傳》《小序》都與《左傳》相合，可以說是史證俱在，可信度極高」〔註100〕這樣的論定。

朱熹《詩集傳》說：

> 舊說以為衛宣公為其子伋娶於齊，而聞其美，欲自娶之，乃作新臺於河上而要之。國人惡之，而作此詩以刺之。〔註101〕

朱熹對於《詩序》的說法也沒有異議。

面對這個古今說法幾乎一致的〈新臺〉篇，高亨提出了這樣的看法：

> 衛宣公給他的兒子伋娶齊國之女，為了迎娶新娘，在經過的黃河邊上築了一座新臺。衛宣公見新娘很美，就把她截下，佔為己有，這就是宣姜。衛人作此詩諷刺衛宣公。這是《毛詩序》的說法，也講得通。但詩意只是寫一個女子想嫁一個美男子，而卻配了一個醜丈夫。〔註102〕

由上述的例子可以看出，高亨解詩兼顧了經學和文學雙方面的意義，就經學上而言，他贊同《詩序》的觀點，認為這是諷刺衛宣公亂倫的詩；就文學上而言，他直尋詩的本意，以為這是描寫一名女子想嫁美男子，卻配了一個醜丈夫，由於兩說都說得

〔註98〕鄭玄：《毛詩鄭箋》，卷2，頁70。
〔註99〕杜預註：《春秋經傳集解》，卷2，頁65。
〔註100〕黃永武：〈怎樣研讀詩經〉，《詩經研究論集》（台北：黎明文化事業股份有限公司，1981年），頁26。
〔註101〕朱熹：《詩集傳》，卷2，頁26。
〔註102〕高亨：《詩經今注》，頁61。

通，兩說都有其可能，所以高氏並存兩說，不驟下定論。

2.〈豳風・鴟鴞〉篇

《詩序》說：

> 〈鴟鴞〉，周公救亂也。成王未知周公之志。公乃為詩以遺王，名之曰〈鴟
> 鴞〉焉。〔註103〕

《詩序》的這種說法顯然是根據《尚書》的記載，《尚書・金縢》云：「周公居東二年，則罪人斯得。于後，公乃為詩以貽王，名之曰〈鴟鴞〉。」〔註104〕《史記・魯世家》也有類似的敘述，所以後人多半認同這樣的說法。〔註105〕

高亨對於此篇，一方面採納《詩序》的意見，一方面提出自己的看法，他指出：

> 這是一首寓言詩，描寫大鳥在鴟鴞抓去她的一兩個雛兒之後，為了防禦外
> 來的侵害，保護自己的小鳥，不辭辛勞，不避艱苦，修築窩巢的事。《尚
> 書・金縢》：「武王既喪，管叔及其群弟乃流言于國曰：『公（周公）將不
> 利于孺子（指成王）。』周公乃告二公（召公奭、太公望）曰：『我之弗避，
> 無以告我先王。』周公居東二年，則罪人斯得。于後，公乃為詩以貽王，
> 名之曰〈鴟鴞〉。」據此，這首詩乃周公所作。詩中的大鳥比自己，「鴟鴞」
> 比殷武庚，「既取我子」的「子」比管叔、蔡叔，「鬻子」比成王，「室家」
> 比周國，與詩意也相合。〔註106〕

上述高亨所提及的兩種說法，都不是針對詩文內容所進行的討論，而是對詩文所指涉對象的論斷，其實在這當中，指涉對象是誰，並不妨礙讀詩者理解詩旨，頂多只是對作品背景多一些說明而已，與詩篇語文並無直接關聯，故兩說皆有其可能，從詩文內容中並不能找出一個定論，因此高氏備存兩說，並未判定孰是孰非。

（五）兩者說法未知異同

所謂「兩者說法未知異同」，指的是由於可供參考的資料太少，高亨不敢強解，

〔註103〕鄭玄：《毛詩鄭箋》，卷8，頁223。

〔註104〕吳璵：《新譯尚書讀本》（台北：三民書局股份有限公司，1977年），頁88。

〔註105〕如歐陽修《詩本義》：「周公既誅管蔡，懼成王疑己戮其兄弟，乃作詩以曉諭成王。
云有鳥之愛其巢者，呼彼鴟鴞而告之曰：『鴟鴞鴟鴞，爾寧取我子，無毀我室……』
以譬寧誅管蔡，無使亂我周室也。」朱熹《詩集傳》：「武王克商，使弟管叔鮮蔡叔
度監于紂子武庚之國。武王崩，成王立，周公相之，而二叔以武庚叛。且流言於國
曰：『周公將不利於孺子。』故周公東征，二年，乃得管叔武庚而誅之，而成王猶
未知公之意也，公乃作此詩以貽王。」

〔註106〕高亨：《詩經今注》，頁206。

所以未知異同，這樣的篇章只有一篇，佔 0.32%。此篇即是〈小雅・何人斯〉篇：

《詩序》說：

> 〈何人斯〉，蘇公刺暴公也。暴公爲卿士，而譖蘇公焉，故蘇公作是詩以
> 絕之。〔註107〕

《詩序》認爲此詩是蘇公刺暴公之作，這樣的說法固然有幾分道理，但是由於證據不足，引起不少學者的質疑。如朱熹《詩集傳》雖依此意解釋，但又提出了：「舊說於詩無明文可考，未可信其必然。」〔註108〕可見朱熹對此說法仍抱著存疑的態度。

高亨面對此詩的態度與朱熹相似，他認爲：

> 《毛詩序》：「何人斯，蘇公刺暴公也。暴公爲卿士，而譖蘇公焉，故蘇公
> 作是詩以絕之。」此說與詩意尚合，未知是否。〔註109〕

高亨利用《詩序》的說法考察詩文內容，發現這種說法與詩文尚合，不過由於可供參考的資料不足，高亨並不一味地猜測或勉強模擬，故先存而不論，以闕疑的方式留待後人研究。

第二節　對《朱傳》的態度

大陸學者夏傳才先生曾經指出：「《詩集傳》是在宋學批判漢學和宋代考據學興起的基礎上，宋學《詩經》研究的集大成著作，是《毛詩傳箋》、《毛詩正義》之後，《詩經》研究的第三個里程碑。」〔註110〕漢學家往往把《詩經》當作宣揚教化思想的工具，排斥或刻意忽略《詩經》的文學性，朱熹對於這樣的研經取向不太認同，他主張以文學的角度去說《詩》，重在追求經文的本義，凡與本義不符的一切舊說，包括《詩序》，甚至二程、孔子所說的在內，都在超越之列。〔註111〕這樣的寫作精神與高亨十分類似，因此在第二節的部分，筆者將以《詩經》三百一十一篇爲例，比較《詩集傳》與《詩經今注》詩說的異同，爲了避免空談，本文將列出確實數字，並在文章之末，把統計數字製成一個圖表。

〔註107〕鄭玄：《毛詩鄭箋》，卷 12，頁 330。
〔註108〕朱熹：《詩集傳》，卷 12，頁 143。
〔註109〕高亨：《詩經今注》，頁 300。
〔註110〕夏傳才：《詩經研究史概要》，頁 172。
〔註111〕蔡方鹿：〈朱熹《詩經》學析論〉，《經學研究論叢》（台北：台灣學生書局，1999年），第 7 輯，頁 150。

一、《詩經今注》與《詩集傳》所定篇旨異同的比率分析

今以《詩經今注》一書中贊同或反對《詩集傳》說法為統計可得一簡表如下：

名　稱	相　同	大同小異	相　異	未知異同	異同各半	篇　數
周　南	0	1	10	0	0	11
召　南	1	0	13	0	0	14
邶　風	1	6	11	0	1	19
鄘　風	2	5	3	0	0	10
衛　風	1	3	4	1	1	10
王　風	1	4	5	0	0	10
鄭　風	0	5	16	0	0	21
齊　風	2	3	6	0	0	11
魏　風	0	2	5	0	0	7
唐　風	1	2	7	2	0	12
秦　風	2	1	6	1	0	10
陳　風	1	2	7	0	0	10
檜　風	0	2	2	0	0	4
曹　風	0	2	2	0	0	4
豳　風	0	0	6	0	1	7
小　雅	8	28	42	2	0	80
大　雅	4	14	13	0	0	31
周　頌	5	9	15	2	0	31
魯　頌	0	1	3	0	0	4
商　頌	0	1	4	0	0	5
篇　數	29	91	180	8	3	311
百分比	9.35%	29.25%	57.87%	2.57%	0.96%	100%

　　從上表來看，《詩經今注》與《朱傳》所說相同的共有二十九篇、大同小異的九十一篇、相異的一百八十篇、未知異同的有八篇、異同各半的三篇。其中大同小異的可以歸入相同的一類；異同各半的當半篇相同半篇相異計算。結果，在《詩經》三百一十一篇中，《詩經今注》遵從《朱傳》說法的有一百二十一篇半，佔《詩經》的 39.08%；不從《朱傳》說法的有一百八十一篇半，佔《詩經》的 58.35%；其餘八篇則是未知異同。

　　透過數字的說明，將此一數據與上節相互比較，可以得知高亨採用《朱傳》的

比率較高，相對的比較不認同《詩序》，這主要是因為朱熹在解詩時，主張超越舊說，唯求本義，朱熹曾說：

> 《詩》、《易》之類，則爲先儒穿鑿所壞，使人不見當來立言本意。此又是一種功夫，直是要人虛心平氣本文之下，打疊交空蕩蕩地，不要留一字先儒舊說，莫問他是何人所說、所尊、所親、所憎、所惡，一切莫問，而唯本文本意是求，則聖賢之旨得矣。〔註112〕

對待《詩經》、《易經》等經典，朱熹強調爲經文本義是求，而不問先儒對經文的解說如何，無論是何人之說，只要與經文本義不相符合，都不需理會，以避免對經文穿鑿附會。這種「唯經文本義是求」的解經觀念，與高亨所主張的「依循本文，探求原意」、「不迷信古人、盲從舊說」的看法一致，因此相較於《詩序》，朱熹對於詩旨的說解比較能得到高亨的青睞。

二、《詩經今注》與《詩集傳》所定篇旨異同的實例分析

由上一單元的整理可知高亨對於朱熹說詩贊同與反對的比率，但是光從數據的統計很難確切地理解實際內容爲何，因此以下便延續上一單元的整理結果，將高亨《詩經今注》和朱熹《詩集傳》的詩說兩相比較後，歸納出的五項情形，舉例並扼要分析如下：

（一）兩者說法相同

所謂「兩者說法相同」，指的是高亨說《詩》時，不但完全跟從《朱傳》，有時還會對《朱傳》多加一番申述，這樣的篇章共計有二十九篇，在《詩經》三百一十一篇裡，佔了 9.35%，例如：

1. 〈小雅・小弁〉篇

《詩序》說：

> 〈小弁〉，刺幽王也。大子之傅作焉。〔註113〕

《朱傳》的說法與《詩序》有些微出入，他說：

> 幽王取於申，生大子宜臼。後得褒姒而惑之，生子伯服。信其讒、黜申后，而宜臼作此詩以自怨也。〔註114〕

關於〈小弁〉的寫作背景，《詩序》和《朱傳》都認爲這首詩指的是周幽王寵愛褒姒

〔註112〕朱熹撰，郭齊、尹波點校：《朱熹集》（成都：四川教育出版社，1996年），第4冊，卷48，頁2317～2318。

〔註113〕鄭玄：《毛詩鄭箋》，卷12，頁323。

〔註114〕朱熹：《詩集傳》，卷12，頁141。

而廢太子宜臼這件事，兩者不同之處在於，《詩序》以為是太子之傅作詩以刺幽王，《朱傳》則直指此為太子宜臼自作之詩。

高亨面對此篇提出了這樣的看法：

> 周幽王寵愛襃姒，廢申后，逐太子宜臼（即周平王），立襃姒為后、襃姒之子伯服為太子。這首詩當是宜臼所作，諷刺幽王，斥責讒人，並以自傷。〔註115〕

由上述引文可以看出，高亨以《朱傳》作為詮釋的依據，並且全盤接受了《朱傳》的說法。按《孟子·告子》有這樣的一段記載：「〈小弁〉之怨，親親也。親親仁也。」〔註116〕又說：「過大者也。親之過大而不怨，是愈疏也。愈疏，不孝也。」〔註117〕《孟子》距離《詩經》的時代不遠，它的說法應該是值得相信的，不過由於孟子未作實其人，因此有些學者反對《詩序》、《朱傳》之說，以為這是孩子不得於其父母者所作〔註118〕，其實從《孟子》「親之過大」之語，更可見《古序》以此為刺幽王之作，又多了一個旁證〔註119〕。至於詩的作者，胡承珙《毛詩後箋》曾說：「《孟子》『親之過大』一語，可斷其為幽王太子宜臼之詩。」〔註120〕清代姚際恆固然曾經質疑：「宜臼實不德，孟子何為以『親親之仁』許之？」卻又自解說：「意者其果宜臼作耶？而孟子特原其被廢之情，故許之以仁爾。」而且針對《詩序》之說加以駁斥：「詩可代作，哀怨出於中情，豈可代乎？況此詩尤哀怨痛切之甚，異於他詩者。」〔註121〕由此觀之，〈小弁〉是太子宜臼所作的可能性，遠大於是太子之傅所作，《朱傳》他們的講法就情理上來說，可信度應該是比較高的。

2. 〈小雅·白華〉篇

《詩序》：

> 〈白華〉，周人刺幽后也。幽王取申女以為后，又得襃姒而黜后，故下國化之，以妾為妻，以孽代宗，而王弗能治，周人為之作此詩也。〔註122〕

依照《詩序》的意思，〈白華〉是周人用以諷刺幽后的詩。

朱熹在《詩集傳》論及此篇的詩旨說：

〔註115〕高亨：《詩經今注》，頁293。
〔註116〕宋朱熹集註，蔣伯潛廣解：《四書讀本》，頁288。
〔註117〕宋朱熹集註，蔣伯潛廣解：《四書讀本》，頁289。
〔註118〕詳見屈萬里：《詩經釋義》，頁261。糜文開、裴普賢：《詩經欣賞與研究》，下冊，頁207。
〔註119〕黃師忠慎：《詩經簡釋》，頁425。
〔註120〕胡承珙：《毛詩後箋》（安徽：黃山書社，1999年），下冊，卷19，頁1001。
〔註121〕姚際恆：《詩經通論》，卷10，頁215～216。
〔註122〕鄭玄：《毛詩鄭箋》，卷15，頁402。

幽王取申女以爲后，又得褒姒而黜后，故申后作此詩。〔註123〕

又在《詩序辨說》提到：

此事有據，《序》蓋得之。但幽后字誤，當爲申后刺幽王也。〔註124〕

朱熹認爲《詩序》的說法是有其根據的，但是不應說是刺幽后之作，當爲申后刺幽王之作。

至於高亨的說法是：

《毛詩序》：「幽王取申女以爲后，又得褒姒，而黜申后。周人爲之作是詩也。」朱熹《詩集傳》：「申后作此詩。」依詩文可解爲申后自作。幽王黜了申后，又廢了太子宜臼。申后作〈白華〉詩，宜臼作〈小弁〉詩。〔註125〕

高亨先羅列《詩序》和《朱傳》的意見，再表明自己的觀點，高亨從詩文內容觀之，發現《朱傳》的說法比較能合乎各章所述，因此在〈白華〉篇的解題上，他全盤接受朱熹的看法，認爲這是申后刺幽王之詩。

3. 〈周頌・維天之命〉篇

《詩序》說：

〈維天之命〉，大平告文王也。〔註126〕

《鄭箋》針對《序》說加以申述：「告大平者，居攝五年之末也。文王受命不卒而崩，今天下大平，故承其意而告之，明六年，制禮作樂。」

朱熹《詩集傳》說：

此亦祭文王之詩。〔註127〕

又在《詩序辨說》裡補充：

詩中未見告大平之意。〔註128〕

朱熹與《詩序》的說法並無太大出入，他們都認同這是一首祭祀文王的詩，只不過朱熹對於《詩序》所說「告太平」之意頗有微詞。

高亨面對此詩的看法是：

這篇是周王祭祀周文王的樂歌。〔註129〕

高亨雖未提及朱熹的說法，但是不難看出在此篇的解題上，高亨完全承襲朱熹的見解。

〔註123〕朱熹：《詩集傳》，卷15，頁171。

〔註124〕朱熹：《詩序辨說》，頁37。

〔註125〕高亨：《詩經今注》，頁360。

〔註126〕鄭玄：《毛詩鄭箋》，卷19，頁538。

〔註127〕朱熹：《詩集傳》，卷19，頁224。

〔註128〕朱熹：《詩序辨說》，頁42。

〔註129〕高亨：《詩經今注》，頁476。

4.〈周頌・執競〉篇

《詩序》說：

〈執競〉，祀武王也。〔註130〕

《詩序》認爲〈執競〉是祭祀武王的詩。王先謙《詩三家義集疏》提到：「《魯說》曰：『〈執競〉，一章十四句，祀武王之所歌也。（蔡邕〈獨斷〉）《齊》、《韓》蓋同。』」〔註131〕由此可見三家《詩》論及此篇的詩旨也沒有異議。

朱熹對於《詩序》及三家《詩》的說法提出了一些修正，他在《詩集傳》裡說：

此祭武王、成王、康王之詩。〔註132〕

又在《詩序辨說》中提到：

此詩並及成、康，則《序》說誤矣。〔註133〕

朱熹基本上接受了《詩序》的詮釋，又將《詩序》的說法稍微修改，他認爲〈執競〉一詩不單只是祭祀武王，而是祭祀武王、成王和康王。其實兩者的看法並沒有太大的差異，然而《朱傳》因對詩中「不顯成康」、「自彼成康」的解釋與《詩序》不同，所以產生了不同的論斷。

高亨同意《朱傳》的看法，在其《詩經今注》中說：

這篇是周王合祭武王、成王、康王時所唱的樂歌。〔註134〕

高亨因對「不顯成康」、「自彼成康」的解釋與《朱傳》相同，導致對詩旨的看法也相同。不過，雖然今人多半支持朱熹的看法〔註135〕，但是在這當中有一個問題是不可忽略的，吳闓生曾說：「天子七廟，廟各有主，祫則群廟之主咸入太廟，不當三王並祭。」〔註136〕根據現存的資料文獻來看，周代並沒有三王並祭的例子，同意《朱傳》的牛運震，在其《詩志》中提到一種折衷之說，他認爲：「三王無合祭之禮，當是一詩而各歌於三王之廟耳。」〔註137〕這種看法也未必合乎事實，因此《朱傳》所言仍是有待商榷的。

〔註130〕鄭玄：《毛詩鄭箋》，卷19，頁545。

〔註131〕王先謙：《詩三家義集疏》，卷24，頁1015。

〔註132〕朱熹：《詩集傳》，卷19，頁227。

〔註133〕朱熹：《詩序辨說》，頁43。

〔註134〕高亨：《詩經今注》，頁483。

〔註135〕如屈萬里《詩經釋義》就直接引用《朱傳》的說法解題，詳見《詩經釋義》，頁399。程俊英、蔣見元也在《詩經注析》一書中表示贊同朱熹的觀點，詳見《詩經注析》，下冊，頁949。

〔註136〕吳闓生：《詩義會通》，頁249。

〔註137〕牛運震：《詩志》（清嘉慶年間空山堂刊本），頁217。

（二）說法大同小異

所謂「說法大同小異」，指的是高亨釋詩，基本上跟從《朱傳》的說法，其中又略有不同，但是略有不同的部分是無關宏旨的；或者是兩者所說略異但是根本相同。這樣的篇章共有九十一篇，佔了 29.25%。舉例如下：

1. 〈王風‧葛藟〉篇

《詩序》說：

　〈葛藟〉，王族刺平王也。周室道衰，棄其九族焉。〔註138〕

這是說周平王時，朝綱不振，王朝貴族中流落他鄉者，不乏其人，因此詩人藉由此詩抒發心中的不平。

朱熹《詩集傳》並沒有完全採用《詩序》的說法，只認為這是一首流浪者的悲歌。他提到：

　世衰民散，有去其鄉里家族而流離失所者，作此詩以自歎。〔註139〕

朱熹認為詩中流離失所的人，當指一般人而言，並不限定是王朝貴族。

至於高亨對於〈葛藟〉的解釋是：

　這是一首流浪他鄉的乞人歌。〔註140〕

高亨的說法顯然是由朱說引申而來〔註141〕，不過朱熹泛言此詩描寫的是流離失所，而高亨則是明指此詩敘寫的是孤兒乞討，兩者說法有些微的出入，因此筆者將其歸納為「大同小異」一類。

2. 〈大雅‧瞻卬〉篇

《詩序》說：

　〈瞻卬〉，凡伯刺幽王大壞也。〔註142〕

《詩序》認為這是凡伯諷刺周幽王的作品，《鄭箋》：「凡伯，天子大夫也。《春秋‧魯隱公七年》：『冬，天王使凡伯來聘。』」〔註143〕姑且不論這位凡伯是否為周厲王時代作〈板〉詩的凡伯，從詩文內容以及先秦典籍中也找不出凡伯作〈瞻卬〉的證據，因此《詩序》一口咬定作者是凡伯，實在很難令人信服。

朱熹對於《詩序》的解題，除了不認同作者是凡伯以外，基本上他承襲著《詩序》的成績，又作了一些補充說明，他說：

〔註138〕鄭玄：《毛詩鄭箋》，卷4，頁114。
〔註139〕朱熹：《詩集傳》，卷4，頁46。
〔註140〕高亨：《詩經今注》，頁102。
〔註141〕詳見張樹波：《國風集說》（河北：河北人民出版社，1993年），上冊，頁644。
〔註142〕鄭玄：《毛詩鄭箋》，卷18，頁528。
〔註143〕鄭玄：《毛詩鄭箋》，卷18，頁528。

此刺幽王嬖褒姒、任奄人，以致亂之詩。〔註144〕

朱熹以爲〈瞻卬〉是諷刺幽王寵愛褒姒、任用宦官導致國家危亂之作，朱熹之所以多出了「任奄人」的解釋，主要是因爲他對「時維婦寺」中「婦寺」的訓釋與《毛傳》不同，《毛傳》：「寺，近也。」《鄭箋》：「非有人教王爲亂，語王爲惡者，是惟近愛婦人，用其言故也。」〔註145〕他們都將「婦寺」解讀爲「近寵的婦人」；朱熹對於這種看法不以爲然，他認爲「婦寺」指的應該是「婦人與奄人」。大體而言，朱熹並沒有完全違反《序》文之義，只不過朱熹因對「婦寺」有不同的看法，所以產生了略爲不同的論斷。

高亨對於〈瞻卬〉的看法是：

這是一首譏刺周幽王亂政亡國的詩。幽王寵幸褒姒，信用奸邪，斥逐忠良，種種倒行逆施，弄得天怒人怨，終至亡國。作者也是個受害者，因作此詩，諷刺幽王等人，並悲嘆自己的不幸。〔註146〕

倘若我們將高亨的見解與《詩序》、《朱傳》相互比較，不難看出高亨的詮釋角度與《朱傳》相當一致，此外，雖然高亨沒有點明「信用奸邪」的「奸邪」所指爲誰，不過從高亨也將「婦寺」解釋爲「婦人與宦官」看來〔註147〕，他必定贊同朱熹「任奄人」的觀點，既然如此，應該將〈瞻卬〉篇歸爲「兩者說法完全相同」才是，但是實際上並非如此，兩者之間仍然有些微的差距，筆者以爲，從上述高亨的引文可知，高亨認爲〈瞻卬〉所寫的是周幽王亡國後，詩人總結亡國之因，並抒發亡國後的憂傷之情；至於朱熹雖然沒有明確指出此詩的創作年代，但是從他的字裡行間可以看出，他認定這首詩是作於周幽王亡國之前，〔註148〕因此高亨與《朱傳》的看法還是有所出入的。

3. 〈周頌·雝〉篇

《詩序》說：

〈雝〉，禘大祖也。〔註149〕

《詩序》認爲〈雝〉是祭祀大祖時所唱的樂歌。《鄭箋》：「禘，大祭也。大於四時而

〔註144〕朱熹：《詩集傳》，卷18，頁220。

〔註145〕鄭玄：《毛詩鄭箋》，卷18，頁530。

〔註146〕高亨：《詩經今注》，頁468。

〔註147〕詳見高亨：《詩經今注》，頁470。

〔註148〕例如朱熹《詩集傳》中提到「是必將有夷狄之大患」、「幽王苟能改過自新，而不忝於祖，則天意可回，來者猶必可救」等等，可知朱熹認爲〈瞻卬〉是刺時之作，當時西周並未亡國。

〔註149〕鄭玄：《毛詩鄭箋》，卷19，頁553。

小於祫。大祖，謂文王。」〔註150〕鄭玄接受了《詩序》的觀點，只是針對《序》裡所敘述的對象，作進一步的說明，不過周代的「大祖」，指的應該是后稷，鄭玄卻將其解釋爲文王，因此這樣的說法，實在難以令人折服。

值得注意的是，鄭玄把《序》所說的大祖鎖定在文王身上，可能因此給了朱子一些啓發，〔註151〕於是朱子完全放棄《序》說，而自有一套說辭，首先他在《詩集傳》中說：

> 《周禮》：「大師及徹，帥學士而歌〈徹〉」，說者以爲即此詩。《論語》亦
> 曰：「以〈雍〉徹」，然則此蓋徹祭所歌，而亦名爲〈徹〉也。〔註152〕

接著在《詩序辨說》明確表達〈雝〉詩的詩旨，他說：

> 此詩但爲武王祭文王而徹俎之詩。〔註153〕

朱熹根據《周禮》、《論語》的記載，印證了〈雝〉詩的用途之後，又明確的論斷這首詩是武王祭祀文王後徹去祭品時所唱的樂歌，不過附帶一提的是，《漢書·劉向傳》說：「文王既沒，武王、周公繼政，朝臣和於內，萬國驩於外，故盡得其驩心，以事其先祖。其詩曰：『有來雝雝，至上肅肅。相維辟公，天子穆穆。』言四方皆以和來也。」〔註154〕據此可知以此詩作於武王之世，這絕非朱熹的創見。

高亨在《詩經今注》中提到〈雝〉詩的篇旨，他說：

> 這篇是周王祭祀宗廟後撤去祭品祭器所唱的歌。〔註155〕

高亨對於詩旨的理解與朱熹並沒有太大的不同，但是因爲高亨對朱熹所言的創作年代持有異議，導致兩者的說法略有差異。朱熹將此詩的年代斷定爲武王之世，主要的根據可能是「文母」一詞，他將詩中「文母」一詞理解爲武王對其母太姒（文王之妃）之稱，高亨不太贊同這樣的看法，他以爲此處的「文母」並非太姒專稱，而是指「有文德的母親」。

按馬瑞辰在《毛詩傳箋通釋》中曾說到：「論詩者但即詩之美刺觀之，而不必計其時焉可也。」〔註156〕時世考察並非讀詩的重點，讀詩者最要緊的是重視詩文的政教功能，拿這樣的讀詩態度去看待高亨詮釋這首詩的方式，筆者以爲用這種保守的態度去解詩也未嘗不可，而且拿這樣的觀點去和詩文內容進行比對，也絲毫沒有不

〔註150〕鄭玄：《毛詩鄭箋》，卷19，頁553。
〔註151〕黃師忠慎：《惠周惕詩說析評》（台北：文史哲出版社，1994年），頁296。
〔註152〕朱熹：《詩集傳》，卷19，頁230。
〔註153〕朱熹：《詩序辨說》，頁45。
〔註154〕班固撰：《漢書》，卷36，頁1933。
〔註155〕高亨：《詩經今注》，頁492。
〔註156〕馬瑞辰撰，陳金生點校：《毛詩傳箋通釋》，卷1，頁342。

符合之處，因此，高亨的說法也是可以成立的。

（三）說法相異

所謂「說法相異」，指的是高亨在認定詩旨時，不遵從《朱傳》的說法，選擇另一個與《朱傳》不同見解的說法來解詩。這類的例子在《詩經今注》裡也是相當常見的，共計有一百八十篇〔註157〕，佔了57.87%。例如：

1.〈邶風‧簡兮〉篇

《詩序》說：

> 刺不用賢也。衛之賢者，仕於泠官，皆可以承事王者也。〔註158〕

這段話的意思是說衛國的賢者有助其國君成就霸業的才能，結果只任職於掌管歌舞的小官，以此諷刺衛君不能任用賢者。《詩序》的這種說法，三家詩並無異議。

《朱傳》對於〈簡兮〉提出了自己的意見：

> 賢者不得志而仕於伶官，有輕世肆志之心焉。故其言如此，若自譽而實自嘲也。〔註159〕

《詩序》和《朱傳》的見解基本上相同，分歧不大。他們都認定詩中「賢人不得志」，兩說的差別在於對作者的看法，《詩序》以爲是第三者所作，《朱傳》則認爲是詩人自作。

今人在論及此篇的詩旨時多半批判舊說，而所論則趨向於贊美說。〔註160〕例如屈萬里《詩經釋義》說：「此美某善舞者之詩」，〔註161〕雒江生《詩經通詁》說：「此女子思慕樂舞班首而欲嫁爲婦之詩」，〔註162〕裴普賢《詩經評注讀本》說：「衛國宮庭一位文武兼備的舞師，魁偉的體格，熟練的舞姿，深獲衛君的欣賞，更博得貴族仕女的愛慕，發出一片的讚美聲。」〔註163〕高亨在面對〈簡兮〉這首詩，也是從讚美的觀點來立論的，他在《詩經今注》裡就這樣說：

〔註157〕這其中也包括了〈南陔〉、〈白華〉、〈華黍〉、〈由庚〉、〈崇丘〉、〈由儀〉等六篇，高亨在〈詩經引論〉中提到：「有人說『笙詩』（吹笙以奏的詩）有曲無詩，……難使人心服。」又認爲「這六首詩應該都是孔門《詩經》所有的，只是在流傳的過程中，失去其歌辭」。據此，高亨的說法應與鄭玄雷同，當然就和提倡「『笙詩』是有聲無辭」的朱熹不一樣。

〔註158〕鄭玄：《毛詩鄭箋》，卷2，頁62。

〔註159〕朱熹：《詩集傳》，卷2，頁23。

〔註160〕文鈴蘭：〈《詩經‧簡兮》篇之主題探討〉，《第三屆詩經國際學術研討會論文集》（香港：天馬圖書有限公司，1998年），頁941。

〔註161〕屈萬里：《詩經釋義》，頁66。

〔註162〕雒江生：《詩經通詁》（西安：三秦出版社，1998年），頁94。

〔註163〕裴普賢：《詩經評註讀本》，上冊，頁148。

衛君的公庭大開舞會，一個貴族婦女愛上領隊的舞師，作這首詩來讚美
他。〔註164〕

因爲詩中明確地寫到公庭、歌舞等字彙，所以《朱傳》和《詩經今注》都肯定公庭
上歌舞這一點，但是對於詩意的理解兩者的分歧就相當大了，《朱傳》在「賢人不得
志」的基本觀點上認爲這是賢人自嘲不被重用，《詩經今注》則是否定「賢人不得志」
的說法，以爲這是一首讚美詩，甚至進一步指出這是熱愛舞師的女性所作，高亨言
之鑿鑿地確定作者的身分，不過卻有人特別指出其說不可信從，如大陸學者翟相君
就說：

至於詩中的人稱，應爲第三人稱。作者是以旁觀的口氣寫成的。高亨先生
說：一個貴族婦女愛上領隊的舞師，作這首詩來讚美他。從詩中難於看出
此意。〔註165〕

筆者以爲，高亨在解詩的時候，往往是非常主觀而具體的，不過卻未必符合詩的本
義，拿這首詩來說，高亨只因尋繹詩文末段，有類似女性的語氣，就認定這是一首
貴族婦女的作品，雖然這樣的創見十分特殊，但是其說服力恐怕不夠充分。

2.〈秦風・無衣〉篇

《詩序》說：

〈無衣〉，刺用兵也。秦人刺其君好攻戰，亟用兵，而不與民同欲焉。〔註166〕

《詩序》基於反戰的心理，利用〈無衣〉來說教，認爲這是一首諷刺秦君好戰的詩。
《鄭箋》云：「此責康公之言。」鄭玄吸收了《詩序》的看法，進一步點明所刺的是
秦康公，不過令人遺憾的是，他並沒有提出具體的證據來加以說明。

朱熹在《詩集傳》中提到：

秦俗強悍，樂於戰鬥，故其人平居而相謂曰：「豈以子之無衣，而與子同
袍乎。」蓋以王于興師，則將修我戈矛，而與子同仇也。〔註167〕

朱熹在論述中沒有言及〈無衣〉的創作年代，只是認爲這是一首描述秦國民風強悍，
樂於戰鬥，願意替國君出去打仗的詩。

後世學者熱衷於討論這首詩的寫作年代，有的認爲它是作於秦莊公時〔註168〕，

〔註164〕高亨：《詩經今注》，頁54。
〔註165〕翟相君：〈《旄丘》、《簡兮》試解〉，《鄭州大學學報》（哲學社會科學版）1982年第
　　　　4期（1982年6月），頁82。
〔註166〕鄭玄：《毛詩鄭箋》，卷6，頁192。
〔註167〕朱熹：《詩集傳》，卷6，頁79。
〔註168〕何楷《詩經世本古義》說：「周宣王以兵七千命秦莊公伐西戎，周從征之士賦此。」
　　　　見《詩經世本古義》，第4冊，卷17，頁171。

有的認為它是作於秦襄公時〔註169〕，有的以為這是秦哀公所作〔註170〕，有的則認定是秦穆公時的作品〔註171〕，也就是說，〈無衣〉的創作年代，早到秦穆公，晚到秦哀公，前後差距約三百年，至今都尚無定論。

高亨在面對這個棘手的問題時，提出了與前人不同的看法，他說：

> 這是秦國人民的參軍歌。《左傳・定公四年》：「吳入郢，⋯⋯申包胥如秦乞師，⋯⋯立依於庭牆而哭，日夜不絕聲，勺飲不入口，七日。秦哀公為之賦〈無衣〉。九頓首而作。秦師乃出。」古代作詩叫做賦，誦詩也叫做賦。據詩意明明是參加兵役的人所歌；而非秦哀公所作。故「賦〈無衣〉」當是誦此詩。〔註172〕

根據《左傳・定公四年》（秦哀公三十一年）的記載，吳王闔閭與伍子胥攻佔楚國郢都，申包胥到秦國討救兵，「七日不食，日夜哭泣」，秦哀公大受感動，於是賦〈無衣〉表示出兵之意，隨後便發動戰車五百輛，擊潰了吳軍，拯救了楚國。清代學者王夫之依此證明〈無衣〉作於秦哀公三十一年，是《詩經》中最晚的作品。高亨的看法與他不太一樣，他同樣以《左傳・定公四年》的文字為依據，卻推衍出不同的結論。高亨認為〈無衣〉是一首秦國的參軍歌，至於是什麼年代的作品，因為資料不足所以無法判定，雖然《左傳》明文提到「秦哀公賦〈無衣〉」，不過古代除了作詩叫做賦，誦詩也可以叫做賦，從這篇的詩文內容看來，不似秦王的口吻，應該是參加兵役的秦國人民所作，因此《左傳》提到的「秦哀公為之賦〈無衣〉」中的「賦」，指的應當是「誦詩」而非「作詩」。

按《左傳》中賦詩之例多是藉詩言志，而非在作詩，賦詩的詩代與作詩的時代往往相距甚遠〔註173〕，是以《左傳・定公四年》的這段話的確不能當作秦哀公作〈無衣〉的佐證，高亨雖然也引用這段話作為佐證以解釋詩旨，但是他根據詩文內容抽絲剝繭的分析，以詩文內容作為論斷詩旨的最高裁判，因而得出了不同的結論，相較於王夫之，高亨的作法顯然高明許多。

〔註169〕 季本《詩說解頤》：「此將帥與士卒同甘苦者所作，必襄公使封為諸侯時詩也。蓋當時猶以王命興師，固有「王于興師」之言耳。」見《詩說解頤》，卷11，頁139。

〔註170〕 王夫之《詩經稗疏》：「《春秋》申包胥乞師，秦哀公為之賦〈無衣〉。⋯⋯『為之賦』云者，與衛人為之賦〈碩人〉，鄭人為之賦〈清人〉，義例正同。則此詩哀公為申胥作也。」

〔註171〕 惠周惕《詩說》：「〈秦・無衣〉〈序〉不言秦何君，而《箋》謂此責康公詩。⋯⋯按：僖二十四年，天王出居于鄭，使簡師父告于晉，⋯⋯此皆穆公時事，疑此是穆公詩。」見《詩說》（台北：臺灣商務印書館，1965年），卷中，頁18。

〔註172〕 高亨：《詩經今注》，頁173～174。

〔註173〕 周滿江：《詩經》，頁80。

3. 〈周頌・閔予小子〉篇

《詩序》說：

> 〈閔予小子〉，嗣王朝於廟也。〔註174〕

《詩序》認為這是周王朝於廟的詩，不過它沒有明確點出嗣王所指何人，以及何時朝於廟。《鄭箋》：「嗣王者，謂成王也。除武王之喪，將始即政，朝於廟也。」〔註175〕鄭玄針對《詩序》的敘述，作進一步的說明，他以為這篇是成王免喪後，始告於祖廟所作的詩。

朱熹在《詩集傳》裡認同《詩序》、《鄭箋》的觀點，並加以補充，他說：

> 此成王除喪朝廟所作，疑後世遂以為嗣王朝廟之樂，後三篇放此。〔註176〕

朱熹認為此篇和以下的〈訪落〉、〈敬之〉、〈小毖〉三篇，都是成王居父喪期滿，吉祭於武王之廟，告除喪時所作的樂歌。後來成王駕崩，康王嗣位時除成王之喪，朝廟吉祭時，就沿用此樂歌，昭王除康王喪、穆王除昭王喪，也沿用不改〔註177〕，這四篇是同一時期的作品。

高亨對於〈閔予小子〉一詩提出了自己的意見：

> 〈閔予小子〉、〈訪落〉、〈敬之〉、〈小毖〉四篇，似是一篇的四章。是周成王所作的悔過詩。周武王滅殷，封殷紂王的兒子武庚於殷地，命管叔、蔡叔監視他。武王死，成王立為王，年幼，由叔父周公代管國政。管叔等散布流言，說周公要篡位，成王也懷疑周公。周公為了避嫌，領兵到東方去了。不久，武庚、管叔等背叛周王朝，成王覺悟，迎回周公。周公領兵東征，平了叛亂。成王在武庚叛變以後，認識到自己懷疑周公的錯誤，因作這首詩，表示悔過，以告於文王武王宗廟。〔註178〕

由高亨的敘述看來，可以歸納出兩點，第一，就寫作時間而言，高亨和朱熹一樣，認為〈閔予小子〉與其下〈訪落〉、〈敬之〉、〈小毖〉三篇都是周成王時期的作品，只不過朱熹認為這四篇是獨立的四篇，高亨則以為他們是一篇的四章。第二，就詩義的詮釋而言，兩者說法就大相逕庭了，朱熹與《詩序》、《鄭箋》一脈相承，將〈閔予小子〉解釋為周成王除武王之喪，告於祖廟之作；高亨則斷定此篇是周成王因為聽信讒言誤解周公，誤會冰釋後所作的悔過告廟的詩。筆者以為，姑且不論這首詩

〔註174〕鄭玄：《毛詩鄭箋》，卷19，頁558。
〔註175〕鄭玄：《毛詩鄭箋》，卷19，頁558。
〔註176〕朱熹：《詩集傳》，卷19，頁232。
〔註177〕裴普賢：《詩經評註讀本》，下冊，頁615。
〔註178〕高亨：《詩經今注》，頁497。

是作於成王除喪或者是仍在服喪，從詩的語意哀痛惕勵，以及詩文中「嬛嬛在疚」、「皇考」、「皇祖」等語觀之，它不太可能只是一首單純的悔過詩，高亨若要堅持這樣的說法，應當再提出更多的證據讓人信服才行。

（四）說法異同各半

所謂「說法異同各半」，指的是高亨在判定詩旨時，對於《朱傳》的說法只認同了一半，這樣的篇章有三篇，佔 0.96%。除了第一節提到的〈邶風‧新臺〉、〈豳風‧鴟鴞〉兩篇以外，〈衛風‧木瓜〉也是隸屬於這一類。

《詩序》是這樣解釋〈木瓜〉這首詩：

〈木瓜〉，美齊桓公也。衛國有狄人之敗，出處于漕。齊桓公救而封之，遣之車馬器服焉。衛人思之，欲厚報之，而作是詩也。〔註179〕

這是說當衛國被狄人打敗，遷處漕邑的時候，齊桓公能夠出兵救援，使其復國，因此衛國人民感恩圖報，寫下了這首詩。

對於《詩序》的說明，朱熹提出了反對的意見，他說：

言人有贈我以微物，我當報之以重寶，而猶未足以為報也，但欲其長以為好而不忘耳。疑亦男女相贈答之辭，如〈靜女〉之類。〔註180〕

朱熹認為這是一首男女相互贈答的情歌。不過值得注意的是，朱熹曾說《詩經‧國風》之詩「多出於里巷歌謠之作，所謂男女相與詠歌，各言其情者也。」其中男女情思而語意不莊之篇，朱熹皆以淫者自道之辭視之，〔註181〕並稱其為淫詩，朱熹既然以為〈木瓜〉篇的屬性與〈靜女〉篇相同，而〈靜女〉為「淫奔期會之詩」，由此可知朱熹連帶的也是將〈木瓜〉歸為淫詩之列。〔註182〕

高亨在《詩經今注》裡提到了他對〈木瓜〉篇的看法：

這首詩是說，有人贈我以小物，我報他（她）以珍品，並不是報答，而是永結恩情的表示。可能是男女的戀歌。〔註183〕

將《朱傳》和高亨的見解相互比較，可以發現高亨在解釋詩義時，是擇取《朱傳》中某些句子而加以翻譯，他肯定了朱熹將〈木瓜〉視為男女相贈答的詩，可是卻不贊同這是一首淫詩，筆者以為，就朱熹而言，淫詩說是其說詩的一大特色，高亨既

〔註179〕鄭玄：《毛詩鄭箋》，卷3，頁104。

〔註180〕朱熹：《詩集傳》，卷3，頁41。

〔註181〕詳見彭師維杰：〈朱熹「淫詩說」理學釋義及其價值〉，（國立彰化師範大學國文系學術研討會論文，2001年4月），頁1。

〔註182〕詳見藍若天：《國風情詩辨義》（出版社不詳，1997年），頁261～262。

〔註183〕高亨：《詩經今注》，頁94。

然不認同這是一首淫詩，所以不能算是「小異」，只能算是半篇相同，半篇相異。

（五）兩者說法未知異同

所謂「兩者說法未知異同」，指的是由於可供參考的資料太少，高亨或朱熹不敢強解，所以未知異同，這樣的篇章共有八篇，佔2.57%。例如〈衛風・芄蘭〉篇：

《詩序》說：

> 〈芄蘭〉，刺惠公也。驕而無理，大夫刺之。〔註184〕

衛惠公即位時年齡只有十五、六歲，他只知道個人的威儀，對朝中大臣則驕而無理，於是就有大夫寫了這首詩諷刺他。

朱熹對於《詩序》的說法，抱著存疑的態度，他在《詩序辨說》中說：

> 此詩不可考，當闕。〔註185〕

又在《詩集傳》中表示：

> 此詩不知所謂，不敢強解。〔註186〕

朱熹雖然懷疑《詩序》的說法，但是又不得其解，所以只好存而不論，以闕疑的方式留待後人考訂。

高亨面對這首詩，摒棄了舊有的說法，他在《詩經今注》裡這樣說：

> 周代貴族有男子早婚的習慣。這是一個成年女子嫁給一個約十二三歲的兒童，因作此詩表示不滿。〔註187〕

高亨的說法雖然未必合乎事實，但是拿這樣的解釋和詩文進行比對，也沒有互相牴觸的地方，因此有不少今人認同這樣的說辭。〔註188〕不過由於不知道朱熹的說法為何，無法進行比對，因此只能將其歸為「未知異同」這一類。

朱熹曾說：「經書有不可解處，只得闕；若一向去解，便有不通而謬處」〔註189〕，因此在詩旨的判定上，他常有「未詳」、「不敢強解」這一類的話，除了〈小雅・何人斯〉高亨表示不知所謂以外，其他如〈唐風・羔裘〉、〈小雅・鼓鍾〉以及〈周頌・般〉……等篇，都是源自於朱熹的解釋不能確定，所以只好都歸為「未知異同」一類。

〔註184〕鄭玄：《毛詩鄭箋》，卷3，頁100。
〔註185〕朱熹：《詩序辨說》，頁15。
〔註186〕朱熹：《詩集傳》，卷3，頁39。
〔註187〕高亨：《詩經今注》，頁89。
〔註188〕如朱守亮《詩經評釋》：「高亨以為周代貴族男子早婚，成年女子嫁與十二三歲兒童，表示不滿之作。男子早婚，所謂小丈夫，今北方猶盛行，高說恐是，故裴普賢先生亦作如是觀。」詳見《詩經評釋》，上冊，頁194。
〔註189〕黎靖德編：《朱子語類》，卷11，頁193。

　　透過上文各兩段式的分析可知，高亨的治經態度，就詩旨方面而言，雖然高亨對於《詩序》、《朱傳》的解釋並無明顯的偏好，而且均有所取捨，不是一面倒的擁護某一家之說，但是仍然可以嗅出他對於《朱傳》的重視略勝《詩序》，他仍是比較傾向於採用《朱傳》的說法。

第六章　《詩經今注》得失探討

第一節　《詩經今注》說《詩》的優點

高亨本著「不迷信古人，盲從舊說，而敢於追求眞諦，創立新義」的態度寫了《詩經今注》，《詩經今注》能受到後世部分學者所重視，自然有其優異之處，茲分別舉例敘述如下：

一、詩旨新詮，常有獨到見解

高亨是一個很有創見的學者，他對於《詩經》的研究，是靠著自己的思考來對詩篇進行分析、判斷，並不屈服於任何的權威，這種舉動確實是難能可貴，不過是功是過，大抵也取決於此。從優點上來說，的確有不少的詩篇，經過他的詮釋之後，使人覺得耳目一新。例如：

（一）〈周南・樛木〉

《詩序》說：

> 〈樛木〉，后妃逮下也。言能逮下，而無忌妒之心焉。〔註1〕

根據《詩序》的說法，這是一首眾妾用以歌頌后妃之德的作品，后妃的恩情施及群下，又能不嫉妒妃嬪，因此眾妾們寫下了這首詩。

朱熹《詩集傳》說：

> 后妃能逮下而無嫉妒之心，故眾妾樂其德而稱願之曰：南有樛木，則葛藟
> 纍之矣；樂只君子，則福履綏之矣。〔註2〕

〔註 1〕　鄭玄：《毛詩鄭箋》，卷1，頁10。
〔註 2〕　朱熹：《詩集傳》，卷1，頁4。

宋代的朱熹根據《詩序》的說法加以申論，進而解釋這首詩中的「君子」，是專指后妃而言〔註3〕，不過，由於在《詩經》的習慣語法裡，很少使用「君子」一詞來稱呼婦人，因此朱熹的說法也受到部分學者的質疑〔註4〕。

清代的方玉潤在《詩經原始》一書中提到：

> 觀纍、荒、縈等字，有纏繞依附之意，如蔦蘿之施松柏，似於夫婦爲近。〔註5〕

方氏認爲這是婦人祝福丈夫的詩，這種說法也得到許多學者的支持。〔註6〕

高亨在解釋此詩時，提出了與前人不一樣的看法，他說：

> 作者攀附一個貴族，得到好處，因作這首詩爲貴族祝福。〔註7〕

高亨一反舊說，以爲這是一首祝福貴族的詩，詩文中的「君子」是指貴族的男子。雖然這樣的說法未必符合詩的本義，但是也不失爲一種能開拓人們思路的新解，這是相當具有啓發意義的，由此也可以看出高亨不迷信權威的治學態度。

（二）〈齊風・甫田〉

《詩序》說：

> 〈甫田〉，大夫刺襄公也。無禮義而求大功，不脩德而求諸侯，志大心勞，
>
> 所以求者非其道也。〔註8〕

這是說齊襄公不知崇禮尚德，卻好大喜功，志雖大而心徒勞，毫無成績可言，因此詩人寫這篇作品來加以諷刺。

《詩序》的這種說法，三家詩並無異議。〔註9〕不過，自從宋代以後，許多學者對於「刺襄公」的說法頗有微詞，如朱熹《詩序辨說》就以爲此詩「未見其爲襄公之詩」〔註10〕；何楷《詩經世本古義》更推測此爲「魯莊公思母之作。」〔註11〕

〔註3〕 朱熹《詩集傳》：「君子，自眾妾而指后妃，猶言小君內子也。」見《詩集傳》，卷1，頁4。

〔註4〕 如戴震《杲溪詩經補注》說：「恐君子之稱，不可通於婦人。」見《杲溪詩經補注》（北京：中華書局，1985年），卷上，頁6。

〔註5〕 方玉潤：《詩經原始》，第1冊，卷1，頁181～182。

〔註6〕 如王靜芝《詩經通釋》：「此婦人祝福丈夫之詩。按〈詩序〉云：『〈樛木〉，后妃逮下也。言能逮下而無嫉妒之心焉。』於詩義實未能安。《朱傳》：『謂眾妾之頌后妃。』亦未見近理。觀其由〈樛木〉葛藟起興，有依附之義，是婦祝其夫也。」《詩經通釋》，頁42。

〔註7〕 高亨：《詩經今注》，頁6。

〔註8〕 鄭玄：《毛詩鄭箋》，卷5，頁151。

〔註9〕 詳見王先謙撰，吳格點校：《詩三家義集疏》，上冊，卷6，頁387。

〔註10〕 朱熹：《詩序辨說》，頁20。

〔註11〕 何楷：《詩經世本古義》，第1冊，卷1，頁52。

今人對於〈甫田〉的新解頗多，有一種說法是「勸慰別離之人，不要一味思念遠人」〔註12〕；也有人認為「高興遠人歸來之詩」〔註13〕，這些說法也都廣獲支持。

至於高亨對這首詩的看法是：

農家的兒子，尚未成年，竟被抓去當兵派往遠方。他的親人想念他，唱出這首歌。〔註14〕

高亨認為這是思念征人的詩，它描述了農家的兒子尚未成年，就被派去當兵，他的親人思念他，因此寫下了這首詩。

高亨的說法之所以與前人產生極大的差異，關鍵在於他對「弁」的解釋與眾人不同，《毛傳》：「弁，冠名」〔註15〕；朱熹《詩集傳》：「弁，冠名。」〔註16〕後儒多半將「弁」解釋為「冠名」，在這裡作動詞用，是「加冠」的意思；高亨雖然也將「弁」解釋為一種帽子，但是他的用途是兵帽〔註17〕，因此「婉兮變兮，總角卝兮，未幾見兮，突而弁兮」就解釋為作者的兒子是個孩子，可是竟被抓去當兵，戴上弁帽了。

按古代正式的場合戴弁，戰事的時候也可戴弁。《周禮·司服》言：「凡兵事，韋弁服。」注曰：「韋弁，以韎韋為之，又以為衣裳。」〔註18〕《左傳·成公十六年》記載：「楚子使工尹襄問之以弓，曰：『方事之殷，有韎韋之跗注，君子也。』」注曰：「韎，赤色。跗注，戎服，若褲而屬于跗，與褲連。」〔註19〕可知韋弁服是用草染為赤色的韋皮所製，形如皮弁，包括赤弁、赤衣、赤裳，是兵事的常用服飾。〔註20〕因此高亨把「弁」解釋為一種兵帽也未嘗不可，雖然他這樣的解詩，引來部分學者的非議〔註21〕，但也不失為一種能開拓人們思路，推動人們考辨的新解。

〔註12〕如裴普賢《詩經評註讀本》：「這是勸慰離人不須徒勞多思的詩。」詳見《詩經評註讀本》，頁364。

〔註13〕如屈萬里《詩經釋義》：「此蓋喜遠人歸來之詩。」詳見《詩經釋義》，頁134。

〔註14〕高亨：《詩經今注》，頁135。

〔註15〕鄭玄：《毛詩鄭箋》，卷5，頁151。

〔註16〕朱熹：《詩集傳》，卷5，頁61。

〔註17〕高亨《詩經今注》：「弁，一種帽子，圓頂，用布帛或革做成，士兵們戴這種帽子。」見《詩經今注》，頁136。

〔註18〕漢鄭玄注，唐賈公彥疏：《周禮注疏及補正》，卷21，頁27。

〔註19〕杜預註：《春秋經傳集解》，卷13，頁196。

〔註20〕陳溫菊：《詩經器物考釋》，頁128。

〔註21〕如吳宏一在解釋〈甫田〉一詩時比較贊同朱熹的說法，他說：「我覺得朱熹的這種說法，比起近人動輒說此詩是『農家的兒子』，『被統治者抓去當兵，派往遠方……』的說法，要合理多了。」被點名的應該就是高亨。詳見《白話詩經》，頁305。

（三）〈豳風・狼跋〉

《詩序》說：

> 〈狼跋〉，美周公也。周公攝政，遠則四國流言，近則王不知，周大夫美
> 其不失其聖也。〔註22〕

《詩序》認為這是一首讚美周公的作品。《毛傳》和《鄭箋》更以老狼比喻周公。《毛傳》：「興也，老狼有胡，進則躐其胡，退則跆其尾，進退有難，然而不失其猛。」《鄭箋》：「云興者，喻周公進則躐其胡，猶始欲攝政，四國流言，辟之而居東都也；退則跆其尾，謂後復成王之位而老，成王又留之，其如是，聖德無玷缺。」但是後人認為首章以老狼醜惡的形象起興，來比喻進退得宜的周公，似乎是有些自相矛盾。即使如陳啟源、孫鑛等人所說，此處用的是一種反比〔註23〕，可是《詩經》中的反比，從未見有以醜興美者〔註24〕，因此後世學者對於這樣的說法，還是抱持著保留的態度。

在面對舊說不圓通的情況下，高亨提出了這樣的看法：

> 這首詩當是西周末年的作品，周幽王是個暴君，又信任一個名叫虢石甫的
> 奸臣，所以對境內人民的剝削與壓迫更殘酷了，幽王當時可能封虢石甫於
> 豳地，豳地境內人民唱出這首歌來諷刺他。〔註25〕

高亨認為這首詩是用以諷刺周幽王時的大臣虢石甫，他考證詩文中的「碩膚」當讀為「石甫」，「公孫碩膚」即是幫助周幽王壓迫人民的大臣虢石甫〔註26〕。這種獨到的見解顯然比舊說合理，它能使詩的比興形象與思想內容相輔相成、完全一致，雖然它的證據略顯不足，但是仍然具有一定的參考價值。

〔註22〕鄭玄：《毛詩鄭箋》，卷8，頁233。

〔註23〕陳啟源：《毛詩稽古編》說：「詩以狼為興，但取其跋胡疐尾，為進退兩難之喻，初不計其物之善惡也。」孫鑛《批評詩經》：「反興正承，意旨與他篇稍有不同。然跋胡疐尾，周公之跡固近之。第狼非佳物，所以人多致疑。……總是反意為比，要自無害耳。」

〔註24〕程俊英、蔣見元《詩經注析》：「反興正承，是美詩說的主要論據，但我們遍觀〈國風〉諸篇，雖有反興之法，如〈鶉之奔奔〉以鶉鵲尚居有常匹，反興衛君荒淫亂倫，鶉鵲之不如。又如〈相鼠〉以相鼠尚且有皮，反興統治者無恥苟得，相鼠之不如。所謂反興，皆如此類，從未見有以醜興美者。」詳見《詩經注析》，上冊，頁432。

〔註25〕高亨：《詩經今注》，頁214。

〔註26〕高亨說：「公孫碩膚，即虢石甫。《國語・晉語》：『周幽王伐有褒，褒人以褒姒女焉。褒姒有寵，生伯服，於是乎與虢石甫比，逐太子宜臼，而立伯服，太子出奔申，申人、鄫人召西戎以伐周，周於是乎亡。』《鄭語》：『夫虢石甫讒諂巧從之人也，而立以為卿士。』據此，虢石甫是周幽王的大臣。……虢君是公爵，虢石甫當是虢國的公孫，所以也稱公孫石甫。石甫是他的字或名。」見《詩經今注》，頁215～216。

（四）〈小雅‧沔水〉

《詩序》說：

> 〈沔水〉，規宣王也。〔註 27〕

《詩序》認為這是一首規勸宣王的詩。

朱熹《詩集傳》：

> 此憂亂之詩。〔註 28〕

朱熹沒有採納《詩序》的說法，他依據詩的內容進行分析，認為它是一首憂亂之詩。

季本《詩說解頤》說：

> 亂世讒謗相傾，而勸其友人謹言免禍，故作此詩。此朋友相戒之辭也。
>
> 〔註 29〕

季本則認定這是一首勸友人在亂世中應該謹慎其身以止讒防禍的詩。

歷來學者對於此詩的看法極為紛歧〔註 30〕，在眾說紛紜的情況之下，高亨力排舊說，提出了不同於前人的獨到見解，他說：

> 這首詩似作於東周初年。平王東遷以後，王朝衰弱，諸侯不再擁護，鎬京
>
> 一帶，危機四伏。作者憂之，因作此詩。〔註 31〕

高亨吸納了朱熹「此憂亂之詩」的說法，進一步將這首詩的背景揭示出來，他將詩中所寫的憂傷禍亂之情與社會環境密切結合，點出這首詩似作於東周初年，這種說法與詩文內容尚合，是相當值得吾人參考的〔註 32〕。

《詩經今注》在詩義的解釋上，往往勇於擺脫舊說，努力進行新的探索，如〈周南‧麟之趾〉〔註 33〕、〈邶風‧燕燕〉〔註 34〕……等篇都是十分明顯的例子，他這樣的作法對於開拓解詩新路、引發學術爭鳴，具有不可忽視的意義和作用。

二、訓釋字句，頗為準確簡明

高亨在訓釋字詞時，常能吸收前人的研究成果，並以己意出之。書中所釋之詞，

〔註 27〕 鄭玄：《毛詩鄭箋》，卷 11，頁 284。

〔註 28〕 朱熹：《詩集傳》，卷 10，頁 120。

〔註 29〕 季本：《詩說解頤》，卷 17，頁 196。

〔註 30〕 如何楷《詩經世本古義》：「〈沔水〉，畏讒也，疑隰叔所作。」見《詩經世本古義》，第 4 冊，卷 17，頁 144。嚴粲《詩緝》：「規宣王聽讒而諸侯攜貳。」見《詩緝》，卷 19，頁 6。

〔註 31〕 高亨：《詩經今注》，頁 256。

〔註 32〕 程俊英、蔣見元：《詩經注析》，下冊，頁 526。

〔註 33〕 高亨：《詩經今注》，頁 13～14。

〔註 34〕 高亨：《詩經今注》，頁 38。

大多具有言簡意賅、準確簡明的優點。例如：

（一）〈周南・汝墳〉的「魴魚赬尾」的「赬尾」

〈周南・汝墳〉：「魴魚赬尾」中的「赬尾」，《毛傳》：「赬，赤也。魚勞則尾赤。」〔註35〕《鄭箋》：「君子仕於亂世，其顏色瘦病，如魚勞則尾赤。」〔註36〕朱熹《詩集傳》：「赬，赤也。魚勞則尾赤。魴尾本白而今赤，則勞甚矣。」〔註37〕王應麟《詩考》：「赬，赤也。言魴魚勞則尾赤，君子勞苦則顏色變。」〔註38〕王靜芝《詩經通釋》：「舊傳魚勞則尾赤，恐不可信，然在文學則可用其傳說而取其意。」〔註39〕古代的學者幾乎一致地將「魴魚赬尾」解說爲「魚勞則尾赤」，近代學者即使將「魚勞則尾赤」斥爲無稽之談，但是仍然沿用這樣的說法，認爲這是文學上特殊的用法。

高亨對於「魴魚赬尾」有著不一樣的詮釋，他將此句與下句「王室如燬」合併以觀後，提出了這樣的看法：

> 魴魚，魚名，赤尾，又名火燒鯿。赬，赤色。王室，周王朝。王室如燬指周王朝遭犬戎之難。作者烹魴魚給丈夫吃，見到魚尾紅似火燒，聯想到王室也如火燒毀。〔註40〕

高亨並不贊成「魚勞則尾赤」這樣的說法，他認爲魴魚本來就是赤尾，所謂「魴魚赤尾，王室如燬」的意思就是作者煮魴魚給先生吃，看到魴魚的尾巴紅似火燒，因而聯想到周王室也因爲犬戎之禍而慘遭祝融。相較於有些穿鑿附會的舊說，高亨的看法應該是比較通情達理的，而且他只運用了幾個句子，就把這兩句詩解釋的文從字順，深入淺出，豁然通貫。

（二）〈邶風・雄雉〉的「展」

〈邶風・雄雉〉：「展矣君子，實勞我心」的「展」，《毛傳》：「展，誠也。」〔註41〕《爾雅・釋詁》：「展，誠也。展，信也。」〔註42〕朱熹《詩集傳》：「展，誠也。」〔註43〕馬瑞辰《毛詩傳箋通釋》：「《爾雅》：『亶，信也。』『亶，誠也。』

〔註35〕鄭玄：《毛詩鄭箋》，卷1，頁17。
〔註36〕鄭玄：《毛詩鄭箋》，卷1，頁17。
〔註37〕朱熹：《詩集傳》，卷1，頁7。
〔註38〕王應麟：《詩考》（台北：新文豐出版公司，1991年），卷1，頁630。
〔註39〕王靜芝：《詩經通釋》，頁51。
〔註40〕高亨：《詩經今注》，頁13。
〔註41〕鄭玄：《毛詩鄭箋》，卷2，頁52。
〔註42〕郭璞注，邢昺疏：《爾雅注疏》，卷1，頁9。
〔註43〕朱熹：《詩集傳》，卷2，頁20。

古亶展聲近通用。」〔註44〕高亨對於「展」字的訓釋是：

> 展，當讀爲癉，勞也。〔註45〕

高亨利用音近義同的原理，將「展」解釋爲「癉」的假借字，「癉」才是「展」的本字，是辛勞的意思，「展矣君子，實勞我心」便可以解釋爲：在外奔波辛勞的君子，我的內心一直掛念著他。這樣的說法簡明又扼要，而且與他所言的詩旨可以相互呼應。〔註46〕

（三）〈齊風・猗嗟〉的「昌」

〈齊風・猗嗟〉：「猗嗟昌兮，頎而長兮」的「昌」，《毛傳》：「昌，盛也。」〔註47〕朱熹《詩集傳》：「昌，盛也。」〔註48〕馬瑞辰《毛詩傳箋通釋》：「《說文》：『昌，美言也，從日，從曰。』昌之本義爲美言，引申爲凡美盛之稱。」〔註49〕高亨則說：

> 昌，身體強壯。〔註50〕

高亨認爲「昌」的意思是「身體強壯」，相較於前人，不論是《毛傳》、《朱傳》或是《通釋》，他們的說法都有些籠統，並沒有具體描述「盛」的所言爲何。筆者以爲，從下文「頎而長兮」看來，「昌」應該指的是身體或姿態，因此高亨的說法是比較接近詩句原意的。

（四）〈陳風・東門之池〉的「晤」

〈陳風・東門之池〉：「彼美淑姬，可與晤歌」中的「晤」，《毛傳》：「晤，遇也。」《鄭箋》：「晤，猶對也。言淑姬賢女，君子宜與對歌相切化也。」〔註51〕朱熹《詩集傳》：「晤，猶解也。」〔註52〕馬瑞辰《毛詩傳箋通釋》：「《說文》：『寤，寐覺而有言曰寤。』晤與寤通，……《說文》：『晤，覺也。』此詩『晤歌』、『晤語』、『晤言』即〈考槃〉詩『寤歌』、『寤言』。」〔註53〕高亨說：

〔註44〕馬瑞辰：《毛詩傳箋通釋》，上冊，卷4，頁126。

〔註45〕高亨：《詩經今注》，頁45。

〔註46〕高亨認爲〈雄雉〉的詩旨是：「統治階級的一個婦人懷念遠出辛勞的丈夫。」見《詩經今注》，頁44。

〔註47〕鄭玄：《毛詩鄭箋》，卷5，頁155。

〔註48〕朱熹：《詩集傳》，卷5，頁62。

〔註49〕馬瑞辰：《毛詩傳箋通釋》，上冊，卷9，頁312。

〔註50〕高亨：《詩經今注》，頁140。

〔註51〕鄭玄：《毛詩鄭箋》，卷7，頁200。

〔註52〕朱熹：《詩集傳》，卷7，頁82。

〔註53〕馬瑞辰：《毛詩傳箋通釋》，上冊，卷13，頁409。

晤歌，相對而歌。〔註54〕

《鄭箋》、高亨對於「晤」字的說解較為確切，他們都認為「晤」有「相對」的意思，「晤歌」就是「相對而歌」，不過《鄭箋》說教氣味稍嫌濃厚，反觀高亨只運用了四個字去解釋「晤歌」的涵義，這樣的說法既簡明扼要，又容易理解。

（五）〈小雅・鼓鍾〉的「猶」

〈小雅・鼓鍾〉：「淑人君子，其德不猶」中的「猶」，《毛傳》：「猶，若也。」〔註55〕《鄭箋》：「猶，當作瘉；瘉，病也。」〔註56〕孔穎達跟從鄭玄的解釋說：「《箋》以猶為瘉，瘉是病名，與上『不忘』、『不回』相類。」〔註57〕朱熹《詩集傳》的說法則與《毛傳》大致相同，他提到：「猶，若也；言不若今王之荒亂。」〔註58〕至於高亨《詩經今注》說：

猶，《方言》十三：「猶，詐也。」其德不猶，言君子之德誠實無欺。〔註59〕

高亨在訓釋「猶」字時，未從《毛傳》，也未從《鄭箋》，他引用《方言》之說來對「猶」字作解釋，他認為「猶」在此處是「詐」的意思，「其德不猶」即是指「君子之德誠實無欺」。這樣的說法簡明扼要，而且也十分切合詩文內容，是相當值得吾人參考的一種見解。

三、言出有據，並非鑿空立說

高亨先生是一位嚴謹而勤奮的學者，他的治學，從一開始走的就是乾嘉學者重視考據的道路，再加上高亨的涉獵甚廣，嫻熟各種典籍的內容，當他遇到《詩經》裡的疑難字句時，往往會旁徵博引多種古籍，廣作參證，以求確解。茲舉例敘述如下：

（一）〈召南・行露〉的「足」

〈召南・行露〉：「雖速我獄，室家不足」的「足」，《毛傳》未解；《鄭箋》：「室家不足，謂媒妁之言不合，六禮之來，彊委之。」〔註60〕朱熹《詩集傳》：「求為室家之禮未備。」〔註61〕程俊英、蔣見元《詩經注析》：「足，成功。」〔註62〕余培林

〔註54〕高亨：《詩經今注》，頁180。
〔註55〕鄭玄：《毛詩鄭箋》，卷13，頁353。
〔註56〕鄭玄：《毛詩鄭箋》，卷13，頁353。
〔註57〕孔穎達：《毛詩正義》，中冊，卷13，頁806。
〔註58〕朱熹：《詩集傳》，卷13，頁152。
〔註59〕高亨：《詩經今注》，頁321。
〔註60〕鄭玄：《毛詩鄭箋》，卷1，頁27。
〔註61〕朱熹：《詩集傳》，卷1，頁10。

《詩經正詁》:「足,動詞,充也、成也。室家不足,即不足室家之倒文,謂不與汝成室家也。」〔註63〕至於高亨對於「足」的看法是:

> 足,富足之意。室家不足就是室家貧乏。古詩常用足字作富足之意。《論語・顏淵》:「百姓足,君孰與不足!百姓不足,君孰與足!」《孟子・梁惠王》:「春省耕而補不足。」《禮記・王制》:「國無九年之蓄曰不足。」「恤孤獨以逮不足。」以上各例,凡說「足」的,都是富足;凡說「不足」的,都是貧乏。〔註64〕

高亨根據《論語》、《孟子》、《禮記》的記載,說明古詩中的「足」常有「富足」之意,因此這裡的「足」也應該當作「富足」,「室家不足」就是「室家貧乏」。高亨依照古書的紀錄,加以概括,進而提出此說,這樣的說法言之成理,有古書爲證,其可信度是相當高的。

(二)〈邶風・匏有苦葉〉的「厲」、「揭」

〈邶風・匏有苦葉〉:「深則厲,淺則揭」中的「厲」、「揭」,《毛傳》:「以衣涉水爲厲,謂由帶以上也。揭,褰衣也。」〔註65〕《孔疏》:「揭者,褰衣,止得由膝以下;若以上,則褰衣不能渡,當須以衣涉爲厲也。」〔註66〕朱子《詩集傳》:「以衣而涉曰厲,褰衣而涉曰揭。」〔註67〕嚴粲《詩緝》:「深則吾以衣涉水而爲厲,淺則吾褰衣而爲揭。」〔註68〕方玉潤《詩經原始》:「以衣而涉曰厲,褰衣而涉曰揭。」〔註69〕歷來的學者對「厲」、「揭」的釋義大抵依照《毛傳》:「以衣涉水爲厲」、「揭,褰衣也」的解釋。

高亨對於「厲」、「揭」則有不一樣的看法,他說:

> 厲,當是裸音的轉變。《說文》:「揭,高舉也。」渡水時把衣裳高高提起,古語叫做揭。《墨子・公孟》「是猶倮者謂撅者不恭也。」《晏子春秋・外篇》:「吾讒晏子猶倮而訾高撅者也。」倮即裸字。《禮記・內則》:「不涉不撅。」鄭注:「撅,揭衣也。」朱駿聲說:「撅假借爲揭。」由此可見,《詩經》中的「厲」和「揭」就是《墨子》、《晏子》的「倮」和「撅」,

---

〔註62〕 程俊英、蔣見元:《詩經注析》,上冊,頁42。

〔註63〕 余培林:《詩經正詁》,上冊,頁50。

〔註64〕 高亨:《詩經今注》,頁23。

〔註65〕 鄭玄:《毛詩鄭箋》,卷2,頁53。

〔註66〕 孔穎達:《毛詩正義》,上冊,卷2,頁139。

〔註67〕 朱熹:《詩集傳》,卷2,頁20。

〔註68〕 嚴粲:《詩緝》,卷3,頁23。

〔註69〕 方玉潤:《詩經原始》,卷3,頁306。

　　　屬是裸音的轉變，當無疑問。「深則厲，淺則揭」是說水深就把衣裳脫下，

　　　水淺就把衣裳提起。〔註70〕

高亨依據《墨子‧公孟》和《晏子春秋‧外篇》這兩則與《詩經》時代接近的典籍
中的材料，推斷本詩裡的「厲」和「揭」，就是《墨子》、《晏子》中的「倮」和「撅」，
而「倮」即是「裸」字，「厲」是「裸」音的轉變，「厲」就是「裸」，脫衣涉水的意
思。高亨先生的考釋，為「厲」字提供了新的見解，這樣的說法持之有故，應該也
是可以說得通的。

（三）〈陳風‧防有鵲巢〉的「唐」

　　　〈陳風‧防有鵲巢〉：「中唐有甓」的「唐」，《毛傳》：「唐，唐塗也。」〔註71〕
馬瑞辰《毛詩傳箋通釋》：「唐為廟中路，又為中庭道名。」〔註72〕高亨則說：

　　　唐，借為塘，池塘。《國語‧周語》：「陂唐污卑。」韋注：「唐，隄也。」

　　　《呂氏春秋‧尊師》：「治唐圃。」高注：「唐，隄，以壅水。」《晏子‧問》：

　　　「治唐園。」都是借唐為塘。〔註73〕

高亨利用音同義通的原理，斷言此處的「唐」應該借為「塘」，是「池塘」的意思，
並且舉出《國語》、《呂氏春秋》以及《晏子》的有關語句，以證明自己所言不虛，
這樣的說法由於有大量的引證，其說當然可以存參。

（四）〈小雅‧小旻〉的「潝」

　　　〈小雅‧小旻〉：「潝潝訿訿」中的「潝」，《毛傳》：「潝潝然患其上。」〔註74〕
朱熹《詩集傳》：「潝潝，相和也。」〔註75〕陳奐《詩毛氏傳疏》以為「潝潝」有強
御的意思。〔註76〕王先謙《詩三家義集疏》：「《韓》『潝』作」翕」，《韓》說曰：『翕
翕訿訿』，不善之貌也。」〔註77〕高亨則說：

　　　潝，借為喋，《玉篇》：「喋，便語也。」便語即巧言之意。潝喋古通用。《老

　　　子》：「歙歙為天下渾其心。」《釋文》：「歙歙一本作惵惵。」可證。〔註78〕

高亨以《老子》、《釋文》的相關語句為例證，證明此篇的「潝」應當借為「喋」，接

〔註70〕高亨：《詩經今注》，頁47。

〔註71〕鄭玄：《毛詩鄭箋》，卷7，頁203。

〔註72〕馬瑞辰：《毛詩傳箋通釋》，上冊，卷13，頁414。

〔註73〕高亨：《詩經今注》，頁183。

〔註74〕鄭玄：《毛詩鄭箋》，卷12，頁318。

〔註75〕朱熹：《詩集傳》，卷12，頁137。

〔註76〕陳奐：《詩毛氏傳疏》，卷19，頁129。

〔註77〕王先謙撰，吳格點校：《詩三家義集疏》，下冊，頁688。

〔註78〕高亨：《詩經今注》，頁289。

著他又舉《玉篇》說明「喋」是巧言的意思，因此「渝」在這裡也是指巧言。這樣的說法與詩文內容相合，而且又有例證加以證明，應該是可以說得通的。

第二節　《詩經今注》說《詩》的缺點

《詩經今注》一書中始終貫串著求眞求新的精神，它的成就是顯著的，但是「智者千慮，必有一失」，這其中當然也存在著美中不足之處。本節將針對《詩經今注》的缺失加以分析說明。

一、詩旨解說上，時憑臆斷，刻意求新

《詩經》的產生年代，是由西周初期到春秋末期，由於時代的隔閡和語言的隔閡，其中有部分的篇章，令人難以理解。前人的注解帶給我們許多方便，但是也存在著諸多缺失，高亨先生往往因爲感到舊說不圓通，才運用「考證」的方法去尋求新的解說〔註79〕，而他的努力有不錯的成績這是不可否認的，但是高亨對於舊說的態度仍然有值得商榷的地方，他在解說某些詩篇時，有時會脫離詩歌形象，刻意求新，例如：

（一）〈召南・鵲巢〉

《詩序》說：

〈鵲巢〉，夫人之德也。國君積行累功，以致爵位，夫人起家而居有之，德如鳲鳩，乃可以配焉。〔註80〕

《詩序》的意思是說國君累積了很多德行功業，才能得到名爵祿位，而女子嫁給國君之後，就貴爲夫人，因此夫人的德行應該要像鳲鳩一般，才可以德配君子。

推翻《詩序》的人，對此篇詩旨的看法極爲紛歧，有的認爲它是「咏諸侯嫁女」〔註81〕；有的認爲它是「美諸侯之妻不妒忌」〔註82〕；有的則認定它是「貴族嫁女之詩」〔註83〕。至於高亨對於〈鵲巢〉的解釋是：

召南的一個國君廢了原配夫人，另娶一個新夫人，作者寫這首詩敘其事，

〔註79〕 曾仲珊：〈讀高亨先生的《詩經選注》及其他〉，《詩經研究論集》（北京：人民出版社，1959 年），第 1 集，頁 49。

〔註80〕 鄭玄：《毛詩鄭箋》，卷 1，頁 19。

〔註81〕 豐坊《詩說》：「諸侯嫁女，其民觀焉，即其事而賦之也。」

〔註82〕 季本《詩說解頤》：「此詩本爲諸侯夫人不嫉妒而作。」詳見《詩說解頤》，卷 2，頁 38。

〔註83〕 姚際恆《詩經通論》：「大抵爲文王公族之女，往嫁於諸大夫之家，詩人見而美之，與〈桃夭〉篇略同。」見《詩經通論》，卷 2，頁 33。

有諷刺的意味。〔註84〕

高亨的說法與前人不太相同，他是從諷刺的觀點來立論，認為這是一首諷刺召南國君廢了原配而另結新歡的詩。

按《左傳·昭公元年》：「趙孟為客，禮終乃宴。穆叔賦〈鵲巢〉，趙孟曰：『武不堪也。』」〔註85〕穆叔賦〈鵲巢〉，用鵲有巢而鳩居之來比喻晉君有國而趙孟治之，含有讚美的意思，所以趙孟婉言辭謝，由此可見，該詩在春秋時期應該沒有諷刺的意味；再者，高亨確切地點明這是「召南的一個國君廢了原配夫人，另娶一個新夫人」，可是從詩的字裡行間，實在看不出這是國君廢了原配夫人，另娶新夫人，而且根據《左傳·僖公四年》的記載，齊桓公因蔡姬她嫁而引發齊侯伐蔡〔註86〕，諸侯間的婚姻有濃厚的政治意味，稍有不慎便足以釀成大禍，所以任意廢掉原配夫人，恐怕不是一件容易的事〔註87〕。

由此觀之，高亨的說法純粹屬於他自己主觀的臆斷，不僅從詩文中找不出證據，也沒有其他的佐證足以證明這個觀點，這種看法實在是不足以採信。

（二）〈陳風·東門之枌〉

《詩序》說：

〈東門之枌〉，疾亂也。幽公淫荒，風化之所行，男女棄其舊業，亟會於道路，歌舞於市井爾。〔註88〕

依照《詩序》的說法，〈東門之枌〉是一首疾亂的詩。

朱熹《詩集傳》提到：

此男女聚會歌舞，而賦其事以相樂也。〔註89〕

朱熹從文學的角度解讀此篇的詩旨，他以為這是描寫男女青年在集會時歡欣鼓舞，相互贈答，歡樂的情景。

至於高亨的看法是：

這篇也是諷刺女巫的詩。〔註90〕

高亨認為〈東門之枌〉與上一篇〈宛丘〉的內容大意並無二致，兩篇都是諷刺女巫

〔註84〕高亨：《詩經今注》，頁16。
〔註85〕杜預註：《春秋經傳集解》，卷20，頁285。
〔註86〕詳見杜預註：《春秋經傳集解》，卷5，頁89～90。
〔註87〕參見紀懿珉：〈我對《詩經·鵲巢》的新認識〉，《第三屆詩經國際學術研討會論文集》（香港：天馬圖書有限公司，1998年），頁644。
〔註88〕鄭玄：《毛詩鄭箋》，卷7，頁198。
〔註89〕朱熹：《詩集傳》，卷7，頁81。
〔註90〕高亨：《詩經今注》，頁177。

的詩。高氏把這兩篇詩歸爲同類，很有可能是因爲《漢書‧地理志》在說明陳國人民崇尙巫鬼時，舉出〈宛丘〉和〈東門之枌〉兩篇爲例證，因此高亨以爲這兩篇和巫風脫離不了關係，於是便由這個角度去詮釋詩旨。按《漢書‧地理志》：「（陳）婦人尊貴，好祭祀，用史巫，故其俗巫鬼。〈陳詩〉曰：『坎其擊鼓，宛丘之下，無多無夏，值其鷺羽。』又曰：『東門之枌，宛丘之栩，子仲之子，婆娑其下。』此其風也。」〔註91〕從這筆資料可以說明陳國的巫風盛行，不過陳國人民對巫風並沒有採取排斥的態度，相反地，巫風已經深植他們的生活之中〔註92〕，高氏說〈東門之枌〉是諷刺女巫的詩，從詩文內容觀之，並不能感受到此篇含有諷刺女巫的意味，高亨這種脫離詩歌形象，純屬主觀臆斷的說法，恐怕是不足以採信的。

（三）〈陳風‧月出〉

《詩序》說：

　　〈月出〉，刺好色也。在位不好德，而說美色焉。〔註93〕

《詩序》認爲這是一首諷刺在位者好色的詩。

　　朱熹《詩集傳》則說：

　　此亦男女相悅而相念之辭。〔註94〕

朱熹從文學的角度說詩，他以爲這是男女相悅而相念之辭。

　　高亨對於這首詩有出人意表的見解，他說：

　　陳國的統治者，殺害了一位英俊人物。作者目睹這幕慘劇，唱出這首短歌，

　　來哀悼被害者。〔註95〕

高亨以爲這首詩的作者親眼目睹陳國的統治者，殺害了一位英俊的人物，因而唱出這首短歌，哀悼身亡的被害者。

　　筆者以爲，高亨的說法是有欠妥當的。首先，高亨所揭示的思想內容，讀者無法從詩歌的描述中體會〔註96〕，其次，若依照高亨的新解，全詩情景的和諧一致也將會受到破壞，因爲詩篇的主旨是英俊的人物慘遭殺害，但卻是以潔白的月亮起興，因此這樣的說法實在無法令人信服。許多學者針對這樣的說法提出批評，例如王季星曾駁

〔註91〕班固：《漢書》，卷28，頁1653。
〔註92〕詳見龍文玲：〈南楚巫風對《詩經‧陳風》的影響〉，《第三屆詩經國際學術研討會論文集》，頁902～905。
〔註93〕鄭玄：《毛詩鄭箋》，卷7，頁203。
〔註94〕朱熹：《詩集傳》，卷7，頁84。
〔註95〕高亨：《詩經今注》，頁184。
〔註96〕高海夫：〈關於〈陳風‧月出〉篇──與高亨先生商榷〉，《人文雜誌》1957年第5期（1957年12月），頁70。

斥說：「高先生極其牽強的解詩……不論就語言、形象哪一方面來考察，都是遠遠脫離了作品的實際的，在客觀上等於取消了這篇詩的真正的思想和藝術價值，連帶地也取消了前人關於研究這篇詩的學說中的合理成分。」〔註97〕王迺揚也說：「我們只能意識到一個戀人在皎潔的月光底下懷戀著意中的美人，根本看不到一位『身被五花大綁』的『英雄的人民』被殺害。」〔註98〕他們的批評可說是相當中肯的。

二、文字訓詁上，濫言通假、證據不足

研究《詩經》是離不開通假這個方法的，因為假借字的大量出現，是《詩經》文字的一大特點〔註99〕，問題在於古字通假的範圍很廣，當吾人要訓釋《詩經》中的某個字時，音近音同的字很多，究竟要如何取捨，對解詩者來說是個相當大的考驗。誠如段玉裁所言：「字有古音、古形、古義，有今音、今形、今義，宜六者相互推求，方可得確詁。」〔註100〕為古書作注必須要以謹慎的態度去面對，這樣的結論才有說服力。

高亨先生在《詩經今注》裡，根據「音同（音近）義同」的原理，從聲韻的通轉出發，去訓釋《詩經》中的字詞字義，提出不少不同於前人的見解，但是在這些獨到的見解之中，濫用通轉、隨意破字的情形屢見不鮮，茲舉例說明如下：

（一）〈鄭風‧山有扶蘇〉的「且」

〈鄭風‧山有扶蘇〉：「乃見狂且」中的「且」，《毛傳》：「且，辭也。」〔註101〕朱熹《詩集傳》：「且，辭也。」〔註102〕陳奐《詩毛氏傳疏》：「且為語已之詞，無實義。」〔註103〕多數的學者依照《毛傳》的說法把「且」字解釋為無意義的語辭。

不過，馬瑞辰《毛詩傳箋通釋》則說：

狂且亦二字同義，且當為伹字之省借。《說文》：「伹，拙也。」《廣韻》作「拙人也。」……狂伹為狂行拙鈍之人。〔註104〕

馬瑞辰沒有採納《毛傳》將「且」視為語辭的說法，他將「且」字解釋為「伹」，與

〔註97〕王季星：〈評高亨先生對〈詩經‧月出〉篇的新解——兼談研究《詩經》的態度和方法〉，《文史哲》1957年第3期，頁37。

〔註98〕王迺揚：〈讀高亨先生《詩經引論》〉，《文史哲》1956年第9期，頁64。

〔註99〕夏傳才：《詩經語言藝術新編》（北京：語文出版社，1998年），頁15。

〔註100〕段玉裁：《廣雅疏證》，《中國古代工具書叢編》（天津：天津古籍出版社，1999年），第4冊，頁137。

〔註101〕鄭玄：《毛詩鄭箋》，卷4，頁131。

〔註102〕朱熹：《詩集傳》，卷4，頁52。

〔註103〕陳奐：《詩毛氏傳疏》，卷10，頁222。

〔註104〕馬瑞辰：《毛詩傳箋通釋》，卷8，頁272。

「狂」字同義，是屬於名詞。

至於高亨的說法就更爲特殊了，他在《詩經今注》裡提到：

> 且，借爲狙（音居）。且狙同聲系，古通用。《説文》：「狙，玃屬，玃，母
> 猴也。」《廣雅・釋獸》：「狙，獼猴也。」〔註105〕

高亨認爲「且」、「狙」屬於同聲系，古得通用，因此這裡的「且」應該借爲「狙」，接著他又引用《説文》、《廣雅》等古籍，說明「狙」字的意思爲「獼猴」。

筆者以爲高亨的論證是缺乏說服力的，依照高亨的解釋，「且」指的是「獼猴」，問題是在《詩經》的時代，找不出「且」解釋爲「獼猴」的第二個例證；再者，如果只是根據古代同聲系字可以通用的原則，就可以對古書作一些新的解釋，不必有更充分的論據，那麼「且」、「狙」和「駔」都是同聲系字，「且」爲什麼一定要解釋成「獼猴」，解釋爲「豬」或「馬」應該也未嘗不可。由此觀之，高亨對「且」所作的解釋，其謬誤是非常明顯的，而造成這個謬誤的原因，就是因爲高亨在文字訓詁上濫言通假、隨意破字，卻證據不足。

（二）〈陳風・月出〉的「僚」

〈陳風・月出〉：「月出皎兮！佼人僚兮！」中的「僚」，《説文》：「僚，好貌。」〔註106〕《毛傳》：「僚，好貌。」〔註107〕朱熹《詩集傳》：「僚，好貌。」〔註109〕對於「僚」字的解釋，歷來幾乎沒有異說。

高亨對於「僚」的看法是：

> 僚，借爲繚，束縛纏繞，即所謂「五花大綁」。〔註109〕

高亨不認同《毛傳》等舊說，他認爲「僚」在這裡應該借作「繚」，是「束縛纏繞」的意思。

按高亨這樣的說法，在《詩經》裡找不出其他的佐證，其實高亨自己也注意到了這一點〔註110〕，不過他仍是一意孤行地堅持己說。筆者以爲，如果只是單以「音同（音近）義同」爲理由，濫言通假，對於《詩經》的解釋便會見仁見智，莫衷一

〔註105〕高亨：《詩經今注》，頁118。
〔註106〕許愼撰，段玉裁注：《説文解字注》，頁368。
〔註107〕鄭玄：《毛詩鄭箋》，卷7，頁204。
〔註109〕朱熹：《詩集傳》，卷7，頁83。
〔註109〕高亨：《詩經今注》，頁184。
〔註110〕高亨在〈談《詩經・月出》篇答王季星先生〉一文中説：「按僚與繚是同聲系字，可以通用。……雖然《詩經》沒有作『繚』的古本爲證，但讀『僚』爲『繚』，是可以的。」詳見〈談《詩經・月出》篇答王季星先生〉，《文史哲》1957年第3期（1957年10月），頁39。

是，任何穿鑿附會的解釋都有可能出現。高亨為了把〈月出〉篇說成是「陳國的貴族，殺害了一位英俊的人物」，就把「僚」解釋為「繚」的借字，他這種先有結論後為結論拼湊證據的作法，實在教人無法苟同。

（三）〈小雅・大東〉的「舟人」

〈小雅・大東〉：「舟人之子，熊羆是裘」中的「舟人」，《鄭箋》：「舟，當作周。」〔註111〕依照《鄭箋》的解釋，「舟人」即是「周人」。

按舟、周有時可以通用，除了有古文字為證之外，古書的舟與周有互借例，使得鄭玄之說廣受今人肯定。如《周禮・考工記》：「作舟以行水」，鄭司農注：「故書舟作周」〔註112〕；《說苑・立節》之「華舟」，《左傳・襄公二十三年》作「華周」；〈大雅・公劉〉：「何以舟之」，王先謙《詩三家義集疏》：「舟、周古通。」〔註113〕皆音近互借〔註114〕。

高亨對於「舟人」提出了完全不同的解釋，他說：

> 舟，讀為疇。疇人，世世代代相承做同樣的官稱疇人。〔註115〕

高亨利用音同義通的原理，將「舟」解釋為「疇」，「舟人」就是「疇人」，也就是世世代代做同樣的官的人。

筆者以為，當吾人要替古書中的字詞作訓釋時，必須以古文獻作為依據，提出相關的證據加以佐證，得出的結論才會比較具有可信度，像高亨這樣只是單憑一點聲音上的關係，因而裁定「舟人」就是「疇人」，未免言之過早。

其他例如：「罄，借為勁」〔註116〕，「奉，借為逢」〔註117〕……等等，原文本來可以說得通，高亨在解釋時隨意破字，卻又證據不足，這可說是《詩經今注》的另一項明顯缺失。

三、研究方法上，濫用階級分析，附會政治內容

由於受到當時社會主義的影響，高亨時常運用階級的觀點解說詩旨，將詩篇貼上階級標籤，並且強調其中階級鬥爭的成分，這樣的說詩方法對大陸學界的影響直至於今，但如作一番深入探討，即會發現他的作法是有待商榷的。

〔註111〕鄭玄：《毛詩鄭箋》，卷13，頁343。
〔註112〕漢鄭玄注，唐賈公彥疏：《周禮注疏及補正》，卷39，頁2。
〔註113〕王先謙撰，吳格點校：《詩三家義集疏》，卷22，頁899。
〔註114〕程俊英、蔣見元：《詩經注析》，下冊，頁631。
〔註115〕高亨：《詩經今注》，頁311。
〔註116〕高亨：《詩經今注》，頁111。
〔註117〕高亨：《詩經今注》，頁164。

首先，就基本觀念上來看，《詩經今注》在分析〈魏風‧碩鼠〉時曾提到：「周王東遷以後，奴隸制與農奴制都逐漸破壞，出現了新興地主，他們把土地租給佃農耕種，而收實物地租，對佃農的剝削也很殘酷。這首詩正是佃農對地主殘酷剝削的控訴。」〔註118〕據此，高氏認為西周時期是奴隸制與農奴制，春秋時期則發展為封建制。不過，周代自武王滅殷，周公東征，先後兩次分封宗親功臣，以見「封建」二字有實質的涵義，西周行的是封建制度，這在歷史上已經清楚的記載，高亨改說為奴隸制與農奴制，必須要有充分的史料引以為證才行，可是終究不見高氏有利的證據。

而且，根據高亨所提出的前提去檢審他對詩篇的詮釋，也是有一些問題存在。高亨認為「在階級社會裡，在階級制度下，沒有超階級的人物，沒有超階級的作家。沒有超階級的作品，沒有一篇作品不打上階級烙印，不過烙印有的明顯，有的隱晦而已。」〔註119〕基於這樣的觀點，他認為研究《詩經》必須要考察「作者的階級和作品的階級性」，而作者的階級是決定作品階級性的主要條件，因此高亨在說詩時會刻意分析作者的階級，高亨提到他主要是根據詩篇的內容考察作者的階級，但是這種作法其實是不太可靠的，茲舉例說明如下：

（一）〈周南‧葛覃〉

《詩序》說：

〈葛覃〉，后妃之本也。后妃在父母家，則志在於女功之事，躬儉節用，服澣濯之衣，尊敬師傅，則可以歸安父母，化天下以婦道也。〔註120〕

《詩序》認為〈葛覃〉一詩所說的，是后妃的基本修養。在家能夠躬儉節用，尊敬師傅，出嫁以後自然容易使父母安心，使天下大化。

朱熹在《詩集傳》中提到：

〈葛覃〉，后妃所自作。故無贊美之詞。然於此可以見其已貴而能勤，已富而能儉，已長而敬不弛於師傅，已嫁而孝不衰於父母，是皆德之厚，而人所難也。〈小序〉以為后妃之本，庶幾近矣！〔註121〕

朱熹的說法與《詩序》出入不大，兩者的差別在於朱熹認為〈葛覃〉一詩應是后妃自作，因此並沒有讚美的意思。

從宋代以來，反對此說的學者比比皆是，他們所持的理由大多是從詩中看不出

〔註118〕高亨：《詩經今注》，頁148。
〔註119〕高亨：〈詩經引論〉，頁10。
〔註120〕鄭玄：《毛詩鄭箋》，卷1，頁6。
〔註121〕朱熹：《詩集傳》，卷1，頁3。

有后妃之義的存在，而且后妃不可能親自從事割葛、織布、洗衣等等的工作〔註122〕，高亨當然也不例外，而且爲了要弭平這個矛盾，高亨提出了這樣的看法：

> 這首詩描寫貴族家中的女奴們給貴族割葛、煮葛、織布及告假洗衣回家等一段生活情況。〔註123〕

高亨從階級分析的方法去區分此篇作品的性質，高亨根據詩篇的內容，認爲此篇應該是屬於農民階級（勞動階級）的作品，是描寫貴族家的女奴替貴族割葛、煮葛、織布的勞動過程，以及告假洗衣回家的一段生活情況〔註124〕。

筆者以爲，高亨只是根據詩中的某些詩句，推測此篇的作者是何種階級，這種作法是有待斟酌的。拿此篇來說，高亨只因爲詩中「是刈是濩」這句話就認定此篇的作者是「貴族家中的女奴」，證據似乎是略顯不足，因爲《詩經》在流傳的過程中，經過多次的修改，所以它是集體的創作，作者已無從考察，吾人在讀詩時主要是要辨明作品中反映的思想內容，至於作者的階級爲何，應該不是一個非解決不可的問題，而且也不是一定能夠解決的好的問題。高亨在解〈葛覃〉的篇旨時，把重心集中在探討作者的階級身分，單憑幾句詩就斷定作者的階級，這結論是難以令人信服的。

（二）〈唐風・采苓〉

《詩序》說：

> 〈采苓〉，刺晉獻公也。獻公好聽讒焉。〔註125〕

《詩序》的作者認爲〈采苓〉是諷刺晉獻公喜好聽信讒言的詩。

朱熹《詩集傳》提到：

> 此刺聽讒之詩。言子欲采苓於首陽之巔乎，然人之爲是言以告子者，未可遽以爲信也。姑舍置之，而無遽以爲然，徐察而審聽之，則造言者無所得而讒止矣。〔註126〕

朱熹巧妙地避開了「刺獻公」等字眼，以爲它只是一首單純諷刺聽讒的詩。

至於高亨的看法是：

〔註122〕如方玉潤《詩經原始》：「〈葛覃〉三章，章六句，〈小序〉以爲后妃之本，《集傳》遂以爲后妃自作，不知何所證據？以致駁之者云：后處深宮，安得見葛之延於谷中，以及此原野之間，鳥鳴叢木景象乎？愚謂：后縱勤勞，豈必親手是刈是濩，后即節儉，亦不至歸寧，尚服澣衣。縱或有之，亦屬矯強，非情之正。豈得爲一國母儀乎？」《詩經原始》，第1冊，卷1，頁173～174。
〔註123〕高亨：《詩經今注》，頁3。
〔註124〕高亨：〈詩經引論〉，頁11。
〔註125〕鄭玄：《毛詩鄭箋》，卷6，頁180。
〔註126〕朱熹：《詩集傳》，卷6，頁73。

　　這是勞動人民的作品，勸告伙伴不要聽信別人的謊話，走錯了路。〔註127〕
高亨把〈采苓〉解釋爲勸人勿信讒言的詩，與眾人有所不同的是，他點明此篇是屬
於勞動人民的作品。筆者以爲，從詩的內容來看，說它一首勸人勿聽信讒言的詩，
應是毋庸諱言的，但要硬要將它限定爲勞動人民的作品，詩中是看不太出來的，高
亨因爲詩文中有「采」字，於是斷定〈采苓〉爲勞動人民的作品，這樣的作法恐怕
有失公允。

　　《詩經》產生於階級社會，難免會被解詩者冠上階級的烙印，但實際的情況是複
雜的，只是根據詩中的隻字片語就對作者的階級身分下判斷，這樣的作法實在不太可
靠，高氏在〈詩經引論〉中說：「一般地說，作者的階級是決定作品階級性的主要條
件，但是有些作者不被他的階級所侷限，甚至背叛他的階級，因而作者的階級不一定
決定作品的階級，我們不能抱唯階級論的觀點，機械式地加以論斷。」〔註128〕不過，
高亨在《詩經今注》裡並未能徹底的實踐此一主張，這是相當令人覺得遺憾的。

　　此外，高亨在說詩時，認爲許多詩篇都是勞動階級控訴自己如何地被剝削、被
壓榨，他動輒就以階級鬥爭與階級矛盾去分析作品，因此出現不少牽強的地方，茲
舉例如下：

（三）〈周南・螽斯〉

　　《詩序》說：

> 〈螽斯〉，后妃子孫眾多也。言螽斯不妒忌，則子孫眾多也。〔註129〕

根據《詩序》的說法，〈螽斯〉寫的是后妃因爲不妒忌，所以能夠子孫眾多。《鄭箋》：
「忌，有所諱惡於人。」〔註130〕孔穎達《毛詩正義》：「忌者，人有勝己，己者諱其
不如，惡其勝己，故曰有所諱惡於人，德是也，此唯釋忌，於義未盡，故〈小星・
箋〉云：以色曰妒，以行曰忌……。」〔註131〕《鄭箋》、《孔疏》都是站在爲〈詩序〉
說解的立場，替《詩序》作進一步的闡釋。

　　《朱傳》對於〈螽斯〉篇大抵承襲〈詩序〉的說法，他說：

> 后妃不妒忌而子孫眾多，故眾妾以螽斯之群處和集而子孫眾多比之，言其
> 有是德而宜其有是福也。〔註132〕

〔註127〕高亨：《詩經今注》，頁161。
〔註128〕高亨：〈詩經引論〉，頁11。
〔註129〕鄭玄：《毛詩鄭箋》，卷1，頁11。
〔註130〕鄭玄：《毛詩鄭箋》，卷1，頁11。
〔註131〕孔穎達：《毛詩正義》，上冊，卷1，頁43。
〔註132〕朱熹：《詩集傳》，卷1，頁4。

這樣的說法可說是爲〈古序〉(即《詩序》的首句)作了極佳的箋釋。不過這一類傳統的看法,當今學者幾乎都不表贊同,高亨就是一個例子,他在《詩經今注》裡,對〈螽斯〉篇表達了他與眾不同的見解:

> 這是勞動人民諷刺剝削者的短歌。詩以蝗蟲紛紛飛翔,吃盡莊稼,比喻剝
> 削者子孫眾多,奪盡勞動人民的糧穀,反映了階級社會的階級實質,表達
> 了勞動人民的階級仇恨。﹝註133﹞

高亨認爲蝗蟲靠農民所種的莊稼而生存,這和貴族靠農民生產的糧食而生存,本質相似,因此這首詩是勞動人民用以諷刺剝削者的短歌,此說似乎比前人有著較爲深刻的思想性,作爲一家之言未嘗不可,﹝註134﹞但是這樣的說法似乎是有待質疑的,造成《詩經今注》與前人說法的差異關鍵在於對「宜爾子孫振振兮」中「爾」的詮釋,如《朱傳》云:「爾,指螽斯也。」﹝註135﹞因此推衍出「后妃不妒忌而子孫眾多,故眾妾以螽斯之群處和集而子孫眾多比之」這樣的句義,高亨則認爲:「爾,你,指剝削者。振振,多而成群貌。此句言你的子孫似蝗蟲一般,吃盡農民的糧穀,養肥自己,當然是多而成群了。」﹝註136﹞高亨的這項注解可說是題解的重複說明,也是「表達了勞動人民的階級仇恨」的具體所在,筆者以爲,這裡的「爾」究竟是指誰?在這首詩中並沒有明確表達它的特殊屬性,只能說是對一般人的通稱,並不存在專指某一個階級或階層的問題,﹝註137﹞高亨把一首祝禱之詞,變成了勞動人民諷刺剝削者的短歌,不過螽斯終究是昆蟲,從詩文內容實在看不出有階級仇恨的潛在意涵,因此這只能算是高亨自己的理解,自己的聯想,這種說法固然也有參考的價值,但硬要把祝頌詩讀成諷刺詩,未免太過武斷。

(四)〈召南・騶虞〉

《詩序》說:

> 〈騶虞〉,〈鵲巢〉之應也。〈鵲巢〉之化行,人倫既正,朝廷既治,天下
> 純被文王之化,則庶類繁殖。蒐田以時,仁如騶虞,則王道成也。﹝註138﹞

《詩序》認爲〈騶虞〉和〈鵲巢〉都是驗證文王化行的作品。所謂「仁如騶虞」的

﹝註133﹞高亨:《詩經今注》,頁7。

﹝註134﹞劉繼才:〈《詩・周南・螽斯》別解〉,《遼寧大學學報》第3期(1986年5月),頁50。

﹝註135﹞朱熹:《詩集傳》,卷1,頁4。

﹝註136﹞高亨:《詩經今注》,頁8。

﹝註137﹞劉燕及:〈螽斯何來階級仇恨——《詩經・周南・螽斯》論〉,《天津師範大學學報》第2期(1992年4月),頁64。

﹝註138﹞鄭玄:《毛詩鄭箋》,卷1,頁36。

「騶虞」，《毛傳》說：「騶虞，義獸也。白虎黑文，不食生物。」〔註139〕據此，《毛傳》將其解釋為一種「白虎黑文，不食生物」的義獸。

朱熹《詩集傳》說：

> 南國諸侯，承文王之化，修身齊家，以治其國，而其仁民之餘恩，又有以及於庶類，故其春田之際，草木之茂，禽獸之多，至於如此，而詩人述其事以美之，且嘆之曰：此其仁心自然，不由勉強，是即真所謂騶虞矣。〔註140〕

朱熹沿用了《詩序》、《毛傳》的說法，把「騶虞」當成是一種義獸，也認為這是一首頌贊文王教化的詩。

推翻《詩序》的人，有的認為〈騶虞〉是「怨生不逢時」〔註141〕；有的以為這是「美虞官仁心仁澤」〔註142〕；有的則認定它是「讚美騶虞稱職。」〔註143〕他們的說法頗為分歧，但是幾乎都將「騶虞」解釋為替天子諸侯看管山林苑囿、陪侍狩獵的官員。

至於高亨雖然也把「騶虞」解釋為官名，不過他對於詩的理解與前人截然不同，他說：

> 貴族強迫奴隸中的兒童給他牧豬，並派小官監視牧童的勞動，對牧童經常打罵。牧童唱出這首歌。〔註144〕

高亨認為這是牧童怨恨牧場官，因而寫下這首詩抒發內心不滿的情緒。不過詩文內容中既沒有牧童，也沒有出現打罵的跡象，高亨所揭示的詩旨，從詩歌的描述中實在是無法體會，這顯然是以劃分階級先入為主的觀念代替對詩歌形象作具體的分析〔註145〕，這種說法是站不住腳的。

〔註139〕鄭玄：《毛詩鄭箋》，卷1，頁36～37。

〔註140〕朱熹：《詩集傳》，卷1，頁14。

〔註141〕蔡邕《琴操》：「〈騶虞〉者，邵國之女所作也。古者聖王在上，君子在位，役不逾時，不失嘉會，內無怨女，外無曠夫。及周道衰微，禮義廢馳，強陵弱……男怨於外，內傷於內，內外無主，內迫情性，外逼禮儀，嘆傷所說而不逢時，於是援琴而歌。」

〔註142〕季本《詩說解頤》：「此詩美虞官之仁，以見文王之化能及禽獸也。」詳見《詩說解頤》，卷2，頁47。

〔註143〕姚際恆《詩經通論》：「此為詩人美騶虞之官克稱其職也。」見《詩經通論》，卷2，頁47。

〔註144〕高亨：《詩經今注》，頁33。

〔註145〕左洪濤：〈《詩經今注》異議〉，《電子科技大學學報社會科學版》2002年第1期，頁21。

（五）〈衛風‧有狐〉

對於〈有狐〉這首詩，《詩序》如此解題：

〈有狐〉，刺時也。衛之男女失時，喪其妃耦焉。古者國有凶荒，則殺禮
而多昏，會男女之無夫家者，所以育人民也。〔註146〕

依照《詩序》的說法，這是一首描寫曠男怨女相親相愛詩，在「國有凶荒」之際，
超過適婚年齡或喪失配偶的男女，不用嚴格的禮教來規範他們，使他們有自由戀愛
的機會，主要的用意，是爲了「所以育人民也」。

朱熹《詩集傳》中說：

國亂民散，喪其妃耦，有寡婦見鰥夫而欲嫁之，故託言有狐獨行，而憂其
無裳也。〔註147〕

朱熹認爲這是一首女求男之作，不過他將女方指爲寡婦，未免有失偏頗。

方玉潤《詩經原始》說：

〈小序〉謂「刺時」，〈大序〉以爲「衛之男女失時，喪其妃耦焉」，已非
詩意。《集傳》竟以爲「有寡婦見鰥夫而欲嫁之」，不知何以見其爲寡婦，
何以見其爲鰥夫，更何以見其「而欲嫁之」？夫曰「之子」，則明明指其
夫矣。曰「無裳」、「無帶」、「無服」，則明明憂其夫之「無裳」、「無帶」、
「無服」矣。⋯⋯此必其夫久役在外，淹滯不歸，或有所戀而忘返，故婦
人憂之。〔註148〕

方氏不認同《詩序》以迄朱熹所持的看法，他認爲〈有狐〉是婦人憂念丈夫久役無
衣之作。

至於高亨對於此篇，有著與前人截然不同的見解，他提到：

貧苦的婦人看到剝削者穿著華貴衣裳，在水邊逍遙散步，而自己的丈夫光
著身子在田野勞動，滿懷憂憤，因作此詩。〔註149〕

接著他又補充說：

狐，周代人認爲狐是妖淫的獸，作者用狐比喻蹂躪自己的奴隸主。⋯⋯此
詩的作者及其丈夫，都是奴隸，莊園主對於奴隸的妻子，是可以任意蹂躪
的。〔註150〕

〔註146〕鄭玄：《毛詩鄭箋》，卷3，頁103～104。
〔註147〕朱熹：《詩集傳》，卷3，頁40～41。
〔註148〕方玉潤：《詩經原始》，第2冊，卷5，頁183。
〔註149〕高亨：《詩經今注》，頁92。
〔註150〕高亨：《詩經今注》，頁93～94。

高亨認為「狐」在這裡是象徵奴隸主，這是描寫一名婦人看見剝削者穿著華麗衣裳在水邊散步，身為奴隸的丈夫卻光著身子在田野耕作，因此寫下這首詩，表達內心的不滿。

筆者以為，高亨的說法是有待商榷的，高亨為了表現該篇的階級性，於是就不考慮《詩經》中的比興關係，硬是將「狐」比喻為奴隸主，作者比喻為奴隸，其實說此篇是以「有狐」句起興，而引起對「之子無裳（帶、服）」的憂思〔註151〕，這樣的說法顯然比高亨合理許多；再者，細繹詩意，從「有狐綏綏」一句，看不出是剝削者身穿華貴衣裳的形象；從「之子無裳」一句，也看不出是奴隸光著身子在田野間勞動，因此高亨這種任意將詩篇貼上階級標籤的解詩方法，是無法令人信服的。

高亨在解釋詩旨時動輒就把作品貼上階級標籤，大陸學者左洪濤先生曾作過一番統計，他提出僅僅在〈國風〉的部分就有三十五篇，是屬於本來沒有階級性或階級性不強的作品，卻被高亨貼了階級標籤，附上政治內容〔註152〕，這樣的比例是相當可觀的，高亨在說詩時，雖然摒棄了《詩序》的穿鑿附會，不過在許多地方，卻又代之以自己的穿鑿附會，濫用階級分析的方法去解讀詩篇，對詩篇進行新的隨意曲解，這可說是《詩經今注》一項嚴重的缺失。

裁定《詩經今注》的得失優劣之後，筆者最後要說的是，高亨的《詩經今注》對讀者、對研究者有著一定的參考價值，這是不容置疑的。一個具有獨創精神的學者，本來就是值得嘉許的，出現一些失誤也在所難免。筆者細究《詩經今注》不足的原因，大致可分為兩點來說明：其一，高亨秉持著「從不迷信古人，盲從舊說，而敢于追求眞諦，創立新義」的態度撰寫此書，想要推翻前人的見解而別立新說，應該要有足夠的證據，不過高亨的證據有時並不充分；其二，大陸當時的學術研究，是知識份子接受馬克思主義進行「思想改造」、「唯物史觀」（主要又是階級、階級分析和階級鬥爭學說）的形勢下進行的，大環境的政治情勢、接連不斷的政治運動，衝擊著這些知識份子的思想體系，當然，由於每個人的生活經歷、成長背景不同，接受的程度也有差異，高亨雖然是一位成名較早的教授，卻並非出生於富有的家庭，早期的顛沛流離，使得他對當時的中國大陸寄予無限的希望，所以他積極運用馬克思主義的思想，從事《詩經》研究，也因此在《詩經今注》中滲入較強的意識型態。但是平心而論，古往今來，對《詩經》的研究論著，從來就沒有一本不出任何差錯

〔註151〕李湘：《詩經名物意象探析》（台北：萬卷樓圖書有限公司，1999年），頁354。
〔註152〕詳見左洪濤：〈論高亨《詩經今注》的幾點不足〉，《中國文化月刊》第245期（2000年8月）。

的版本，高亨運用新的方法從事《詩經》研究，他所獲得的成就，他所作的探索和努力，儘管有些偏頗之處，仍是繼往開來而有意義的，筆者還是願意給予《詩經今注》高度的評價。

第七章　結　論

　　經由上述的論證分析與檢討，對於高亨其人及其《詩經今注》的整體成績，可說是有了大致的瞭解，今綜合上文各章之論述，歸納爲數點結論如下：

　　其一，高亨對於古代是否有采詩之使，是否有采詩之制都表示懷疑的態度，他分析詩有三個來源：一是「貴族作詩」；二是「樂官采詩」；三是「各國獻詩」，經由這三個來源，詩歌集中在周王朝樂官的手裡，經過五百年的編選，才逐漸完成這部書的編輯工作。高亨在面對這些眾說紛紜的問題時，他盡可能地追根溯源，並在此基礎上，希望能在平實之中力求創新。不過，高亨的說明時有抽象之病，證據也略爲單薄，這是令人惋惜的一點。

　　其二，高亨原則上是贊同孔子刪詩說的，他認爲《詩經》是孔子用來作爲傳授弟子的教本，孔子依照自己的主觀標準，進行了一次重要的整理刪定工作，只不過因爲周王朝樂官編訂《詩經》，並不是全面的搜集，再加上搜集到的詩篇也不是全部編入《詩經》，因此孔子所見到的詩篇非但不是三千餘篇，而且篇數只比今本《詩經》略多一些而已，可見孔子雖然有刪詩，但是其所刪削的篇章是爲數不多的。高亨對於孔子刪詩說有著系統而完整的看法，其中雖然因史料的缺失而有推論的成分，但這些推論仍以間接的文獻資料和《詩》的內容爲依據，因而具有很大的合理性，這樣的看法大致上還是擁有一定的說服力的。

　　其三，高亨對於風、雅、頌所作的解釋，其言有自相矛盾者，有語多保留者，亦有可備一覽者，讀者宜分別觀之。

　　其四，關於《詩經》寫作時代的看法，高亨可說是當代學者中論述較爲詳盡的一家。其中除了對〈商頌〉的看法與他人尚有較大的分歧以外，其他的觀點都是大同小異的，不過，值得注意的是，高亨即使認同學術界的某一成說，他仍是努力尋找新的證據，而且不避煩難，靠著深厚的國學基礎和淵博的古籍知識，盡量梳理原

始資料，勾勒所研究問題的發展脈絡，儘可能明晰而準確地得出結論。

其五，至於《詩經》地域的問題，宋、清兩代尤其是清代對《詩經》地域的研究，卓有成績，這些研究有的已成定論，但從中也有一些疑義，尚有爭論，高亨根據前人研究和大量的歷史地理資料，頗析疑難，重新考定，作出比較可信的結論，既有繼承，也有創新，這些自可視為高亨《詩經》研究成果中的一項重要部分。

其六，就篇旨的探討方面而言，高亨在主旨的探討投注了許多心力，高亨對於篇旨往往數言破的，讀者將其與詩篇比照，一望便可知其是非得失。他的解題方式極為多元，例如：引經傳史事探求詩旨、結合古代禮制、習俗探求詩旨、藉判斷《序》說詮釋詩旨、運用階級分析的方法探求詩旨，這些都是他常運用的解詩方法。

就經文的訓釋方面而言，則有下列數種方法：一是通過字音求字義；二是歸納本經字詞以說明其義；三是藉比對上下文意解釋字詞；四是引前人之說訓釋字詞意義；五是並存諸說，不下判斷；六是結合古代習俗、制度解釋字詞；七是校勘《毛詩》中的訛文誤字；八是以闕疑代替注釋等八項。高亨憑藉著自己的思考，靠著對詩的感受而進行分析、判斷，由於他嫻熟各種古籍的內容，因此頗能左右採獲，以證成己說；再加上高亨在解釋字詞時，善於參證比較，求同歸納，是以總結出許多具有普遍意義帶有規律性的字詞。

其七，《詩序》問題是《詩經》研究中分歧最大、爭論最多的問題。學者們研究的重點大致在兩方面：一是探討《詩序》的作者以及大、小序如何劃分；二是《詩序》內容的是非與取捨問題。關於前一個問題，自五四運動以後，各家論述甚多，但是所持論點不外是引述宋、清諸家成說，加以引申闡發而已，既然前人論述已多，現代很難找出更加有力的新證，因此高亨在面對大、小序如何區分這個問題時，大抵也是承襲前人的看法，將〈關睢序〉視為〈大序〉，其餘的則稱為〈小序〉。

至於第二個問題，即有關《詩序》內容的是非取捨問題，由於高亨本著「創立新義」的主旨寫成《詩經今注》，因此會使人誤解高亨對《詩序》是不屑一顧的，但經由筆者研究後發現，雖然高亨大體仍是反對《詩序》，但是《詩序》若有可取之處，他也會正面予以肯定，例如《詩經今注》中徵引《詩序》原文，並提出「《序》說可通」、「《序》說可從」的有〈新臺〉、〈墓門〉、〈鹿鳴〉等篇；〈黍離〉、〈黃鳥〉、〈甘棠〉等篇的解題，高亨雖未明引《詩序》原文，卻是全盤遵循《序》說；至於高亨對〈清人〉、〈南山〉、〈載驅〉、〈敝笱〉等篇所作的解題，敘述詩篇本事或敘述詩篇背景也都與《詩序》略同，可見高亨在撰寫這些詩篇的主旨時，參考過《詩序》是不言而喻的。此外，《詩經今注》解〈株林〉引《左傳》為說，解〈鴟鴞〉引《尚書·金縢》，解〈桑柔〉引《左傳》、《國語》，這些都可以說明高亨從《詩序》得到過線

索和啟迪。

其八，高亨說《詩》屬何派系之問題，毋庸刻意強調，多數的情況下，他是「依循本文，以己意解詩」，對於《詩序》、《朱傳》的解釋並無明顯的偏好，而且均有所取捨，不是一面倒的擁護某一家之說，但是仍然可以嗅出他對於《朱傳》的重視略勝《詩序》，原則上他仍是比較傾向於採用《朱傳》的說法。

其九，高亨在訓釋字詞時，往往能吸收前人的研究成果，並以己意出之，該書所釋之詞，大多具有言簡意賅、準確簡明的特點；此外，他利用詩中的關鍵詞語，遍考先秦古籍中對該詞語的不同解釋，再結合此詞語在詩篇特定語境的運用，進而提煉出該詩的大意，提出許多創新的見解，這些都是《詩經今注》說《詩》值得肯定之處。

其十，高亨《詩經今注》在《詩經》研究上有不錯的成績，但是毋庸諱言的，《詩經今注》確實也存在著不少缺失，例如在詩旨的解說上，有時會脫離詩歌形象，刻意求新；在文字訓詁上，隨意破字，證據卻略顯不足；在研究方法上過多地強調階級鬥爭和階級分析的成份，這些作法都無法使人認同。

文末，筆者要特別提出的是，高亨在《詩經今注》裡對《詩經》時、地的論定，對風、雅、頌詩體的考察，對每一篇內容、詞彙和某些詩篇藝術特色的解說，這其中的確有其偏頗之處，但是他主動、自覺地運用新的方法，新的角度從事《詩經》研究，放到《詩經》研究史上來看，他畢竟交出了一張亮眼的成績單，他的求知、懷疑和創新的精神，深深啟發了後世的學者，對於轉變治《詩》的態度，擴大研《詩》的視野，著實具有不容抹煞的貢獻，在《詩經》注本不勝枚舉的今日，高亨的《詩經今注》仍然是佔有一席之地的。

附　錄

附錄一　高亨先生主要著作目錄

一、專書部份

書　名	出　版　書　局	出　版　年	備　　　　註
老子正詁	上海開明書店	1943 年	1957 年上海古籍出版社再版，後收入台灣藝文印書館印行、嚴靈峰編《無求備齋老子集成續編》。
周易古經通說	貴陽文通書局石印版	1944 年	1958 年北京中華書局印行修訂版，台北有翻印本。另收入《易經集成》第 127 冊。
周易古經今注	西安西北大學石印版	1945 年	1947 年開明書局重印，1957 年北京中華書局印行修訂版。又有台北翻印本。另收入嚴靈峰編《易經集成》第 109 冊。
楚辭選注	上海古典文學出版社	1956 年	此書與陸侃如、黃孝紓合寫，1963 年北京中華書局重印。
詩經選注	北京五十年代出版社	1956 年	
墨經校詮	北京科學出版社	1958 年	1962 年北京中華書局印行新一版，後收入嚴靈峰編《墨子集成》第 41 冊。
諸子新箋	山東人民出版社	1961 年	1962 年再版，1980 年山東齊魯書社印行增訂重印版，重印版加入〈商君書新箋〉。
文字形義學概論	山東人民出版社	1961 年	其後香港劭華文化服務社有翻印本，1983 年山東齊魯書社印行重排版。
周易雜論	山東人民出版社	1962 年	1979 年山東齊魯書社照原版重新排印，內容不變。
上古神話	北京中華書局	1963 年	此書與董治安合著，中國社會科學院歷史研究所編、中國社會科學出版社印行之《八十年來歷史書目》誤植爲「上海神話」。
商君書注譯	北京中華書局	1974 年	共 4 冊，〈高亨先生傳略〉一文附〈高亨著作目錄〉誤作「商君書注釋」。
周易大傳今注	山東齊魯書社	1979 年	
老子注譯	河南人民出版社	1980 年	此書經華鍾彥校正。

詩經今注	上海古籍出版社	1980 年	1981 年台北里仁書局翻印。
文史述林	北京中華書局	1980 年	此書共收錄論文 22 篇。
周易古經今注	北京中華書局	1984 年	此書是將舊作《周易古經今注》與《周易古經通說》二書合而為一，並將《周易古經通說》作為卷首，重新修訂而成，其中《周易古經通說》部分修正很少，《周易古經今注》修正較多。
古字通假會典	山東齊魯書社	1989 年	此書為高亨遺著，由董治安整理。

二、論文部分

篇　　名	出　　處	出版年	備　　註
韓非子補箋	《武漢大學文哲季刊》2 卷 2 期	1933 年	
史記老子世系考	《北平圖書館館刊》9 卷 3 期	1935 年	
古銅器雜說			此文作於 1933 年至 1938 年之間，未嘗單獨發表，收入《文史述林》之中。
周易筮辭中無哲學	《責善半月刊》1 卷 8 期	1940 年	
毛公鼎銘柬注	《東北大學學報——志林》	1941 年	原名〈毛公鼎銘柬注〉，後收入《文史述林》，篇名改為〈毛公鼎銘箋注〉。
莊子天下篇箋證	《北強月刊》1 卷 3、4、5 期	1941 年	此文收入《文史述林》。
尚書今箋	《經世季刊》2 卷 2 期	1942 年	
墨經中一個邏輯規律——同異交得	《山東大學學報》第 4 期	1954 年	此文收入《文史述林》，又被編入《中國古代哲學論叢》。
周代大武樂考釋	《山東大學學報》1955 年第 2 卷第 2 期	1955 年	此文收入《文史述林》。
史記的思想性與藝術性	《文史哲》1956 年第 2 期	1956 年	此文收入《文史述林》。
詩經引論（一）	《文史哲》1956 年第 5 期	1956 年	
老子的主要思想	《文史哲》1956 年第 8 期	1956 年	此文收入《文史述林》，又被編入《詩經研究論文集》（北京人民出版社出版）。
周代地租制度考	《文史哲》1956 年第 10 期	1956 年	本文寫成於 1956 年，1957 年被編入《中國古史分期論叢》（北京中華書局出版），後又收入《文史述林》。
談詩經「月出」篇答王季星先生	《文史哲》1957 年第 3 期	1957 年	
詩經引論（二）			此文寫於 1958 年，未曾單獨發表，後收入《文史述林》。
蔡文姬與胡笳十八拍	《光明日報》	1959 年 7 月 12 日	此文於 1959 年收入《胡笳十八拍討論集》（北京中華書局出版）。

商鞅與商君書的批判	《山東大學學報》1959 年第 3 期	1959 年	此文收入《文史述林》。
詩經邶風新解	《山東大學學報》1961 年第 2、3 期	1961 年	
上古樂曲的探索	《文史哲》1961 年第 2、3 期	1961 年	此文收入《文史述林》。
試談周易大傳的哲學思想	《學術月刊》第 11 期	1961 年	此文收入《文史述林》及《周易雜論》二書。
試談周易的哲學思想之一──周易的卦象	《文匯報》	1961 年 5 月 19 日	此文收入《文史述林》及《周易雜論》二書。
試談周易的哲學思想之二──周易卦爻辭	《文匯報》	1961 年 8 月 22 日	此文收入《文史述林》及《周易雜論》二書。
周易卦爻辭的哲學思想	《文匯報》	1961 年 10 月 31 日	此文收入《文史述林》及《周易雜論》二書。
晏子春秋的寫作年代	《文學遺產增刊》第 8 輯	1961 年	此文收入《文史述林》。
天問瑣記	《文史哲》1962 年第 1 期	1962 年	此文收入《文史述林》，又被編入《楚辭研究論文集》（北京作家出版社出版）。
孔子思想三論	《哲學研究》1962 年第 1 期	1962 年	此文收入《文史述林》，又被編入《孔子哲學討論集》（北京中華書局出版）。
試論莊子的齊物	《文史哲》1962 年第 4 期	1962 年	此文收入《文史述林》。
孔子與周易	《文史哲》1962 年第 6 期	1962 年	此篇與董治安合寫
周頌考釋（上）（中）（下）	《中華文史論叢》第 4、5、6 輯	1963 年 1964 年 1965 年	
試論晚周名家的邏輯	《山東大學學報》1963 年第 3 期	1963 年	
論孔子誅少正卯	《光明日報》	1973 年 10 月 31 日	此文於 1974 年被香港三聯書店編入《林彪與孔孟之道》一書。
關於老子的幾個問題	《社會科學戰線》第 1 期	1979 年	
詩經續考	《文史哲》1980 年第 1 期	1980 年	
談周易的亢龍有悔	《社會科學戰線》第 4 期	1980 年	
史籀篇作者考	《考古社刊》		此文原載於燕京考古學社《考古社刊》，出版年月不詳，後收入《文史述林》。
易傳中樸素的辯證法世界觀	《東岳論叢》1980 年第 3 期	1980 年	
左傳國語的周易說通解			此文未單獨發表，其後被收入《周易雜論》及《文史述林》二書。
太玄經釋義	《山東大學學報》1989 年第 4 期	1989 年	此篇與董治安合寫

附錄二　《詩序》和《詩經今注》異同統計表

名稱	相同	大同小異	相異	未知異同	異同各半	篇　　數
周南			關雎 葛覃 卷耳 樛木 螽斯 桃夭 兔罝 芣苢 漢廣 汝墳 麟之趾			11
召南	甘棠		鵲巢 采蘩 草蟲 采蘋 行露 羔羊 殷其靁 摽有梅 小星 江有汜 野有死麕 何彼襛矣 騶虞			14
邶風	北風	柏舟 擊鼓 泉水 北門 二子乘舟	綠衣 燕燕 終風 凱風 日月 雄雉 匏有苦葉 谷風 式微 旄丘 簡兮 靜女		新臺	19

鄘風	定之方中 載馳	牆有茨 君子偕老 鶉之奔奔 蝃蝀 相鼠	柏舟 桑中 干旄			10
衛風		淇奧 竹竿	考槃 碩人 氓 芄蘭 河廣 伯兮 有狐 木瓜			10
王風	黍離	揚之水	君子于役 君子陽陽 中谷有蓷 兔爰 葛藟 采葛 大車 丘中有麻			10
鄭風		清人	緇衣 將仲子 叔于田 大叔于田 羔裘 遵大路 女曰雞鳴 有女同車 山有扶蘇 蘀兮 狡童 褰裳 丰 東門之墠 風雨 子衿 揚之水 出其東門 野有蔓草 溱洧			21

齊風		南山 敝笱 載驅	雞鳴 還 著 東方之日 東方未明 甫田 盧令 猗嗟			11
魏風		園有桃 陟岵	葛屨 汾沮洳 十畝之間 伐檀 碩鼠			7
唐風		揚之水 鴇羽	蟋蟀 山有樞 椒聊 綢繆 杕杜 羔裘 無衣 有杕之杜 葛生 采苓			12
秦風	黃鳥	渭陽	車鄰 駟驖 小戎 蒹葭 終南 晨風 無衣 權輿			10
陳風		墓門 株林	宛丘 東門之枌 衡門 東門之池 東門之楊 防有鵲巢 月出 澤陂			10

檜風		素冠	羔裘 隰有萇楚 匪風		4
曹風		蜉蝣	候人 鳲鳩 下泉		4
豳風			七月 東山 破斧 伐柯 九罭 狼跋	鴟鴞	7
鹿鳴之什	鹿鳴	伐木	四牡 皇皇者華 常棣 天保 采薇 出車 杕杜 魚麗 南陔 白華 華黍		13
南有嘉魚之什	彤弓	六月 采芑 車攻	南有嘉魚 南山有臺 由庚 崇丘 由儀 蓼蕭 湛露 菁菁者莪 吉日		13
鴻雁之什		庭燎 鶴鳴 斯干	鴻鴈 沔水 祈父 白駒 黃鳥 我行其野 無羊		10

節南山之什	十月之交 巧言	節南山 正月 小弁 巷伯	雨無正 小旻 小宛	何人斯		10
谷風之什			谷風 蓼莪 大東 四月 北山 無將大車 小明 鼓鍾 楚茨 信南山			10
甫田之什			甫田 大田 瞻彼洛矣 裳裳者華 桑扈 鴛鴦 頍弁 車舝 青蠅 賓之初筵			10
魚藻之什		白華	魚藻 采菽 角弓 菀柳 都人士 采綠 黍苗 隰桑 緜蠻 瓠葉 漸漸之石 苕之華 何草不黃			14

文王之什		文王 思齊	大明 緜 棫樸 旱麓 皇矣 靈臺 下武 文王有聲			10
生民之什		生民 民勞 板	行葦 既醉 鳧鷖 假樂 公劉 泂酌 卷阿			10
蕩之什	桑柔	抑 常武 瞻卬 召旻	蕩 雲漢 崧高 烝民 韓奕 江漢			11
清廟之什	時邁	清廟 維天之命 執競 思文	維清 烈文 天作 昊天有成命 我將			10
臣工之什		豐年 載見 武	臣工 噫嘻 振鷺 有瞽 潛 雝 有客			10
閔予小子之什	良耜		閔予小子 訪落 敬之 小毖 載芟 絲衣 酌 桓 賚 般			11

名　稱	相　同	大同小異	相　異	未知異同	異同各半	篇　數
魯頌			駉 有駜 泮水 閟宮			4
商頌		玄鳥	那 烈祖 長發 殷武			5
篇數	13	55	240	1	2	311
百分比	4.18%	17.69%	77.17%	0.32%	0.64%	100%

附錄三　《朱傳》和《詩經今注》異同統計表

名　稱	相　同	大同小異	相　異	未知異同	異同各半	篇　數
周南		芣苢	關雎 葛覃 卷耳 樛木 螽斯 桃夭 兔罝 漢廣 汝墳 麟之趾			11
召南	殷其靁		鵲巢 采蘩 草蟲 采蘋 甘棠 行露 羔羊 摽有梅 小星 江有汜 野有死麕 何彼襛矣 騶虞			14

邶風	谷風	擊鼓 雄雉 泉水 北門 北風 二子乘舟	柏舟 綠衣 燕燕 日月 終風 凱風 匏有苦葉 式微 旄丘 簡兮 靜女		新臺	19
鄘風	定之方中 載馳	牆有茨 君子偕老 鶉之奔奔 蝃蝀 相鼠	柏舟 桑中 干旄			10
衛風	考槃	淇奧 竹竿 伯兮	碩人 氓 河廣 有狐	芄蘭	木瓜	10
王風	黍離	君子于役 揚之水 中谷有蓷 葛藟	君子陽陽 兔爰 采葛 大車 丘中有麻			10
鄭風		大叔于田 清人 羔裘 丰 野有蔓草	緇衣 將仲子 叔于田 遵大路 女曰雞鳴 有女同車 山有扶蘇 蘀兮 狡童 褰裳 東門之墠 風雨 子衿 揚之水 出其東門 溱洧			21

齊風	南山 載驅	還 盧令 敝笱	雞鳴 著 東方之日 東方未明 甫田 猗嗟			11
魏風		園有桃 陟岵	葛屨 汾沮洳 十畝之間 伐檀 碩鼠			7
唐風	鴇羽	揚之水 杕杜	蟋蟀 山有樞 綢繆 無衣 有杕之杜 葛生 采苓	羔裘 椒聊		12
秦風	黃鳥 渭陽	終南	車鄰 駟鐵 小戎 晨風 無衣 權輿	蒹葭		10
陳風	衡門	墓門 株林	宛丘 東門之枌 東門之池 東門之楊 防有鵲巢 月出 澤陂			10
檜風		素冠 匪風	羔裘 隰有萇楚			4
曹風		蜉蝣 鳲鳩	候人 下泉			4
豳風			七月 東山 破斧 伐柯 九罭 狼跋		鴟鴞	7

鹿鳴之什	鹿鳴	伐木	四牡 皇皇者華 常棣 天保 采薇 出車 杕杜 南陔			10
白華之什		魚麗 南有嘉魚	白華 華黍 南山有臺 由庚 崇丘 由儀 蓼蕭 湛露			10
彤弓之什	彤弓 六月 采芑	車攻 庭燎 沔水	菁菁者莪 吉日 鴻鴈 鶴鳴			10
祈父之什	十月之交	斯干 無羊 節南山 正月 雨無正	祈父 白駒 黃鳥 我行其野			10
小旻之什	小弁 巧言	小宛 巷伯 蓼莪 四月	小旻 谷風 大東	何人斯		10
北山之什		無將大車 小明 楚茨 信南山	北山 甫田 大田 瞻彼洛矣 裳裳者華	鼓鍾		10
桑扈之什		頍弁 車舝 青蠅	桑扈 鴛鴦 賓之初筵 魚藻 采菽 角弓 菀柳			10

都人士之什	白華	采綠 黍苗 隰桑 瓠葉 漸漸之石 何草不黃	都人士 縣蠻 茗之華			10
文王之什	文王有聲	思齊 皇矣 靈臺	文王 大明 縣 棫樸 旱麓 下武			10
生民之什		生民 鳧鷖 民勞 板	行葦 既醉 假樂 公劉 泂酌 卷阿			10
蕩之什	桑柔 崧高 烝民	蕩 抑 韓奕 江漢 常武 瞻卬 召旻	雲漢			11
清廟之什	維天之命 維清 昊天有成命 時邁 執競	清廟 思文	烈文 天作 我將			10
臣工之什		臣工 豐年 雝 載見 武	噫嘻 振鷺 有瞽 潛 有客			10
閔予小子之什		載芟 桓	閔予小子 訪落 敬之 小毖 絲衣 酌 賚	良耜 般		11

魯頌		有駜	駉 泮水 閟宮			4
商頌		玄鳥	那 烈祖 長發 殷武			5
篇數	29	91	180	8	3	311
百分比	9.35%	29.25%	57.87%	2.57%	0.96%	100%

參考書目

一、書籍類

（一）傳記類

1. 晉陽學刊編輯部編：《中國現代社會科學家傳略第一輯》（太原：山西人民出版社，1982 年）。
2. 北京圖書館文獻叢刊編輯部編：《中國當代社會科學家第六輯》（北京：書目文獻出版社，1984 年）。
3. 董治安等撰：《山東現代著名社會科學家傳》（山東：山東教育出版社，1991 年）。

（二）詩經學類

1. 蔣善國：《三百篇演論》（上海：商務印書館，1931 年）。
2. 張西堂：《詩經六論》（上海：商務印書館，1957 年）。
3. 金公亮：《詩經學新論》（台北：啓明書局，1958 年）。
4. 方玉潤：《詩經原始》（台北：台灣藝文印書館，1959 年）。
5. 人民文學出版社編輯部：《詩經研究論集》（北京：人民文學出版社，1959 年）。
6. 高葆光：《詩經新評價》（台中：私立東海大學，1965 年）。
7. 惠周惕：《詩說》（台北：臺灣商務，1965 年）。
8. 王靜芝：《詩經通釋》（台北：輔仁大學文學院，1968 年）。
9. 成伯璵：《毛詩指說》（台北：世界書局，1971 年）。
10. 何楷：《詩經世本古義》（台北：台灣商務印書館，1971 年）。
11. 顧鎮：《虞東學詩》（台北：商務印書館，1972 年）。
12. 謝無量：《詩經研究》（台北：華聯出版社，1972 年）。
13. 裴普賢：《詩經研讀指導》（台北：東大圖書有限公司，1977 年）。
14. 吳闓生：《詩義會通》（台北：洪氏出版社，1977 年）。

15. 金公亮：《詩經學導讀》（台北：河洛圖書出版社，1978 年）。

16. 崔述：《讀風偶識》（台北：學海出版社，1979 年）。

17. 姚際恆：《詩經通論》（台北：育民出版社，1979 年）。

18. 朱東潤：《讀詩四論》（台北：東昇出版公司，1980 年）。

19. 屈萬里：《詩經釋義》（台北：中國文化大學出版部，1980 年）。

20. 高亨：《詩經今注》（上海：上海古籍出版社，1980 年）。

21. 王力：《詩經韻讀》（上海：上海古籍出版社，1980 年）。

22. 熊公哲等著：《詩經論文集》（台北：黎明文化事業股份有限公司，1981 年）。

23. 黃振民：《詩經研究》（台北：正中書局，1982 年）。

24. 嚴粲：《詩緝》（台北：廣文書局，1983 年）。

25. 季本：《詩說解頤》（台北：臺灣商務印書館，1983 年）。

26. 趙制陽：《詩經名著評介》（台北：學生書局，1983 年）。

27. 裴普賢：《詩經評注讀本》（台北：三民書局，1983 年）。

28. 袁愈荌、唐莫堯：《詩經新譯注》（台北：木鐸出版社，1983 年）。

29. 朱守亮：《詩經評釋》（台北：台灣學生書局，1984 年）。

30. 朱子赤：《詩經關鍵問題異議的求徵》（台北：文史哲出版社，1984 年）。

31. 許謙：《詩集傳名物鈔》（台北：新文豐出版公司，1985 年）。

32. 呂祖謙：《呂氏家塾讀詩記》（北京：中華書局，1985 年）。

33. 朱熹：《詩序辨說》（北京：中華書局，1985 年）。

34. 戴震：《杲溪詩經補注》（北京：中華書局，1985 年）。

35. 胡鈍俞：《詩經繹評》（台灣：中華書局，1985 年）。

36. 江磯：《詩經學論叢》（台北：崧高書社，1985 年）。

37. 向熹：《詩經詞典》（四川：四川人民出版社，1986 年）。

38. 袁寶泉、陳智賢合撰：《詩經探微》（廣東：花城出版社，1987 年）。

39. 江陰香：《詩經譯注》（台北：明文書局，1987 年）。

40. 向熹：《詩經語言研究》（成都：四川人民出版社，1987 年）。

41. 呂恢文：《詩經國風今譯》（北京：人民文學出版社，1987 年）。

42. 王先謙撰，吳格點校：《詩三家義集疏》（台北：明文書局，1988 年）。

43. 胡樸安：《詩經學》（台北：台灣商務印書館，1988 年）。

44. 李樗、黃櫄：《毛詩集解》（台北：世界書局，1988 年）。

45. 周錫䪖：《詩經選注》（臺灣：遠流出版社，1988 年）。

46. 馮浩菲：《毛詩訓詁研究》（武昌：華中師範大學出版社，1988 年）。

47. 韓明安：《詩經研究概況》（黑龍江：黑龍江教育出版社，1988 年）。

48. 趙沛霖：《詩經研究反思》（天津：天津教育出版社，1989 年）。

49. 馬瑞辰撰，陳金生點校：《毛詩傳箋通釋》（北京：中華書局，1989 年）。

50. 楊合鳴、李中華：《詩經主題辨析》（廣西：廣西教育出版社，1989 年）。

51. 李家樹：《詩經的歷史公案》（台北：台灣學生書局，1990 年）。

52. 周滿江：《詩經》（台北：萬卷樓圖書有限公司，1990 年）。

53. 陳啟源：《毛詩稽古編》（濟南：山東友誼書社，1991 年）。

54. 王應麟：《詩考》（台北：新文豐出版公司，1991 年）。

55. 程俊英、蔣見元：《詩經注析》（北京：中華書局，1991 年）。

56. 白川靜：《詩經的世界》（台北：東大圖書股份有限公司，1991 年）。

57. 陳子展：《詩經直解》（台北：書林出版有限公司，1992 年）。

58. 朱熹：《詩經集傳》（台北：學海出版社，1992 年）。

59. 中國詩經學會編：《詩經國際學術研討會論文集》（河北：河北大學出版社，1993 年）。

60. 楊合鳴：《詩經句法研究》（武漢：武漢大學出版社，1993 年）。

61. 吳宏一：《白話詩經》（台北：聯經出版事業公司，1993 年）。

62. 林葉連：《中國歷代詩經學》（台北：學生書局，1993 年）。

63. 翟湘君：《詩經新解》（鄭州：中州古籍出版社，1993 年）。

64. 余培林：《詩經正詁》（台北：三民書局，1993 年）。

65. 夏傳才：《詩經研究史概要》（台北：萬卷樓圖書有限公司，1993 年）。

66. 張樹波：《國風集說》（河北：河北人民出版社，1993 年）。

67. 李旭昇：《詩經古義新證》（台北：文史哲出版社，1994 年）。

68. 黃師忠慎：《惠周惕詩說析評》（台北：文史哲出版社，1994 年）。

69. 韓崢嶸：《詩經譯注》（長春：吉林文史出版社，1995 年）。

70. 黃師忠慎：《詩經簡釋》（板橋：駱駝出版社，1995 年）。

71. 蘇雪林：《詩經雜俎》（台北：台灣商務印書館，1995 年）。

72. 陳奐：《詩毛氏傳疏》（台北：學生書局，1995 年）。

73. 林明德：《詩經‧周南詩學》（台北：國立編譯館，1996 年）。

74. 中國詩經學會編：《第二屆詩經國際學術研討會論文集》（北京：語文出版社，1996 年）。

75. 陳節：《詩經漫談》（台北：頂淵文化事業有限公司，1997 年）。

76. 藍若天：《國風情詩辨義》（出版社不詳，1997 年）。

77. 李山：《詩經的文化精神》（北京：東方出版社，1997 年）。

78. 陳戍國：《詩經芻議》（長沙：岳麓書社，1997）。

79. 王夫之：《詩經稗疏》（長沙：岳麓書社，1998 年）。

80. 雒江生：《詩經通詁》（西安：三秦出版社，1998 年）。

81. 中國詩經學會編：《第三屆詩經國際學術研討會論文集》（香港：天馬圖書有限公司，1998 年）。

82. 劉運興：《詩義知新》（濟南：山東教育出版社，1998 年）。

83. 夏傳才：《詩經語言藝術新編》（北京：語文出版社，1998 年）。

84. 吳宏一：《詩經與楚辭》（台北：台灣書店，1998 年）。

85. 陳元勝：《詩經辨讀》（河北：安徽大學出版社，1998 年）。

86. 楊仲義：《詩騷新識》（北京：學苑出版社，1999 年）。

87. 李湘：《詩經名物意象探析》（台北：萬卷樓圖書有限公司，1999 年）。

88. 袁長江：《先秦兩漢詩經研究論稿》（北京：學苑出版社，1999 年）。

89. 鄭玄：《毛詩鄭箋》（台北：學海出版社，1999 年）。

90. 孔穎達：《毛詩正義》（北京：北京大學出版社，1999 年）。

91. 胡承珙：《毛詩後箋》（安徽：黃山書社，1999 年）。

92. 中國詩經學會編：《第四屆詩經國際學術研討會論文集》（北京：學苑出版社，2000 年）。

93. 劉毓慶：《詩經圖注》（高雄：麗文文化事業股份有限公司，2000 年）。

94. 姚小鷗：《詩經三頌與先秦禮樂文化》（北京：北京傳播學院出版社，2000 年）。

95. 揚之水：《詩經名物新證》（北京：北京古籍出版社，2000 年）。

96. 陳溫菊：《詩經器物考釋》（台北：文津出版社有限公司，2001 年）。

97. 中國詩經學會編：《詩經研究叢刊》第 1 輯（北京：學苑出版社，2001 年）。

98. 劉龍勳：《詩經風雅識論》（台北：大安出版社，2001 年）。

99. 陳子展：《詩三百解題》（上海：復旦大學出版社，2001 年）。

100. 朱自清：《詩言志辨》（台北：頂淵文化事業有限公司，2001 年）。

101. 中國詩經學會編：《詩經研究叢刊》第 2 輯（北京：學苑出版社，2002 年）。

102. 黃師忠慎：《朱子詩經學新探》（台北：五南圖書出版有限公司，2002 年）。

103. 趙帆聲：《詩經辨讀》（河南：河南大學出版社，2002 年）。

104. 中國詩經學會編：《詩經研究叢刊》第 3 輯（北京：學苑出版社，2002 年）。

105. 洪湛侯：《詩經學史》（北京：中華書局，2002 年）。

106. 陳節：《詩經》（廣東：花城出版社，2002 年）。

107. 歐陽修：《詩本義》（台北：漢京事業股份有限公司，出版社未標明出版時間）。

108. 魏源：《詩古微》（台北：漢京事業股份有限公司，出版社未標明出版時間）。

（三）其 他

1. 楊樹達：《詞詮》（台北：台灣商務印書館，1929 年）。

2. 郭沫若：《中國古代社會研究》（北京：人民出版社，1954 年）。

3. 俞樾：《諸子平議》（台北：世界書局，1956 年）。

4. 高亨：《重訂老子正詁》（北京：中華書局，1959 年）。

5. 鄭樵：《通志》（台北：新興書局影印本，1959 年）。

6. 李昉等撰：《太平御覽》（台北：新興書局，1959 年）。

7. 王國維：《觀堂集林》（台北：世界書局，1961 年）。

8. 趙翼：《陔餘叢考》（台北：世界書局，1961 年）。

9. 黎靖德編：《朱子語類》（台北：正中書局，1962 年）。

10. 鄭玄注，唐賈公彥疏：《周禮注疏及補正》（台北：世界書局，1963 年）。

11. 王引之：《經義述聞》（台北：廣文書局，1963 年）。

12. 屈萬里：《古籍導讀》（台北：台灣開明書店，1964 年）。

13. 郭璞注，邢昺疏：《爾雅注疏》（台北：藝文印書館，1965 年）。

14. 陸侃如、馮沅君：《中國詩史》（香港：古文出版社，1968 年）。

15. 陳垣：《校勘學釋例》（台北：學生書局，1970 年）。

16. 顧頡剛：《古史辨》（台北：明倫書店，1970 年）。

17. 揚雄撰，周祖謨校箋，楊家駱主編：《方言校箋》（台北：鼎文書局，1972 年）。

18. 陸德明：《經典釋文三十卷》（台北：鼎文書局，1972 年）。

19. 鄭玄注、賈公彥疏：《儀禮注疏》（台北：世界書局，1972 年）。

20. 林尹：《周禮今註今釋》（台北：台灣商務印書館，1972 年）。

21. 鄭玄注，賈公彥疏：《儀禮注疏》（台北：世界書局，1972 年）。

22. 王靜芝：《經學通論》（台北：國立編譯館，1972 年）。

23. 梁啓超：《飲冰室專集》（台灣：中華書局，1972 年）。

24. 李時珍：《本草綱目》（台北：鼎文書局，1973 年）。

25. 郭沫若：《奴隸制時代》（北京：北京人民出版社，1973 年）。

26. 韋昭：《國語韋昭註》（台北：藝文印書館，1974 年）。

27. 俞樾：《群經平議》（台北：河洛圖書出版公司，1975 年）。

28. 吳璵：《新譯尚書讀本》（台北：三民書局股份有限公司，1977 年）。

29. 范曄，李賢：《新校本後漢書九十卷》（台北：鼎文書局，1978 年）。

30. 羅聯添：《中國文學史論文選集》（台灣：學生書局，1978 年）。

31. 高亨：《諸子新箋》（山東：齊魯書社，1980 年）。

32. 蘇轍等撰：《兩蘇經解》（京都：株式會社同朋舍出版，1980 年）。

33. 屈萬里：《書傭論學集》（台北：台灣開明書店，1980 年）。

34. 中共中央文獻研究社編：《毛澤東書信選集》（北京：人民出版社，1983 年）。

35. 皮錫瑞：《經學歷史》（台北：漢京文化有限公司，1983 年）。

36. 程大昌：《考古編》（北京：中華書局，1985 年）。

37. 王國維：《王國維全集》（台北：華世出版社，1985 年）。

38. 朱熹：《楚辭集註》（北京：中華書局，1985 年）。

39. 郭沫若：《郭沫若古典文學論文集》（上海：上海古籍出版社，1985 年）。

40. 葉慶炳：《中國文學史》（台灣：學生書局，1987 年）。

41. 溫洪隆、徐光雍：《先秦兩漢魏晉南北朝文學攬勝》（武漢：湖北教育出版社，1988 年）。

42. 荀子：《荀子》（上海：上海古籍出版社，1989 年）。

43. 呂思勉：《中國古代文論研究論文集》（上海：上海古籍出版社，1989 年）。

44. 孫希旦：《禮記集解》（台北：文史哲出版社，1990 年）。

45. 司馬遷撰，裴駰、司馬貞、張守節注：《史記三家注》（台北：七略出版社，1991 年）。

46. 杜預註：《春秋經傳集解》（台北：七略出版社，1991 年）。

47. 吳毓江：《墨子校注》（重慶：西南師範大學出版社，1992 年）。

48. 阮元著、鄧經元點校：《揅經室集》（北京：中華書局，1993 年）。

49. 陳新雄：《訓詁學》（台北：臺灣學生書局，1994 年）。

50. 許慎撰，段玉裁注：《說文解字注》（台北：天工書局，1996 年）。

51. 葉國良等編著：《經學通論》（台北：國立空中大學，1996 年）。

52. 朱熹撰，郭齊、尹波點校：《朱熹集》（成都：四川教育出版社，1996 年）。

53. 班固：《漢書》（台北：鼎文書局，1997 年）。

54. 林慶彰主編：《經學研究論叢》第 7 輯（台北：台灣學生書局，1999 年）。

55. 段玉裁：《廣雅疏證》（天津：天津古籍出版社，1999 年）。

56. 中國哲學編輯部編：《經學今詮續編》（瀋陽：遼寧教育出版社，2001 年）。

57. 彭林編：《經學研究論文選》（上海：上海書店出版社，2002 年）。

58. 宋朱熹集註、蔣伯潛廣解：《孟子》（台北：啓明書局，出版社未標明出版時間）。

59. 鄭樵：《六經奧論》（台北：漢京事業股份有限公司，出版社未標明出版時間）。

二、期刊論文類

1. 王洒揚：〈讀高亨先生《詩經引論》〉，《文史哲》1956 年第 9 期。

2. 王季星：〈評高亨先生對〈詩經‧月出〉篇的新解──兼談研究《詩經》的態度和方法〉，《文史哲》1957 年第 3 期。

3. 高亨：〈談《詩經‧月出》篇答王季星先生〉，《文史哲》1957 年第 3 期（1957 年 10 月）。

4. 高海夫：〈關於〈陳風‧月出〉篇——與高亨先生商榷〉，《人文雜誌》1957 年第 5 期（1957 年 12 月）。

5. 丁邦新：〈檜風素冠之詩非刺不能三年之喪辨〉，《幼獅學報》第 2 卷第 1 期（1959 年 10 月）。

6. 鮑昌：〈《詩‧邶風‧旄丘》新解〉，《吉林大學社會科學學報》1979 年第 2 期（1979 年 3 月）。

7. 王錫榮：〈《鄘風‧載馳》正解〉，《吉林大學社會科學學報》1980 年第 1 期。

8. 余冠英：〈關於《陳風‧株林》今譯的幾個問題〉，《文史知識》1981 年第 4 期（1981 年 4 月）。

9. 陳耀東：〈詩經的搜集和編訂〉，《浙江師院學報》1981 年 1 期（1981 年 11 月）。

10. 李泉：〈力創新義求真諦——評高亨的《詩經今注》〉，《蘇州大學學報》哲學社會科學版 1982 年第 2 期（1982 年 2 月）。

11. 翟相君：〈《旄丘》、《簡兮》試解〉，《鄭州大學學報》（哲學社會科學版）1982 年第 4 期（1982 年 6 月）。

12. 張樹波：〈《詩經‧載馳》矛盾辨析〉，《河北學刊》1983 年第 4 期。

13. 高明：〈詩六義說與詩序問題〉，《孔孟月刊》第 23 卷第 5 期（1985 年 1 月）。

14. 翟相君：〈孔子刪詩說〉，《河北學刊》1985 年第 6 期。

15. 劉繼才：〈《詩‧周南‧螽斯》別解〉，《遼寧大學學報》第 3 期（1986 年 5 月）。

16. 李家樹：〈《詩經》制作年代雋略〉，《中州學刊》1987 年第 5 期。

17. 黃沛榮：〈大陸儒林傳（四）——高亨〉，《國文天地》第 3 卷第 11 期（1988 年 4 月）。

18. 翟相君：〈國風非民歌說〉，《鄭州大學學報》1988 年第 2 期（1988 年 4 月）。

19. 張啟成：〈《衛風‧旄丘》本義述評〉，《貴州大學學報》1988 年第 2 期（1988 年 6 月）。

20. 王澤君：〈孔子刪詩說辨惑〉，《四川師範大學學報》1989 年第 4 期（1989 年 8 月）。

21. 劉燕及：〈螽斯何來階級仇恨——《詩經‧周南‧螽斯》論〉，《天津師範大學學報》第 2 期（1992 年 4 月）。

22. 董治安：〈高亨先生及其學術成就〉，《古籍整理研究學刊》1993 年第 3 期（1993 年 5 月）。

23. 鄭仁佳：〈高亨〉，《傳記文學》第 62 卷第 6 期（1993 年 6 月）。

24. 祝敏徹：〈幾種早期《詩經》注文的比較研究〉，《湖北大學學報》1993 年第 5 期（1993 年 6 月）。

25. 董治安：〈現代國學研究的辛勤開拓者——高亨先生〉，《文史哲》1994 年第 5 期（1994 年 5 月）。

26. 盧甲文：〈高亨《詩經今注》訂誤〉，《湖北大學學報》1995 年第 1 期（1995 年

1 月）。

27. 盧甲文：〈高注詩經詞語新探〉，《中州學刊》1995 年第 3 期（1995 年 5 月）

28. 趙達夫：〈論《詩經》的編輯與《雅》詩的分爲大、小兩部分〉，《河北師院學報》1996 年第 1 期。

29. 許廷桂：〈《詩經》編者新說〉，《重慶師院學報哲社版》，1997 年第 4 期（1997 年 12 月）。

30. 左洪濤：〈淺論《詩經今注》的幾點不足〉，《孔孟月刊》第 38 卷第 6 期（2000 年 2 月）。

31. 左洪濤：〈論高亨《詩經今注》的幾點不足〉，《中國文化月刊》第 245 期（2000 年 8 月）。

32. 施宣圓：〈上海戰國竹簡解密〉，《文匯報》第 1 版（2000 年 8 月 16 日）。

33. 劉精盛：〈《詩經今注》濫言通假評議〉，《古漢語研究》2001 年第 1 期。

34. 劉精盛：〈評高亨先生《詩經今注》解題之誤〉，《長沙電力學院學報》2001 年第 5 期。

35. 彭師維杰：〈朱熹「淫詩說」理學釋義及其價值〉，（國立彰化師範大學國文系學術研討會論文，2001 年 4 月）。

36. 黃師忠慎：〈季本《詩說解頤·總論》析評〉，國立彰化師範大學《國文學誌》第 5 期（2001 年 12 月）。

37. 王洲明：〈從學術史角度評論高亨的《詩經》研究〉，《山東大學學報》2002 年第 1 期（2002 年 1 月）。

38. 左洪濤：〈《詩經今注》異議〉，《電子科技大學學報社會科學版》2002 年第 1 期。

39. 左洪濤：〈《詩經今注》商兌〉，《上海交通大學學報》2002 年第 1 期。

三、學位論文類

1. 李莉褒：《嚴粲詩緝之研究》（台中：中興大學中文研究所碩士論文，1997 年）。

2. 簡澤峰：《胡承珙《毛詩後箋》析論》（南投：暨南國際大學中文研究所碩士論文，2001 年）。